Aldous Huxley
Eine Gesellschaft auf dem Lande

SERIE PIPER
Band 1297

Zu diesem Buch

Kurz nach dem Ersten Weltkrieg vertreibt sich eine Gruppe von Sommergästen auf einem englischen Landsitz die Zeit mit Tanz, Gesang und Flirts. Das Herrenhaus in Crome ist allerdings keine Erfindung Huxleys. Modell dafür stand der Besitz Garsington, lange Jahre Treffpunkt von D.H. Lawrence, Virginia Woolf, T.S. Eliot und Katherine Mansfield. Obwohl sich hinter den Personen unschwer deren Vorbilder ausmachen lassen, ist »Eine Gesellschaft auf dem Lande« kein Schlüsselroman. Nach Huxleys eigenen Worten ist es eine Ideenkomödie, die in der Tat den Anfang einer Reihe von Intellektuellenromanen bildet, zu deren Meistern Huxley neben André Gide und Thomas Mann zählt.

Die Themen, die die Gäste in geschliffenen Dialogen debattieren, sind auch heute noch aktuell, beispielsweise die Geburtenbeschränkung oder die Emanzipation der Frau. Zudem offenbart der Roman Huxleys eine Weitsicht, die beinahe visionäre Züge trägt: Er spricht Dinge an, die erst Jahre nach dem Erscheinen des Buches 1921 die Welt bewegen sollten: Vom automatischen Schreiben ist die Rede, lange bevor die Surrealisten die Kunst revolutionierten, das Aufstreben des Faschismus und der Zweite Weltkrieg werden vorausgesagt.

Bereits in diesem Debütroman kommt die satirische Begabung Huxleys zum Ausdruck, die Fähigkeit, sein enzyklopädisches Wissen in ironischer Brechung zu vermitteln – charmant und erfrischend.

Aldous Huxley, geboren 1894 in Surrey, gestorben 1963 in Hollywood. Wurde in Eton erzogen; Habilitation in Oxford. Journalist und Kritiker. Schrieb Gedichte, Reisebeschreibungen, Essays, Erzählungen und Romane. Mit seinem 1932 erschienenen Roman »Schöne neue Welt« erlangte er Weltruhm.

Aldous Huxley

Eine Gesellschaft auf dem Lande

Roman

Aus dem Englischen übertragen
und mit einem Nachwort versehen
von Herbert Schlüter

Piper
München Zürich

Die Originalausgabe erschien 1921 unter dem Titel »Crome Yellow« in London.

Von Aldous Huxley liegen in der Serie Piper bereits vor:

Die Pforten der Wahrnehmung / Himmel und Hölle (6)
Die Kunst des Sehens (216)
Moksha (287)
Narrenreigen (310)
Affe und Wesen (337)
Eiland (358)
Glücklich bis ans Ende ihrer Tage (423)
Der kleine Mexikaner (456)
Nach vielen Sommern (496)
Cynthia (509)
Die ewige Philosophie (563)
Wiedersehen mit der schönen neuen Welt (670)
Geblendet in Gaza (794)
Kontrapunkt des Lebens (946)
Zeit muß enden (1046)
Das Genie und die Göttin (1142)
Weitere Werke sind in Vorbereitung.

ISBN 3-492-11297-8
Neuausgabe 1991
3. Auflage, 6. – 11. Tausend Januar 1991
(1. Auflage, 1. – 6. Tausend dieser Ausgabe)

Umschlag: Federico Luci,
unter Verwendung des Gemäldes
»The Terrace« (1912) von Roger Frey
(Privatbesitz Mr. und Mrs. Richard King)
Satz: H. Mühlberger, Augsburg
Druck und Bindung: Clausen & Bosse, Leck
Printed in Germany

ERSTES KAPITEL

Auf dieser Strecke hatte noch nie ein Schnellzug verkehrt. Hier hielten die Züge – viele waren es nicht – auf jeder Station. Denis kannte die Namen auswendig: Bole, Tritton, Spavin Delawarr, Knipswich über Timpany, West Bowlby und endlich Camlet-on-the-Water. In Camlet pflegte er auszusteigen, während der Zug sich träge weiterschleppte, Gott mochte wissen, wohin, jedenfalls in das grüne Herz Englands.

Der Zug verließ mit schnaufender Lokomotive West Bowlby. Gott sei Dank war es nur noch eine Station. Denis nahm das Gepäck aus dem Netz und stapelte es ordentlich auf dem Eckplatz gegenüber auf. Ein müßiges Unterfangen. Aber man mußte etwas zu tun haben. Als er fertig war, ließ er sich wieder auf seinen Platz fallen und schloß die Augen. Die Hitze war unerträglich.

Oh, diese Reise! Es waren zwei verlorene Stunden seines Lebens, zwei Stunden, in denen er soviel hätte tun können – zum Beispiel das vollkommene Gedicht schreiben oder *das* Buch lesen, das der Schlüssel zu allem war. Statt dessen wurde ihm übel vom Geruch der schmutzigen Polstersitze.

Zwei Stunden. Hundertundzwanzig Minuten. Alles Mögliche ließe sich in dieser Zeitspanne tun. Alles. Und nichts. Hatte er nicht Hunderte solcher Stunden gehabt? Was hatte er mit ihnen getan? Er hatte sie vergeudet, die kostbaren Minuten verströmen lassen, als ob sein Vorrat unerschöpflich sei. Denis stöhnte innerlich auf, voll äußerster Mißachtung gegen sich und alle seine Werke. Welches Recht hatte er, in der Sonne zu sitzen, auf einem Eckplatz in einem Dritter-Klasse-Abteil, ja, überhaupt zu leben? Keines, gar keines.

Ein Gefühl der Qual, ein unsäglicher, wehmütiger Schmerz erfüllten ihn. Er war dreiundzwanzig und er war sich dieses Umstands qualvoll bewußt.

Mit einem kräftigen Ruck hielt der Zug. Endlich war man in Camlet. Denis sprang auf, stülpte sich den Hut bis über die Augen und brachte den Stapel seines Gepäcks wieder durcheinander, um sich dann aus dem Fenster zu lehnen und laut nach einem Gepäckträger zu rufen. Er nahm in jede Hand eine Reisetasche, die er jedoch gleich wieder absetzen mußte, um die Abteiltür zu öffnen. Als er mit seinem Gepäck glücklich auf dem Bahnsteig gelandet war, lief er den Zug entlang bis zum Gepäckwagen.

»Mein Fahrrad, mein Fahrrad!« erklärte er atemlos dem Zugbegleiter. Er fühlte sich ganz als Mann der Tat. Doch der Beamte schenkte ihm keine Beachtung und fuhr fort, planmäßig eins nach dem andern die für Camlet bestimmten Frachtstücke auszuladen. »Mein Fahrrad!« wiederholte Denis. »Ein grünes Herrenrad auf den Namen Stone. S-T-O-N-E.«

»Immer der Reihe nach, Sir«, sagte der Beamte beschwichtigend. Er war ein großer stattlicher Mann mit einem Seemannsbart. Man konnte sich gut vorstellen, wie er zu Hause, inmitten seiner zahlreichen Familie seinen Tee trank. In diesem Ton sprach er gewiß mit seinen Kindern, sobald die lästig wurden. »Immer eins nach dem andern, Sir.« Der Mann der Tat platzte wie ein durchlöcherter Gummireifen.

Er ließ sein Gepäck am Bahnhof, um es später abholen zu lassen, und fuhr auf seinem Fahrrad los. Wenn er aufs Land ging, nahm er immer sein Rad mit. Es gehörte zu seiner Theorie der körperlichen Ertüchtigung. Einmal wollte er um sechs Uhr früh aufstehen und nach Kenilworth oder nach Stratford-on-Avon oder sonstwohin radeln. Außerdem gab es im Umkreis von zwanzig Meilen immer irgendeine normannische Kirche oder ein Tudor-Schloß, die auf einem Nachmittagsausflug besichtigt werden konnten. Irgendwie kam man zwar nie dazu, aber es war doch eine angenehme Vorstellung, daß das Fahrrad da war und man eines schönen Morgens tatsächlich um sechs Uhr aufstehen könnte.

Der Weg vom Bahnhof aus stieg allmählich an. Als Denis die Höhe erreicht hatte, fühlte er sich schon heiterer. Die Welt war gut, fand er. Die blauen Hügel in der Ferne, die bleichenden Garben an den Hängen des Kammwegs und der baumlose Horizont, der sich änderte, während er weiterfuhr – ja, das alles war gut. Er war überwältigt von der Schönheit der engen Talmulden, die tief in die Hänge zu beiden Seiten unter ihm einschnitten. Kurven, Kurven: er wiederholte langsam das Wort, während er zugleich nach einem anderen suchte, das seinen Eindruck besser wiedergab. Kurven – nein, das traf es nicht ganz. Er machte eine Handbewegung, wie um den vollkommenen Ausdruck aus der Luft zu greifen, und fiel dabei beinahe vom Rad. Wo war das Wort, mit dem man die Kurven dieser kleinen Täler beschrieb? Sie waren schön wie die Formen eines menschlichen Körpers, sie waren subtil wie ein Kunstwerk ...

Galbe. Das war ein gutes Wort, aber es war französisch. *Le galbe évasé de ses hanches:* Gab es einen französischen Roman, in dem sich diese Wendung nicht fand? Er würde einmal ein Wörterbuch zum Gebrauch von Romanschriftstellern zusammenstellen. *Galbe, gonflé, goulu; parfum, peau, pervers, potelé, pudeur; vertu, volupté.*

Im Ernst, er mußte das Wort finden. Kurven, Kurven ... Diese kleinen Täler hatten die Umrisse einer Schale, die sich um eine Frauenbrust schmiegte; sie waren wie der Abdruck eines gewaltigen göttlichen Körpers, der auf diesen Hügeln geruht hatte. Alles schwerfällige Wendungen, aber sie schienen ihm dem, was er suchte, näherzubringen. Sich schmiegend, schmeichelnd, sich wiegend – seine Gedanken irrten durch die hallenden Korridore der Assonanzen und Alliterationen immer weiter weg vom Ziel. Er war verliebt in die Schönheit der Worte.

Als er sich der Außenwelt wieder bewußt wurde, befand er sich an einem Punkt, von wo aus der Weg steil und gerade in ein größeres Tal hinabführte. Drüben, am entgegengesetzten Hang, ein wenig oberhalb des Tals, lag sein Ziel: Crome. Er zog die Bremsen an; es war hübsch, bei diesem Blick auf Crome ein wenig zu verweilen. Die Fassade mit den drei vorspringenden Türmen stieg steil aus dem Dunkel der Bäume hervor. Das Haus lag im hellen Sonnenschein; die alten Backsteinmauern leuchteten rosenfarbig. Wie vollkommen, wie kostbar es war, von welch prachtvoller Abgeklärtheit! Und zugleich wie nüchtern-streng! Der Hügel fiel jetzt immer steiler ab; trotz seines Bremsens wurde seine Fahrt immer schneller. Er lockerte die Handbremse, und im Nu sauste er talabwärts. Fünf Minuten später fuhr er durch das Tor des großen Hofs. Die Haustür war gastlich weit geöffnet. Er lehnte das Rad an die Mauer und ging hinein. Er wollte sie überraschen.

ZWEITES KAPITEL

Er überraschte niemanden; es war niemand da, den er hätte überraschen können. Im Haus war alles still; Denis wanderte von einem leeren Zimmer ins andere und sah mit Vergnügen wieder die vertrauten Bilder und Möbel, auch all die kleinen Lebenszeichen, die hier und da herumlagen. Es war ihm eigentlich ganz lieb, daß sie alle draußen waren; er genoß es, durch das Haus zu wandern, als wolle er ein totes, verlassenes Pompeji erforschen. Auf was für Lebensformen würde der Ausgräber auf Grund dieser Überreste schließen? Mit was für Menschen diese leeren Räume bevölkern? Da war die lange Galerie mit ihren Reihen von Respekt erheischenden, aber (was man natürlich öffentlich nicht eingestehen konnte) ziemlich langweiligen italienischen Primitiven, mit den chinesischen Skulpturen und der unaufdringlichen, zeitlosen Möblierung. Da war der holzgetäfelte Salon mit den gewaltigen chintzbezogenen Sesseln, wahren Oasen der Behaglichkeit inmitten der strengen, das Fleisch kasteienden Antiken. Und da das Damenzimmer mit den Wänden in hellem Zitronengelb, den bunten venezianischen Stühlen und Rokokotischen, den Spiegeln und den modernen Bildern. Und dort die Bibliothek, kühl, geräumig, dunkel, mit den Bücherregalen vom Fußboden bis zur Decke, gespickt mit unheimlichen Folianten. Und da kam das Speisezimmer, gediegen englisch, voller Portweinatmosphäre sozusagen, mit dem großen Mahagonitisch, Stühlen und Büfett aus dem achtzehnten Jahrhundert, Bildern aus derselben Zeit – Familienporträts und Tierbildern, peinlich genau in der Wiedergabe. Was konnte man aus solchen Funden schließen? In der langen Galerie und in der

Bibliothek war viel von Henry Wimbush, und vielleicht etwas von Anne im Damenzimmer. Das war alles. Inmitten dessen, was zehn Generationen hier angehäuft hatten, waren die Spuren der Lebenden nur gering.

Im Damenzimmer lag sein Versband auf dem Tisch. Wie taktvoll! Er nahm ihn in die Hand und schlug ihn auf. Es war das, was die Kritiker »einen schmalen Band« nennen. Sein Blick fiel auf die Zeilen:

> ... Aber die Stille und das unendliche Dunkel
> Überwölben die Lichter des Lunaparks
> Und in das Nachtdunkel höhlt
> Blackpool sein strahlend turbulentes Grab.

Er legte das Buch wieder auf den Tisch, schüttelte den Kopf und seufzte. »Was für ein Genie ich doch damals war!« dachte er, den altgewordenen Swift zitierend. Seit dem Erscheinen des Buches war knapp ein halbes Jahr vergangen, und er war überzeugt, daß er so etwas nie wieder schreiben würde. Wer mochte es hier gelesen haben? Vielleicht Anne; es war ihm ein sympathischer Gedanke. Vielleicht hatte sie sich sogar in der Nymphe der jungen Pappel wiedererkannt: als die schlanke Dryade, deren Bewegungen an das Sichwiegen eines jungen Baumes im Wind erinnerten. *Die Frau, die ein Baum war*, hatte er das Gedicht genannt. Er hatte ihr das Buch geschenkt, sobald es erschienen war, und gehofft, daß ihr das Gedicht sagen würde, was er selbst ihr nicht zu sagen wagte. Aber sie war nie darauf zu sprechen gekommen.

Er schloß die Augen und sah sie im Geiste, wie sie im roten Samtcape wiegenden Schritts das kleine Restaurant betrat, in dem sie in London zuweilen zu Abend aßen – sie mit einer Verspätung von einer dreiviertel Stunde, er an seinem Tisch wartend, gepeinigt von Sorge, Ärger und Hunger. Oh, sie war abscheulich!

Ihm fiel ein, daß seine Gastgeberin vielleicht in ihrem Boudoir war. Es war eine Möglichkeit; er wollte einmal nachsehen. Das Boudoir Mrs. Wimbushs befand sich im mittleren Turm auf der Gartenseite. Man erreichte es von der Halle aus über eine kleine Wendeltreppe. Denis stieg hinauf und klopfte an die Tür. »Herein!« Sie war also da; beinahe hatte er gehofft, sie nicht anzutreffen. Er öffnete die Tür.

Priscilla Wimbush lag auf dem Sofa. Sie hatte einen Schreibblock auf den Knien und saugte an dem Ende eines silbernen Bleistifts.

»Hallo!« Sie blickte auf. »Ich hatte ganz vergessen, daß Sie kommen.«

»Nun bin ich aber leider hier«, sagte Denis reumütig. »Es tut mir furchtbar leid.«

Mrs. Wimbush lachte. Ihre Stimme und ihr Lachen waren tief und klangen männlich. Alles an ihr war männlich. Sie hatte ein großes kantiges Gesicht – das Gesicht einer Frau mittleren Alters – mit einer großen vorspringenden Nase und kleinen grünlichen Augen, und das alles war gekrönt von einer kunstvoll hochgetürmten Frisur in merkwürdiger, unwahrscheinlicher Orangetönung. Bei ihrem Anblick mußte Denis immer an Wilkie Bard als Sängerin denken.

Darum zieht es mich zur Oper
Da sing ich in der Oper
Und singe in der Opa Opa Opera.

Sie trug heute ein Kleid aus purpurroter Seide mit hohem Kragen und dazu eine Perlenschnur. In diesem Kostüm, das so sehr an »Herzoginwitwe« und »Königliche Familie«

erinnerte, schien sie mehr denn je einem Music-Hall-Programm entsprungen.
»Was haben Sie die ganze Zeit über getan?« fragte sie.
»Also«, begann Denis und zögerte ein wenig, nahezu mit Wollust. Er hatte nämlich einen ungemein amüsanten Bericht über London und Londoner Ereignisse fix und fertig im Kopf. Es würde ihm ein Vergnügen sein, ihn jetzt loszuwerden. »Also zunächst einmal . . .«
Aber er kam schon zu spät. Die Frage Mrs. Wimbushs war das, was die Grammatiker eine rhetorische Frage nennen: sie verlangte keine Antwort. Sie war nur eine kleine höfliche Floskel, ein Eröffnungszug im königlichen Spiel.
»Sie sehen mich mit meinen Horoskopen beschäftigt«, sagte sie, ohne auch nur zu merken, daß sie ihn unterbrach.
Schmerzlich berührt, beschloß Denis, seine Geschichte für empfänglichere Ohren aufzubewahren. Er begnügte sich, zu seiner Revanche, mit einem recht eisigen »Oh?«
»Habe ich Ihnen schon erzählt, wie ich in diesem Jahr vierhundert im *Grand National* gewonnen habe?«
»Ja«, antwortete er, kühl und einsilbig. Sie hatte es ihm schon mindestens sechsmal erzählt.
»Wunderbar, nicht wahr? Es steht alles in den Sternen. Früher, als ich noch nicht die Sterne zu meiner Hilfe nahm, pflegte ich Tausende zu verlieren. Jetzt aber« – sie hielt einen Augenblick inne – »nun, denken Sie an die vierhundert Pfund im *Grand National.* Das machen die Sterne.«
Denis hätte gern etwas mehr über »früher« gehört. Aber er war zu diskret und, mehr noch, zu schüchtern, um sie zu fragen. Damals mußte es so etwas wie einen Bankrott gegeben haben; mehr wußte er nicht. Die gute alte Pris-

cilla – damals natürlich noch nicht so alt und dafür temperamentvoller – hatte sehr viel Geld verloren, hatte es mit vollen Händen bei jedem Rennen verschwendet. Sie hatte auch gespielt. Wieviel Tausende es genau waren, darüber gingen die Berichte auseinander, aber alle sprachen von einer großen Summe. Henry Wimbush hatte einige seiner italienischen Primitiven nach Amerika verkaufen müssen – einen Taddeo da Poggibonsi, einen Amico di Taddeo und vier oder fünf Sienesen. Es kam zu einer Krise. Zum erstenmal in seinem Leben setzte Henry sich durch und das, wie es schien, mit gutem Erfolg.

Das flotte und flatterhafte Leben Priscillas erfuhr einen jähen Wandel. Jetzt blieb sie fast immer in Crome und pflegte irgendeine nicht näher bestimmte Krankheit. Um sich zu trösten, tändelte sie ein wenig mit der Neuen Philosophie und dem Okkultismus. Ihre Passion für Pferderennen war ihr freilich geblieben, und Henry, der im Grunde ein gutherziger Mensch war, bewilligte ihr ein monatliches Wettgeld von vierzig Pfund. Meistens verbrachte sie ihre Zeit damit, Horoskope für Rennpferde zu stellen; ihr Geld investierte sie wissenschaftlich, wie es ihr die Sterne diktierten. Sie wettete auch bei Fußballspielen und trug die Horoskope sämtlicher Ligaspieler in ein großes Notizbuch ein. Das Horoskop der einen Elf gegen das einer anderen abzuwägen, war ein heikles, schwieriges Unterfangen. Ein Spiel zwischen zwei Mannschaften brachte einen so weittragenden und komplizierten Konflikt im Himmel mit sich, daß es nicht zu verwundern war, wenn ihr zuweilen bei ihren Berechnungen ein Irrtum unterlief.

»Es ist so schade, daß Sie an diese Dinge nicht glauben, Denis«, sagte Mrs. Wimbush mit ihrer tiefen deutlichen Stimme. »Wirklich schade.«

»Ich kann es nicht so sehen.«

»Weil Sie nicht wissen, was Glauben heißt. Sie ahnen nicht, wie aufregend und lustig das Leben wird, wenn man glaubt. Alles, was geschieht, hat eine Bedeutung; nichts, was man tut, ist je ohne Bedeutung. Das macht das Leben so schön, verstehen Sie. Hier bin ich nun in Crome. Sterbenslangweilig, werden Sie denken. Aber nein, das finde ich nicht. Ich weine den alten Zeiten keine Träne nach. Ich habe die Sterne ...« Sie nahm einen Bogen von der Schreibunterlage auf. »Das Horoskop Inmans«, erklärte sie. »Ich will es in diesem Herbst einmal mit der Billardmeisterschaft versuchen ... Ich suche die Harmonie mit dem Unendlichen.« Sie begleitete ihre Worte mit einer winkenden Handbewegung. »Und dann gibt es das Jenseits und all die Geister, und die Aura, die jeder Mensch hat, und Mrs. Eddy mit der *Christian Science,* die sagt, daß es keine Krankheit gibt, und die christlichen Mysterien und Mrs. Besants Theosophie. Es ist alles so wunderbar, keinen Augenblick hat man Langeweile. Ich kann mir überhaupt nicht mehr vorstellen, wie ich früher lebte, – vordem. Vergnügen? Ein ewiges Herumlaufen, das war es. Lunch, Tee, Dinner, Theater, das Souper – jeden Tag dasselbe. Natürlich machte es Spaß, solange man dabei war. Aber es blieb nicht viel davon zurück. Darüber hat übrigens Barbecue-Smith etwas recht Gutes in seinem neuen Buch geschrieben. Wo habe ich es?«

Sie richtete sich auf und griff nach einem Buch, das auf dem kleinen Tisch am Kopfende des Sofas lag.

»Kennen Sie ihn zufällig?«

»Wen?«

»Mr. Barbecue-Smith.«

Denis wußte ungefähr Bescheid über ihn. Barbecue-Smith war ein Name aus den Sonntagsblättern. Er schrieb über

»Lebenshilfe«. Er hätte auch der Autor eines Buches »Was ein junges Mädchen wissen muß« sein können.
»Nein, nicht persönlich.«
»Ich habe ihn für das nächste Wochenende eingeladen.« Sie blätterte in dem Buch. »Da ist die Stelle, die ich meine. Ich habe sie angestrichen. Ich streiche mir immer die Stellen an, die mir gefallen.«
Das Buch fast auf Armeslänge von sich abhaltend – sie war ein wenig weitsichtig – begann sie, langsam und mit bühnengerechter Betonung vorzulesen, nicht ohne den Text mit ausdrucksvollen Bewegungen ihrer freien Hand zu begleiten.
»›Was sind Tausend-Pfund-Pelzmäntel, was sind Einkommen von einer Viertelmillion?‹« Mit einer theatralischen Bewegung ihres Hauptes blickte sie auf, und die orangenfarbene Frisur nickte bedrohlich. Er betrachtete sie fasziniert. War dies ihr eigenes Haar, mit Henna gefärbt, oder war es eine jener Perücken, die in den Anzeigen als »Zweitfrisur« bezeichnet wurden?
»›Was sind Thron und Szepter?‹«
Die orangenfarbene Perücke – ja, es mußte eine sein – wippte.
»›Was sind die Feste der Reichen, die Pracht der Mächtigen, der Stolz der Großen, was sind die lauten Vergnügungen der großen Welt?‹«
Sie senkte plötzlich ihre Stimme, die sie mit jeder Frage mehr erhoben hatte, und gab die Antwort mit dunkel tönender Stimme.
»›Nichts sind sie. Eitelkeit, eine Handvoll Staub, Spreu im Winde, ein Fieberhauch. Alles, worauf es ankommt, ereignet sich in unserem Herzen. Süß ist die Welt des Sichtbaren, aber die des Unsichtbaren bedeutet tausendmal mehr. Was im Leben zählt, ist das Unsichtbare.‹«

Mrs. Wimbush ließ das Buch sinken. »Großartig, nicht wahr?«

Denis wollte lieber keine Meinung äußern, er beschränkte sich auf ein unverbindliches »Hm«.

»Ja, es ist ein schönes Buch, ein wunderbares Buch«, sagte Priscilla, während sie die Seiten unter dem Daumen zurückschnellen ließ. »Hier ist die Stelle über den Lotosteich. Er vergleicht die Seele mit einem Lotosteich, wissen Sie?« Sie hob das Buch wieder hoch und las: »›Einer meiner Freunde hat in seinem Garten einen Lotosteich. Er liegt in einem kleinen engen Tal, überwachsen von Wild- und Heckenrosen, in denen die Nachtigall den ganzen Sommer lang ihr Liebeslied flötet. Im Teich blühen die Lotosblumen, und die Vögel der Luft kommen, um in dem kristallklaren Wasser zu trinken und zu baden ...‹ Ach, da fällt mir ein«, rief Priscilla plötzlich, während sie das Buch zuklappte und in lautes tiefes Lachen ausbrach – »da fällt mir ein, was sich in unserem Badeteich abspielte, seitdem Sie das letzte Mal hier waren. Wir hatten den Leuten vom Dorf erlaubt, am Abend zu kommen und hier zu baden. Sie können sich nicht vorstellen, was passierte.«

Sie beugte sich zu ihm, ihre Stimme ging in ein vertrauliches Flüstern über, und hin und wieder ließ sie ihr tiefes gurgelndes Lachen hören. »... Gemeinsames Baden beider Geschlechter ... ich konnte sie von meinem Fenster aus sehen ... ließ mir ein Fernglas bringen, um mich zu überzeugen ... nein, es gab keinen Zweifel ...« Wieder ertönte ihr Lachen. Auch Denis lachte. Barbecue-Smith stürzte zu Boden.

»Es wird Zeit, daß wir uns um unseren Tee kümmern«, sagte Priscilla. Sie gab sich einen Ruck und stand auf. Es raschelte, als sie, kräftig ausschreitend unter der schleppenden Seide, das Zimmer durchquerte. Denis folgte. Leise summte er vor sich hin:

Darum zieht es mich zur Oper
Da sing ich in der Oper
Und singe in der Opa-Opa-Opera.

Und am Ende den kleinen Schnörkel der Begleitung: »ra-ra.«

DRITTES KAPITEL

Die Terrasse vor dem Haus war ein langer schmaler Rasenstreifen, den vorn eine anmutig geschwungene steinerne Balustrade begrenzte. An beiden Enden stand ein kleines Gartenhaus aus Backstein. Unter dem Haus fiel der Boden steil ab, die Terrasse lag sehr hoch; von dem Geländer bis zu der schräg abfallenden Rasenfläche ging es zehn Meter steil abwärts. Von unten her gesehen, bot die hohe und glatte, wie das Haus aus Backstein gemauerte Terrassenwand den drohenden Anblick einer Befestigung – einer Burgbastei, von deren Brustwehr aus man über Abgründe hinweg in die Ferne sah. Unten, im Vordergrund, lag inmitten grüner Massen beschnittener Eiben der Badeteich mit steinernem Rand. Dahinter erstreckte sich der Park mit seinen mächtigen Ulmen, den weiten grünen Rasenflächen bis zu dem schimmernden schmalen Fluß im Grunde des Tals. Hinter dem Fluß stieg der Boden mit seinem Schachbrettmuster von Äckern und Feldern langsam wieder an. Weiter oben rechts sah man jenseits des Tals in der Ferne eine Reihe blauer Hügel.

Man hatte den Teetisch in den Schatten eines der beiden Gartenhäuser gestellt, und die Gäste waren bereits um ihn versammelt, als Denis und Priscilla erschienen. Henry Wimbush hatte damit begonnen, den Tee einzuschenken. Er gehörte zu jenen alterslosen, sich immer gleichbleibenden Männern über Fünfzig, die ebensogut dreißig Jahre wie sonstwie alt sein mochten. Denis kannte ihn, fast solange er denken konnte. Und in all diesen Jahren war sein blasses hübsches Gesicht niemals älter geworden; es war wie die hellgraue Melone, die er Sommer wie Winter trug – ohne zu altern, ruhig, von ausdrucksloser Heiterkeit.

Neben ihm saß Jenny Mullion, – neben ihm, aber getrennt von ihm wie auch von der übrigen Welt durch die so gut wie unüberwindliche Barriere ihrer Schwerhörigkeit. Sie war etwa dreißig Jahre alt, stupsnäsig, von hellem Teint, weiß und rosa, und sie trug ihr braunes Haar als Schneckenfrisur. Wie abgesondert saß sie in dem geheimen Turm ihrer Taubheit und beobachtete mit wachen, durchdringenden Blicken die Welt unter ihr. Was dachte sie wohl von den Männern, Frauen und Dingen um sie herum? Dahinter war Denis noch nicht gekommen. In ihrer geheimnisvollen Unnahbarkeit war sie ein wenig beunruhigend. So schien sie sich zum Beispiel jetzt über einen geheimen Scherz zu amüsieren, denn sie lächelte vor sich hin, und ihre braunen Augen waren wie zwei glänzende runde Murmeln.

Auf der anderen Seite Henrys leuchtete das Gesicht Mary Bracegirdles kindlich und rosig in seiner ernsten mondhaften Unschuld. Sie war fast dreiundzwanzig Jahre alt, aber niemand hätte sie für so alt geschätzt. Ihr kurzes, nach Pagenart geschnittenes Haar hing wie eine Glocke aus elastischem Gold über ihren Wangen. Sie hatte große blaue Porzellanaugen, aus denen naiver Ernst und oft verlegenes Staunen sprachen.

Neben Mary saß, sehr steif und aufrecht, ein kleiner hagerer Mann. In seiner Erscheinung glich Mr. Scogan einem Exemplar der ausgestorbenen Gattung der Vogeleidechsen aus dem Tertiär. Seine Nase sprang spitz und schnabelförmig vor, und seine dunklen Augen hatten den blanken flinken Blick eines Rotkehlchens. Dennoch hatte er nichts Sanftes, Anmutiges oder Flaumiges an sich; die Haut seines runzeligen braunen Gesichts wirkte trocken und schuppig, und seine Hände waren Krokodilshände. Seine raschen Bewegungen hatten wie die der Eidechse das Verwirrend-Abrupte eines aufgezogenen Uhrwerks; seine Stimme war dünn, flötend, trocken. Mr. Scogan, ein Schulkamerad Henry Wimbushs und genauso alt wie er, sah dennoch viel älter und zugleich viel jugendlicher und lebendiger aus als dieser liebenswürdige Aristokrat mit dem Gesicht einer grauen Melone.

Mr. Scogan glich vielleicht einem ausgestorbenen Saurier, doch Gombauld war ganz und gar menschlich. In den alten Naturgeschichten aus den dreißiger Jahren des vorigen Jahrhunderts hätte er auf einem Stahlstich gut als typischer Vertreter des *Homo sapiens* figurieren können – eine Ehre, die zu jener Zeit im allgemeinen Lord Byron vorbehalten blieb. Tatsächlich hätte Gombauld mit etwas mehr Haaren und etwas weniger Kragen völlig byronsch ausgesehen – mehr als das, denn Gombauld war provenzalischer Abstammung, ein schwarzhaariger junger Korsar von etwa dreißig Jahren, mit blendenden Zähnen und leuchtenden großen dunklen Augen. Voller Neid betrachtete ihn Denis. Er war eifersüchtig auf seine Begabung.

Wenn er so gute Verse schreiben könnte, wie Gombauld gute Bilder malte! Noch mehr aber beneidete er in diesem Augenblick Gombauld um sein Aussehen, seine Vitalität, die ungezwungene Sicherheit seines Auftretens. War es so verwunderlich, daß Anne ihn gern hatte? Gern haben? Es könnte auch Schlimmeres sein, dachte Denis mit Bitterkeit, als er jetzt neben Priscilla über die lange Rasenterrasse ging.

Zwischen den Plätzen Gombaulds und Mr. Scogans stand ein ziemlich flachgestellter Liegestuhl mit dem Rücken zu den Näherkommenden. Gombauld beugte sich gerade über ihn. Sein Mienenspiel war lebhaft, er lächelte, er lachte und begleitete alles mit flinken Bewegungen seiner Hände. Aus der Tiefe des Liegestuhls drang ein weiches, träges Lachen. Denis zuckte zusammen. Wie gut kannte er dieses Lachen! Was für Gefühle rief es in ihm wach! Er beschleunigte seinen Schritt.

In ihrem niedrigen Liegestuhl lag Anne mehr, als daß sie saß. Ihr langer, schlanker Körper ruhte in einer Pose von schlaffer, lässiger Anmut. Das von hellbraunem Haar gerahmte Gesicht war von einer angenehmen Regelmäßigkeit, die fast etwas Puppenhaftes hatte. In manchen Augenblicken schien sie wirklich nichts weiter als eine Puppe zu sein: wenn ihr ovales Gesicht mit den langwimprigen hellblauen Augen nichts ausdrückte und es nur eine träge wächserne Maske war. Sie war eine Nichte Henry Wimbushs. Die indolente Haltung gehörte zum Erbe der Wimbushs. Sie lag in der Familie, und bei ihren weiblichen Mitgliedern zeigte sie sich als ausdrucksloses Puppengesicht. Aber über der Puppenmaske spielte wie eine fröhliche Melodie über dem gleichbleibenden Fundamentalbaß das andere Erbe der Familie: das rasche Lachen, die leichte ironische Belustigung und der wechselnde Ausdruck für viele Stimmungen. Als sich jetzt Denis über sie beugte, lächelte sie ihm zu. Ihr Katzenlächeln nannte er es, ohne eigentlich einen rechten Grund dafür zu haben. Ihr Mund blieb zusammengepreßt, und an den beiden Seiten gruben sich zwei kleine Fältchen in die Wangen. Es lag unendlich viel von leicht boshaftem Amüsiertsein in diesen Mundwinkeln, in den kleinen Fältchen um die Augen, ja in den Augen selbst, so strahlend und lachend zwischen zusammengezogenen Lidern.

Nach der ersten Begrüßung fand Denis einen freien Stuhl zwischen Gombauld und Jenny. Er setzte sich.

»Wie geht es Ihnen, Jenny?« fragte er mit lauter Stimme.

Jenny nickte und lächelte, rätselhaft verschwiegen, als ob der Zustand ihrer Gesundheit ein vor der Öffentlichkeit zu hütendes Geheimnis sei.

»Was hat sich in London seit meiner Abreise getan?« fragte Anne aus der Tiefe ihres Liegestuhls.

Der Moment war gekommen. Sein unglaublich amüsanter Bericht wartete nur darauf, abgerufen zu werden. »Also«, begann Denis mit einem glücklichen Lächeln, »zunächst muß ich ...«

»Hat Ihnen Priscilla von unserer fabelhaften archäologischen Entdeckung erzählt?« Henry Wimbush beugte sich vor. Denis' verheißungsvoller Beginn war schon im Keim erstickt.

»Zunächst einmal«, wiederholte Denis seinen verzweifelten Versuch, »war da das Ballett ...«

»In der vorigen Woche«, fuhr Mr. Wimbush sanft und unerbittlich fort, »haben wir fünfzig Meter eichene Abflußrohre ausgegraben. Einfach Baumstämme mit einem Loch, durch die Mitte gebohrt. Sehr aufschlußreich. Ob sie dort von den Mönchen im fünfzehnten Jahrhundert installiert worden sind, oder ...«

Mit düsterer Miene hörte Denis zu. »Phantastisch!« sagte er, als Mr. Wimbush fertig war, »einfach phantastisch!« Er nahm sich ein zweites Stück Kuchen. Jetzt hatte er nicht einmal mehr Lust, seinen Londoner Bericht zu geben. Er war entmutigt.

Schon seit einiger Zeit ruhten Marys ernste blaue Augen auf ihm. »Was haben Sie letzthin geschrieben?« erkundigte sie sich. Sie freute sich auf ein kleines literarisches Gespräch.

»Oh, Verse und Prosa«, sagte Denis. »Einfach Verse und Prosa.«

»Prosa?« Mr. Scogan stürzte sich mit alarmierender Heftigkeit auf das Wort. »Sie haben Prosa geschrieben?«

»Ja.«

»Doch nicht einen Roman?«

»Doch.«

»Mein armer Denis! Und wovon handelt er?«

Denis empfand ein gewisses Unbehagen. »So von dem Üblichen, wissen Sie.«

»Natürlich«, stöhnte Mr. Scogan. »Ich werde Ihnen die Handlung erzählen. Der kleine Percy, der Held der Geschichte, hatte im Sport nie etwas geleistet, war aber ein intelligenter Junge. Er besuchte die übliche Public School, danach die übliche Universität. Er ging dann nach London und lebte dort im Künstlermilieu. Aber schwermütige Gedanken bedrücken ihn; er trägt auf seinen Schultern das Gewicht der ganzen Welt. Dann schreibt er einen ungemein brillanten Roman, spielt fein und klug mit der Liebe und verschwindet am Ende des Buches in eine strahlende Zukunft.«

Denis stieg glühende Röte ins Gesicht. Mr. Scogan hatte die Fabel seines Romans mit erschreckender Genauigkeit wiedergegeben. Er versuchte ein Lachen. »Da irren Sie sich aber gründlich«, sagte er. »Damit hat mein Roman nicht die geringste Ähnlichkeit.« Es war eine heroische Lüge. Glücklicherweise hatte er erst zwei Kapitel geschrieben. Er nahm sich vor, sie noch an diesem Abend zu zerreißen, wenn er seine Sachen auspackte.

Mr. Scogan schenkte seinem Dementi keine Beachtung. »Warum«, fuhr er fort, »müßt ihr jungen Leute immer über so gänzlich uninteressante Dinge schreiben wie die Mentalität von Heranwachsenden und von Künstlern? Vielleicht ist es für einen Anthropologen gelegentlich interessant, die Glaubensvorstellungen des Australnegers mit den philosophischen Problemen des jungen Studenten zu vergleichen. Aber Sie können von einem normalen erwachsenen Mann wie mir nicht erwarten, daß ihn die Geschichte der geistigen Skrupel dieses Studenten sehr bewegt. Und schließlich und endlich gibt es in England, sogar auch in Deutschland und Rußland, mehr Erwachsene als Jugendliche. Und was die Künstler betrifft, so haben ihre Probleme ganz und gar nichts mit denen des normalen Erwachsenen zu tun – rein ästhetische Probleme, die sich Leuten wie mir überhaupt nicht stellen –, so daß die Beschreibung ihrer intellektuellen Bemühungen für den schlichten Leser so langweilig ist wie etwa ein Werk der reinen Mathematik. Ein seriöses Buch über Künstler als Schöpfer von Kunstwerken ist unlesbar; und ein Buch über Künstler als Liebhaber, Ehemänner, Alkoholiker, Helden oder ähnliches lohnt sich nicht mehr zu schreiben. *Jean-Christophe* ist der stereotype Künstler in der Literatur, so wie *Professor Radium* der stereotype Mann der Wissenschaft in den *Comics* ist.«

»Da höre ich zu meinem Leidwesen, wie uninteressant ich bin«, sagte Gombauld.

»Aber keineswegs, mein lieber Gombauld«, beeilte sich

Mr. Scogan zu erklären. »Ich bezweifle gar nicht, daß Sie als Liebhaber oder Alkoholiker ein faszinierendes Exemplar sind. Aber wenn Sie auf der Leinwand Formen nebeneinander stellen, sind Sie – wie Sie zugeben müssen, wenn Sie ehrlich sind – einfach langweilig.«

»Da bin ich absolut anderer Meinung«, erklärte Mary nachdrücklich. Sie geriet immer etwas außer Atem, wenn sie sprach, und so mußte sie sich ständig unterbrechen, um nach Luft zu schnappen. »Ich kenne sehr viele Künstler und habe ihre Mentalität immer sehr interessant gefunden. Besonders in Paris. Tschuplitski zum Beispiel – ich war in diesem Frühjahr in Paris sehr viel mit Tschuplitski zusammen . . .«

»Sie sind allerdings eine Ausnahme, Mary, Sie sind ein besonderer Fall«, versicherte Mr. Scogan. »Sie sind eine *femme supérieure.*«

Sie errötete vor Vergnügen, und ihr Gesicht glich einem strahlenden Sommervollmond.

VIERTES KAPITEL

Als Denis am nächsten Morgen erwachte, stand die Sonne an einem wolkenlosen Himmel. Er beschloß, seine weißen Flanellhosen anzuziehen – weiße Flanellhosen zum schwarzen Jackett mit seidenem Hemd und der neuen pfirsichfarbenen Krawatte. Und die Schuhe? Natürlich sprach alles für Weiß, aber etwas Verlockendes hatte für ihn auch der Gedanke an seine schwarzen Lackschuhe. Er

blieb noch ein paar Minuten im Bett liegen, um die Frage zu bedenken.
Bevor er hinunterging – er hatte sich für die schwarzen Lackschuhe entschieden – warf er einen kritischen Blick in den Spiegel. Sein Haar, fand er, hätte ein bißchen goldener sein können. Flachsblond, wie es war, hatte es einen Stich ins Grünliche. Aber seine Stirn war gut. Die hohe Stirn machte wett, was dem Kinn an Entschlossenheit fehlte. Seine Nase hätte er sich ein wenig länger gewünscht, doch sie mochte hingehen, und seine Augen hätten ihm blau besser gefallen als grün. Aber sein Jackett war gut geschnitten, und diskret wattiert ließ es ihn kräftiger erscheinen, als er war. Die weiß bekleideten Beine waren lang und elegant. Zufrieden stieg er die Treppe hinunter. Die meisten hatten schon gefrühstückt. Er war allein mit Jenny.
»Ich hoffe, Sie haben gut geschlafen«, sagte er.
»Ja, ist es nicht prächtig?« erwiderte Jenny und nickte rasch zweimal zur Bestätigung. »Aber in der vorigen Woche hatten wir furchtbare Gewitter.«
Parallelen treffen sich nur im Unendlichen, dachte Denis. Er konnte auf ewig vom Glück des Schlafs sprechen und sie bis ans Ende der Zeiten vom meteorologischen Geschehen. Gab es je einen Kontakt mit dem andern? Wir sind alle Parallelen. Nur Jenny war noch ein bißchen paralleler als die meisten.
»Eine Tortur für die Nerven, diese Gewitter«, bemerkte er, während er sich etwas Porridge auf den Teller tat. »Finden Sie nicht? Oder sind Sie über Angst erhaben?«
»Nein. Bei Gewitter gehe ich immer ins Bett. Man ist im Liegen sehr viel sicherer.«
»Wieso das?«
»Weil«, und hier machte Jenny eine anschauliche Hand-

bewegung, »weil der Blitz immer nur von oben nach unten geht, nie aber waagerecht einschlägt. Wenn man liegt, ist man außerhalb des Stromkreises.«

»Sehr raffiniert.«

»Es ist wahr.«

Es folgte ein Schweigen. Denis aß seinen Haferbrei und nahm danach eine Scheibe Speck. Weil ihm nichts Besseres einfiel und ihm aus irgendeinem Grund die absurde Bemerkung Mr. Scogans nicht aus dem Kopf ging, fragte er Jenny:

»Halten Sie sich für eine *femme supérieure*?« Er mußte die Frage mehrmals wiederholen, bis sie sie verstand.

»Nein«, antwortete sie ziemlich ungehalten, als sie endlich begriffen hatte, was Denis sagte. »Natürlich nicht. Hat das jemand von mir behauptet?«

»Nein«, sagte Denis. »Mr. Scogan hat Mary erklärt, sie sei eine solche Frau.«

»So?« Jenny senkte die Stimme. »Soll ich Ihnen verraten, was ich von dem Mann halte? Ich halte ihn für einen etwas undurchsichtigen Charakter.«

Nachdem sie diese Erklärung abgegeben hatte, zog sie sich wieder in den Elfenbeinturm ihrer Schwerhörigkeit zurück und schloß die Tür hinter sich. Denis konnte sie nicht dazu bringen, noch irgend etwas zu sagen, nicht einmal, ihm zuzuhören. Sie lächelte ihm nur zu, lächelte und nickte zuweilen mit dem Kopf.

Denis ging auf die Terrasse, um seine erste Pfeife nach dem Frühstück zu rauchen und die Morgenzeitung zu lesen. Als eine Stunde später Anne herunterkam, fand sie ihn noch immer über seiner Zeitung. Er war mittlerweile bis zu den Hofnachrichten und Heiratsanzeigen vorgedrungen. Er erhob sich, um sie zu begrüßen, als sie, eine Dryade in weißem Musselin, über den Rasen näherkam.

»Denis, Sie sehen einfach entzückend aus in Ihren weißen Hosen!«

Damit hatte sie ihn aus der Fassung gebracht, hierauf gab es keine Erwiderung. »Sie sprechen mit mir, als wäre ich ein kleines Kind, das ein neues Kleid anhat«, sagte er, ohne aus seinem Ärger ein Hehl zu machen.

»Aber so empfinde ich Ihnen gegenüber, mein lieber Denis.«

»Das dürfen Sie nicht.«

»Ich kann's nicht ändern. Ich bin so viel älter als Sie.«

»Das fehlte noch. Vier Jahre älter!«

»Und wenn Sie nun einfach entzückend aussehen in Ihren weißen Hosen, warum darf ich es dann nicht sagen? Und warum haben Sie sie angezogen, wenn Sie nicht glaubten, darin entzückend auszusehen?«

»Wollen wir nicht in den Garten gehen?« Denis war verstimmt. Das Gespräch hatte eine so lächerliche und unerwartete Wendung genommen. Er hatte eine ganz andere Eröffnung geplant, etwa mit einer Bemerkung wie: »Sie sehen heute morgen bezaubernd aus«, worauf sie dann hätte antworten müssen: »Finden Sie?«, und darauf wäre dann ein bedeutungsvolles Schweigen gefolgt. Und jetzt hatte sie mit seinen Hosen angefangen. Es war unerträglich; sein Stolz war verletzt.

Dieser Teil des Gartens, der von der Terrasse aus schräg zum Schwimmbecken hin abfiel, war nicht so sehr durch seine Farben als seine Formen schön. Er war bei Mondschein so schön wie bei Sonnenschein. Die silberne Fläche des Wassers und die dunklen Formen der Eiben und Ilex blieben zu jeder Stunde und in jeder Jahreszeit die charakteristischen Züge des Bildes. Es war eine Landschaft in Schwarzweiß. Für Farben war der Blumengarten da; er lag neben dem Badeteich, von dem ihn eine gewaltige

Wand von ineinander gewachsenen Eiben trennte. Man schritt durch einen Tunnel in der Hecke, öffnete eine Pforte in der Mauer und befand sich plötzlich überrascht in der Welt der Farben. Die Juli-Beete loderten und flakkerten in der Sonne. Umgeben von hohen Backsteinmauern war der Garten wie ein großer Speicher von Wärme, Düften und Farben.

Denis hielt das kleine eiserne Gartentor für Anne auf. »Es ist, wie wenn man von einem Kloster in einen orientalischen Palast tritt«, sagte er und sog tief die warme düftegeschwängerte Luft ein. »›Sie schießen Düftesalven ab ...‹ Wie geht es noch?

Well shot, ye firemen! O how sweet
And round your equal fires do meet;
Whose shrill report no ear can tell;
But echoes to the eye and smell ...

»Sie haben die schlechte Angewohnheit zu zitieren«, sagte Anne. »Da ich weder je den Zusammenhang noch den Autor kenne, empfinde ich es als Demütigung.«

»Daran ist unsere Erziehung schuld«, entschuldigte sich Denis. »Irgendwie erscheint uns etwas wirklicher und lebendiger, wenn wir darüber eine von einem andern vorgeprägte Wendung gebrauchen können. Außerdem gibt es so viele schöne Namen und Wörter – zum Beispiel Monophysit, Iamblichos, Pomponazzi; man braucht sie nur triumphierend auszusprechen, schon fühlt man, wie man allein durch ihren magischen Klang alle Argumente für sich hat. Das sind Früchte der höheren Bildung.«

»Sie mögen Ihre Erziehung bedauern«, sagte Anne. »Ich schäme mich, keine zu haben. Sehen Sie die Sonnenblumen! Sind sie nicht prachtvoll?«

»›Dunkle Gesichter und goldene Kronen – sind sie Könige in Äthiopien.‹ Und ich sehe so gern, wie die Meisen an den Blüten kleben und die Samenkörner auspicken, und wie die anderen, die plumperen Vögel sich ihr Futter im Staub suchen und neidisch zu den Meisen aufblicken. Blicken sie neidisch zu ihnen auf? Ich fürchte, da haben wir wieder den literarischen Tonfall. Auch hier wieder der Fluch der Bildung. Es läuft immer wieder darauf hinaus.« Er schwieg.

Anne ließ sich auf einer Bank im Schatten eines alten Apfelbaums nieder. »Ich höre Ihnen zu«, sagte sie.

Er setzte sich nicht, sondern ging vor der Bank auf und ab, und er begleitete seine Worte mit kleinen Bewegungen seiner Hände. »Bücher«, sagte er, »Bücher! Man liest so viele und sieht so wenig von der Welt und den Menschen. Große dicke Bücher über das Universum, die Dinge des Geistes und der Ethik. Sie ahnen nicht, wieviel Bücher es gibt. Ich glaube, ich habe in den letzten fünf Jahren zwanzig bis dreißig Tonnen Bücher gelesen. Zwanzig Tonnen rationales Denken. Damit belastet, wird man in die Welt gestoßen.«

Er ging noch immer auf und ab. Seine Stimme hob und senkte sich, verstummte für einen Augenblick und tönte dann weiter. Er bewegte die Hände und zuweilen auch die Arme. Anne sah und hörte ihm ruhig zu, als wäre sie in einer Vorlesung. Er war ein netter Junge, und heute sah er einfach entzückend aus!

So trat man denn, fuhr Denis fort, mit fertigen Vorstellungen über alles Mögliche hinaus in die Welt. Man hatte eine Philosophie und gab sich Mühe, das Leben in sie hineinzuzwängen ... Das Leben, die Fakten und Dinge waren entsetzlich kompliziert, die Ideen dagegen, sogar die allerschwierigsten, von einer trügerischen Einfachheit. In der Welt der Ideen war alles klar; im Leben war alles dunkel und verworren. War es da zu verwundern, wenn man sich elend fühlte und schrecklich unglücklich war? Denis war vor der Bank stehengeblieben, und bei seiner letzten Frage streckte er beide Arme aus, so daß er für einen Augenblick in der Haltung eines Gekreuzigten stand. Dann ließ er die Arme wieder fallen.

»Mein armer Denis!« Anne war gerührt. Er war wirklich ergreifend, wie er da in seinen weißen Flanellhosen vor ihr stand. »Aber leidet man wirklich unter diesen Dingen? Wie merkwürdig!«

»Sie sind wie Scogan«, klagte Denis voller Bitterkeit. »Sie sehen in mir das Studienobjekt für einen Anthropologen. Wahrscheinlich bin ich das auch.«

»Aber nein«, beteuerte sie und raffte ihren Rock enger an sich, mit einer Gebärde, die ihn einlud, sich neben sie zu setzen. Er setzte sich zu ihr. »Warum können Sie die Dinge nicht einfach nehmen, wie sie sind?« fragte sie. »Es ist so viel leichter.«

»Natürlich ist es das. Aber diese Erfahrung kann man nur allmählich machen. Zuerst muß man sich von zwanzig Tonnen rationalem Denken befreien.«

»Ich habe immer alles genommen, wie es kam«, sagte Anne. »Ich meine, es ist das nächstliegende. Man erfreut sich an den angenehmen Dingen und geht den unangenehmen aus dem Wege. Mehr ist dazu nicht zu sagen.«

»Mehr nicht – für Sie. Aber Sie sind eine geborene Heidin, ich dagegen mühe mich damit ab, einer zu werden. Ich kann nichts als selbstverständlich hinnehmen, und ich kann mich an nichts ohne weiteres erfreuen. Die Schönheit, sinnlicher Genuß, die Kunst, die Frauen – immer muß ich nach einer Entschuldigung suchen, nach einer Rechtfertigung für alles, was uns entzückt. Sonst kann ich nicht mit gutem Gewissen genießen. Ich lege mir über die Schönheit eine kleine Geschichte zurecht und mache mir vor, daß sie etwas mit dem Wahren und Guten zu tun hat. So muß ich mir sagen, die Kunst sei das Verfahren, mit dessen Hilfe man die göttliche Wirklichkeit aus dem Chaos wiederherstellt. Die Lust ist einer der mystischen Wege zur Vereinigung mit dem Unendlichen – die Verzückungen des Alkohols, des Tanzes und der Liebe. Was die Frauen anbetrifft, so versichere ich mir ständig, daß sie der sicherste Weg zum Göttlichen sind. Und wenn man bedenkt, daß ich eben erst anfange, die Albernheit des Ganzen zu durchschauen! Ich kann mir nicht vorstellen, daß andere diesen Greueln entgangen sein sollen.«

»Und ich kann mir noch weniger vorstellen, daß ihnen jemand zum Opfer gefallen sein sollte«, sagte Anne. »Und persönlich würde ich lieber glauben, daß Männer der gerade Weg zum Göttlichen sind.« Ihr boshaft-belustigtes Lächeln grub zwei Fältchen in die Mundwinkel, und zwischen den halbgeschlossenen Lidern lachten ihre strahlenden Augen. »Was Sie brauchen, Denis, ist eine nette mollige junge Frau, ein festes Einkommen und eine angemessene kleine, aber regelmäßige Tätigkeit.«

»Was ich brauche, sind Sie.« Das hätte er eigentlich antworten müssen, und es zu sagen war sein leidenschaftlicher Wunsch. Aber er konnte es nicht. Sein Verlangen kämpfte mit seiner Schüchternheit. »Was ich brauche, sind Sie.« Im Geiste schrie er es, aber kein Laut kam von seinen Lippen. Er warf ihr einen verzweifelten Blick zu. Sah sie nicht, was in ihm vorging? War es möglich, daß sie ihn nicht verstand? »Was ich brauche, sind Sie.« Er würde es ihr sagen. Doch, das würde er.

»Ich glaube, ich gehe jetzt schwimmen«, sagte Anne. »Es ist so heiß.« Die Gelegenheit war verpaßt.

FÜNFTES KAPITEL

Mr. Wimbush hatte ihnen die Sehenswürdigkeiten des Guts gezeigt, und nun standen sie alle sechs – Henry Wimbush, Mr. Scogan, Denis, Gombauld, Anne und Mary – vor der niedrigen Mauer des Schweinestalls und sahen in eine der Buchten hinein.

»Das hier ist eine tüchtige Muttersau«, erklärte Henry Wimbush. »Sie hat einen Wurf von vierzehn Ferkeln gehabt.«

»Vierzehn?« wiederholte Mary in ungläubigem Staunen. Sie richtete ihre blauen Augen auf Mr. Wimbush und senkte sie dann auf die wimmelnde, brodelnde Masse *élan vital.*

In der Mitte der Bucht lag eine mächtige Sau und bot, auf der Seite liegend, den runden schwarzen Bauch mit der Doppelreihe der Zitzen einer Unzahl von kleinen bräunlich-schwarzen Ferkeln dar. Mit wütender Gier zerrten sie an den mütterlichen Zitzen. Zuweilen bewegte sich das Muttertier wie unter Qualen oder stieß einen kleinen Grunzlaut des Schmerzes aus. Eins der Ferkel, der Zwerg und Schwächling des Wurfs, war nicht imstande gewesen, sich einen Platz beim Festschmaus zu sichern. Mit schrillem Quieken lief es hin und her und versuchte, sich zwischen seine kräftigeren Geschwister zu drängen oder auch über die eng gegeneinandergepreßten kleinen schwarzen Rücken zu klettern, um das mütterliche Reservoir zu erreichen.

»Es sind tatsächlich vierzehn«, sagte Mary. »Sie haben recht. Ich habe nachgezählt. Es ist unglaublich.«

»Die Sau nebenan hat sehr schlecht abgeschnitten«, erklärte Mr. Wimbush im Weitergehen. »Sie hat nur fünf geworfen. Aber ich will ihr noch eine Chance geben. Wenn sie das nächstemal nicht produktiver ist, wird sie gemästet und geschlachtet. Da ist der Eber.« Er wies auf eine der nächsten Buchten. »Ein schönes altes Tier, aber er hat seine besten Jahre hinter sich. Er wird auch bald wegmüssen.«

»Wie grausam!« klagte Anne.

»Aber wie praktisch, wie überaus vernünftig!« sagte Mr. Scogan. »Auf diesem Gut sehen wir das Muster eines gesunden patriarchalischen Regimes. Sie sollen sich vermehren, sie sollen arbeiten, und wenn sie nicht mehr arbeiten, gebären oder zeugen können, dann werden sie geschlachtet.«

»Die Landwirtschaft scheint vor allem in Unzucht und Grausamkeit zu bestehen«, sagte Anne.

Denis begann, mit der Zwinge seines Spazierstocks den langen borstigen Rücken des Ebers zu kratzen. Das Tier suchte etwas näher in die Reichweite des Instruments zu gelangen, das so köstliche Empfindungen in ihm erregte; dann stand es ganz still und grunzte vor Behagen. Der Schmutz von Jahren blätterte als graue staubige Kruste von seinen Flanken ab.

»Wie groß ist doch das Vergnügen, anderen Freude zu bereiten«, bemerkte Denis. »Ich glaube, daß es mir ebensoviel Spaß macht, dieses Schwein zu kratzen, wie dem Schwein, gekratzt zu werden. Wenn man nur immer mit so geringer Mühe anderen Gutes erweisen könnte ...«

Ein Gartentor fiel ins Schloß; man hörte das Geräusch schwerer Schritte.

»Morgen, Rowley!« sagte Henry Wimbush.

»Morgen, Sir«, erwiderte der alte Rowley. Von allen Gutsarbeitern war er die ehrwürdigste Erscheinung – ein großer kräftiger Mann, noch ungebeugt, mit grauen Ko teletten und einem kühnen, noblen Profil. Würdig, gewichtig und höchst achtunggebietend, erinnerte er an einen großen englischen Staatsmann aus der Mitte des neunzehnten Jahrhunderts. Er blieb kurz vor der Gruppe stehen, und für einen Augenblick schauten nun alle schweigend den Schweinen zu. Nur ein Grunzen oder das glucksende Geräusch, das eine spitze Klaue im Schlamm machte, waren zu hören. Endlich wandte sich Rowley so langsam, gewichtig und würdevoll, wie er alles tat, Henry Wimbush zu.

»Schauen Sie sich das an, Sir«, sagte er, mit der Hand auf die sich im Schmutz wälzenden Schweine weisend. »Man nennt sie mit Recht Schweine.«

»Mit Recht, allerdings«, stimmte ihm Mr. Wimbush bei.

»Dieser Mann beschämt mich«, sagte Mr. Scogan, als der alte Rowley langsam und würdevoll davonstapfte. »Wieviel Weisheit, Urteilskraft und Gefühl für Werte! ›Man nennt sie mit Recht Schweine.‹ Ja. Und gern würde ich mit dem gleichen Recht sagen können: ›Man nennt uns mit Recht Menschen.‹«

Sie gingen weiter zu den Kuhställen und den Ställen für die Zugpferde. Auf ihrem Weg begegneten ihnen fünf weiße Gänse, die an diesem schönen Morgen, genau wie sie es taten, frische Luft schöpften. Schnatternd und wie unschlüssig blieben die Gänse stehen; dann reckten sie die erhobenen Hälse waagerecht vor, so daß sie steifen Schlangen glichen, und stoben, gräßlich zischend, in aufgelöster Ordnung davon. Rote Kälber planschten im Dung und Schlamm eines geräumigen Geheges. Im nächsten stand der Bulle, schwer und wuchtig wie eine Lokomotive. Es war ein ruhiges Tier, mit dem Ausdruck melancholischen Stumpfsinns. Er glotzte seine Besucher mit rötlich-braunen Augen an, kaute gedankenverloren auf dem, was von einer früheren Mahlzeit als sehr konkrete Erinnerung wieder auftauchte, schluckte und käute wieder. Sein Schwanz schlug peitschend von einer Seite zur andern und schien nichts mit dem teilnahmslosen schweren Körper zu tun zu haben. Zwischen den kleinen Hörnern stand ein Dreieck von kurzen, dichten roten Locken.

»Ein Prachttier«, sagte Henry Wimbush. »Ein Zuchtbulle, aber er wird, wie der Eber, ein bißchen alt.«

»Also mästen und schlachten«, verkündete Mr. Scogan, mit betulich-altjüngferlicher Präzision der Sprechweise.

»Könnten Sie den Tieren nicht ein bißchen Erholung vom Kinderproduzieren gönnen?« fragte Anne. »Mir tun die armen Tiere so leid.«

Mr. Wimbush schüttelte den Kopf. »Persönlich«, bekannte er, »sehe ich lieber vierzehn Schweine sich tummeln, wo vorher nur eins war. Der Anblick soviel nackten Lebens hat etwas Erfrischendes.«

»Es freut mich, das von Ihnen zu hören«, fiel hier Gombauld mit warmer Teilnahme ein. »Die Fülle des Lebens, das ist es, was wir brauchen. Ich liebe die wuchernde Vermehrung. Alles müßte wachsen und sich vermehren, soviel es nur kann.«

Gombauld wurde geradezu lyrisch. Jeder sollte Kinder haben – Anne, ebenso Mary – und zwar Dutzende. Er verlieh diesem Punkt besonderen Nachdruck, indem er mit dem Spazierstock gegen die ledernen Flanken des Bullen schlug. Mr. Scogan sollte seine Intelligenz an kleine Scogans, Denis die seine an kleine Denise weitergeben. Der Bulle drehte den Kopf, um zu sehen, was da vor sich ging, betrachtete einige Sekunden lang den trommelnden Stock, und wandte sich, anscheinend überzeugt, daß nichts geschah, wieder um. Die Unfruchtbarkeit war hassens-

wert, unnatürlich und eine Sünde wider das Leben. Leben, Leben, immer mehr Leben! Die Rippen des friedfertigen Bullen hallten von den Stockschlägen wider.
Ein wenig abseits stehend, mit dem Rücken gegen die Pumpe des Gutshofs gelehnt, beobachtete Denis die kleine Gruppe. Gombauld, lebhaft, ja leidenschaftlich, war ihr Mittelpunkt. Die andern standen um ihn herum und hörten ihm zu – ruhig und höflich unter seiner grauen Melone Henry Wimbush; mit leicht geöffnetem Mund und vor Empörung funkelnden Augen Mary, die eine überzeugte Anhängerin der Geburtenkontrolle war. Anne sah lächelnd, mit halbgeschlossenen Augen, zu; und neben ihr stand Mr. Scogan, kerzengerade, in einer Haltung von stählerner Härte, die seltsam kontrastierte zu der fließenden Grazie Annes, die noch in der Ruhe an eine weiche Bewegung denken ließ.
Gombauld brach ab, und Mary schickte sich an, ihm die gebührende Antwort zu geben, zornig und empört, wie sie war. Aber sie war zu langsam. Noch bevor sie etwas sagen konnte, hatte Mr. Scogan mit flötender Stimme seine Replik begonnen. Es bestand keine Hoffnung mehr, auch nur ein einziges Wort noch anbringen zu können. Es blieb Mary nichts übrig, als zu resignieren.
»Selbst Ihre Beredsamkeit, mein lieber Gombauld«, sagte er, »selbst Ihre Beredsamkeit dürfte sich als unzureichend erweisen, um die Welt wieder zum Glauben an die Freuden der Vermehrung schlechthin zu bekehren. Mit dem Grammophon, dem Kino und der Selbstladepistole hat die Göttin der angewandten Wissenschaft der Welt ein weiteres Geschenk gemacht, kostbarer als die genannten – nämlich die Möglichkeit, die Liebe von der Fortpflanzung zu trennen. Eros ist jetzt für jeden, der es wünscht, ein vollkommen freier Gott; seine beklagenswerten Be-

ziehungen zu Lucina können nach Belieben getrennt werden. Im Lauf der nächsten Jahrhunderte wird die Welt – wer weiß? – vielleicht eine noch vollkommenere Trennung der beiden erleben. Ich sehe dem durchaus optimistisch entgegen. Wo der große Erasmus, Darwin und Miss Anna Seward, der Schwan von Lichfield, experimentierten und – ungeachtet allen wissenschaftlichen Eifers – scheiterten, werden die Experimente unserer Nachkommen Erfolg haben. Die unpersönliche Zeugung wird an die Stelle des abstoßenden natürlichen Systems treten. In gewaltigen staatlichen Brutkästen werden endlose Reihen von Flaschen mit einer Lösung keimenden Lebens die Welt mit der erforderlichen Bevölkerung versorgen. Das Familiensystem wird verschwinden. Die an ihrer Basis unterminierte Gesellschaft wird sich neue Grundlagen suchen müssen, und Eros, in einer wunderbaren, aller Verantwortung ledigen Freiheit, wird wie ein Schmetterling durch eine sonnenbeschienene Welt von einer Blume zur andern flattern.«

»Es klingt wunderschön«, sagte Anne.

»Alles, was in ferner Zukunft liegt, klingt schön.«

Mary richtete die porzellanblauen Augen, ernster und verwunderter denn je, auf Mr. Scogan. »In Flaschen?« fragte sie. »Meinen Sie das im Ernst? Flaschen ...«

SECHSTES KAPITEL

Mr. Barbecue-Smith erschien rechtzeitig zum Tee am Samstagnachmittag. Er war klein und korpulent, hatte einen sehr großen Kopf und keinen Hals. Noch an der Schwelle der mittleren Jahre hatte ihm dieser Mangel großen Kummer bereitet, aber es tröstete ihn dann, als er bei Balzac – in *Louis Lambert* – las, daß alle großen Männer diese Eigentümlichkeiten aufwiesen, und das aus einem ganz einfachen Grunde, nämlich weil Größe nichts anderes ist als das harmonische Funktionieren der Fähigkeiten von Kopf und Herz. Je kürzer nun der Hals, desto näher rückten Kopf und Herz zusammen. Das war überzeugend.

Mr. Barbecue-Smith gehörte zur alten Schule der Journalisten. Er war stolz auf seine schwarzgraue Löwenmähne und trug das merkwürdig unappetitlich wirkende Haar aus der breiten, aber niederen Stirn zurückgestrichen. Irgendwie schien er immer ein wenig, ein ganz klein wenig schmuddelig zu sein. In seinen jüngeren Jahren hatte er sich frohgemut als Bohemien bezeichnet. Das tat er heute nicht mehr. Jetzt war er ein Lehrer geworden, ja, so etwas wie ein Prophet. Einige seiner Bücher – Bücher der Lebenshilfe und der geistigen Unterweisung – hatten eine Auflage von hundertundzwanzigtausend erreicht.

Priscilla empfing ihn mit allen Zeichen der Hochachtung. Er war noch nie in Crome gewesen, und so zeigte sie ihm das ganze Haus. Mr. Barbecue-Smith war voller Bewunderung.

»So anheimelnd alter Stil«, wiederholte er ein über das andere Mal. Er hatte eine volltönende, ziemlich salbungsvolle Stimme.

Priscilla lobte sein neues Buch. »Großartig, ich finde es wirklich großartig«, sagte sie in ihrer herzlich-unbefangenen Art.

»Es freut mich, daß Sie es hilfreich fanden«, sagte Mr. Barbecue-Smith.

»Oh, ungeheuer! Und die Stelle über den Lotosteich – ich fand sie so schön.«

»Ich wußte, daß sie Ihnen gefallen würde. Sie ist mir von draußen eingegeben worden, Sie verstehen.« Mit einer Handbewegung deutete er an, daß er von der Astralwelt sprach.

Sie gingen zum Tee in den Garten, und Mr. Barbecue-Smith wurde mit den andern bekanntgemacht.

»Mr. Stone ist auch Schriftsteller«, sagte Priscilla, als sie Denis vorstellte.

»Was Sie nicht sagen!« Mr. Barbecue-Smith lächelte wohlwollend. Mit einem Blick olympischer Herablassung fragte er Denis: »Und was schreiben Sie so?«

Denis war wütend, und was die Sache noch schlimmer machte, er fühlte, wie eine glühende Röte sein Gesicht überzog. Hatte denn Priscilla gar keinen Sinn für Proportionen? Daß sie Barbecue-Smith und ihn in die gleiche Kategorie einordnete! Sie waren beide Schriftsteller – richtig, sie gebrauchten beide Tinte und Feder. Auf die Frage Barbecue-Smith' antwortete er: »Oh, nichts Besonderes«, und sah weg.

»Mr. Stone ist einer unserer jungen Dichter.« Anne hatte gesprochen. Denis warf ihr einen finsteren Blick zu, und sie erwiderte seinen Blick mit einem aufreizenden Lächeln.

»Vorzüglich, vorzüglich«, sagte Mr. Barbecue-Smith und drückte Denis wie zur Aufmunterung den Arm. »Dem Barden obliegt ein edles Amt.«

Gleich nach dem Tee entschuldigte sich Mr. Barbecue-Smith; er habe vor dem Abendessen noch zu schreiben. Priscilla zeigte volles Verständnis. Der Prophet zog sich in sein Gemach zurück.

Zehn Minuten vor acht erschien Mr. Barbecue-Smith wieder im Salon. Er war gut gelaunt und rieb sich, während er lächelnd die Treppe herunterkam, die großen weißen Hände. Im Salon improvisierte jemand mit weichem Anschlag auf dem Klavier. Wer mochte es sein? Vielleicht eine der jungen Damen. Aber nein, es war nur Denis, der sich rasch und nicht ohne Verlegenheit erhob, als Mr. Barbecue-Smith den Salon betrat.

»Spielen Sie nur weiter, ich bitte Sie. Ich liebe die Musik.«

»Dann darf ich wirklich nicht weiterspielen«, erwiderte Denis. »Denn ich mache nur Geräusche.«

Sie schwiegen. Mr. Barbecue-Smith stand mit dem Rükken zum Kamin und wärmte sich an der Erinnerung an das Feuer vom vergangenen Winter. Er konnte seine innere Befriedigung nicht verbergen und hörte nicht auf, vor sich hin zu lächeln. Schließlich wandte er sich Denis zu.

»Sie schreiben also?« fragte er.

»Ja, ein bißchen.«

»Wieviel Worte können Sie in einer Stunde schreiben?«

»Ich glaube, ich habe sie noch nie gezählt.«

»Das müßten Sie aber. Unbedingt. Es ist sehr wichtig.«

Denis strengte sein Gedächtnis an. »Ich glaube, wenn ich gut in Form bin, schaffe ich eine Buchbesprechung von zwölfhundert Worten in ungefähr vier Stunden. Aber manchmal brauche ich auch sehr viel mehr Zeit.«

Mr. Barbecue-Smith nickte. »Dreihundert Worte in der Stunde im besten Fall.« Er ging bis zur Mitte des Zimmers, drehte sich auf dem Absatz um und blieb dann vor Denis stehen. »Raten Sie einmal, wieviel Worte ich heute abend zwischen fünf Uhr und halb acht geschrieben habe.«

»Ich habe keine Ahnung.«

»Nein, aber Sie sollen einmal raten. Zwischen fünf und halb acht, das sind zweieinhalb Stunden.«

»Zwölfhundert«, sagte Denis auf gut Glück.

»Nein, nein, nein.« Das breit lächelnde Gesicht strahlte vor Vergnügen. »Raten Sie noch einmal!«

»Fünfzehnhundert.«

»Falsch.«

»Ich gebe es auf«, sagte Denis. Er konnte, wie er feststellen mußte, nicht viel Interesse für die Schriftstellerei Mr. Barbecue-Smith' aufbringen.

»Schön, ich will es Ihnen sagen. Dreitausendachthundert.«

Denis riß die Augen auf. »Da müssen Sie ja eine ganze Menge an einem Tag zustandebringen.«

Mr. Barbecue-Smith wurde plötzlich überaus vertraulich. Er zog sich einen Schemel neben den Sessel, in dem Denis saß, setzte sich und begann, leise und schnell auf ihn einzureden.

»Hören Sie zu«, sagte er und berührte Denis leicht am Arm. »Sie wollen Ihren Lebensunterhalt mit Schreiben verdienen. Sie sind jung und unerfahren. Erlauben Sie mir, Ihnen einen guten Rat zu geben.«

Was hatte der Mann vor? Denis überlegte: Wollte er ihm eine Empfehlung für den Redakteur der *John o' London's Weekly* geben oder ihm verraten, wo er ein leichtes Feuilleton für sieben Guineen verkaufen könnte? Mr. Barbecue-Smith tätschelte ihm ein paarmal den Arm, bevor er fortfuhr.

»Das Geheimnis des Schreibens«, flüsterte er dem jungen Mann ins Ohr, »das Geheimnis des Schreibens ist die *Inspiration.*«

Verblüfft sah ihn Denis an.

»Die Inspiration ...«, wiederholte Mr. Barbecue-Smith.

»Sie meinen das berühmte urwüchsige Naturtalent?«

Mr. Barbecue-Smith nickte.

»Da bin ich ganz Ihrer Meinung«, sagte Denis. »Aber wenn man keine Inspiration hat, was dann?«

»Auf diese Frage habe ich nur gewartet«, erklärte Mr. Barbecue-Smith. »Sie fragen mich, was man tun soll, wenn man keine Inspiration hat. Meine Antwort ist: Sie haben Inspiration. Jeder hat Inspiration. Es handelt sich nur darum, sie zum Funktionieren zu bringen.«

Die Uhr schlug acht. Von den übrigen Gästen war keine Spur zu sehen; in Crome war man allgemein unpünktlich. Mr. Barbecue-Smith fuhr fort:

»Es ist mein Geheimnis, und ich gebe es Ihnen umsonst.« (Denis murmelte ein passendes Dankeswort und verzog das Gesicht zu einer höflichen Grimasse.) »Ich will Ihnen helfen, Ihre Inspiration zu finden, weil ich es nicht gern sehe, wenn ein netter, ordentlicher junger Mann wie Sie seine Energien erschöpft und die besten Jahre seines Lebens in einer zermürbenden intellektuellen Anstrengung vergeudet, die man sich durch die Inspiration vollkommen ersparen kann. Ich spreche aus Erfahrung und weiß also, wovon ich rede. Noch mit achtunddreißig Jahren war ich wie Sie – ein Schriftsteller ohne Inspiration. Alles, was ich schrieb, hatte ich durch harte Arbeit aus mir herausgepreßt. Glauben Sie, damals schaffte ich nicht mehr als fünfundsechzig Worte in der Stunde und, noch schlimmer, verkaufte oft nicht einmal das, was ich geschrieben hatte.« Er seufzte. »Wir Künstler«, stellte er beiläufig fest, »wir Intellektuellen erfreuen uns in England keiner besonderen Wertschätzung.« Denis überlegte, ob es nicht irgendeine, natürlich mit der Höflichkeit zu vereinbarende Methode gäbe, sich von dem »wir« Mr. Barbecue-Smith' zu distanzieren. Nein, es gab keine. Außerdem war es bereits zu spät, denn Mr. Barbecue-Smith setzte seine Ausführungen wieder fort.

»Mit achtunddreißig Jahren war ich ein armer, schwer kämpfender, erschöpfter, überarbeiteter, unbekannter Journalist. Jetzt mit fünfzig ...« Bescheiden hielt er inne und streckte, wie zur Illustration, die feisten Hände mit den gespreizten Fingern seitlich von sich. Er stellte sich zur Schau. Denis mußte an ein Reklameplakat für Nestle-Milch denken: zwei Katzen auf der Mauer, eine schwarz und mager, die andere weiß, mit weichem glattem Fell und wohlgenährt. Vor und nach der Inspiration.

»Das alles hat die Inspiration bewirkt«, bekannte feierlich Mr. Barbecue-Smith. »Es kam ganz plötzlich – wie ein leichter Tau, der vom Himmel fällt.« Er hob die Hand und ließ sie aufs Knie fallen, wie um das Herabsinken des Taus anzuzeigen. »Es war an einem Abend. Ich schrieb mein erstes kleines Buch über Lebensgestaltung, – *Schlichtes Heldentum.* Sie haben es vielleicht gelesen; es hat – wenigstens will ich es hoffen und glauben – vielen Tausenden Trost geschenkt. Ich war mitten im zweiten Kapitel und ich kam nicht weiter. Ich war erschöpft, überarbeitet, und hatte in der vergangenen Stunde nur hundert Worte geschrieben. Ich kam nicht weiter. Ich saß da, kaute an meinem Federhalter und sah in das elektrische Licht, sah in die Lampe, die über meinem Tisch hing, direkt vor mir, nur ein wenig oberhalb meines Kopfes.« Er deutete, um Genauigkeit bemüht, die Position der

Lampe an. »Haben Sie einmal längere Zeit angespannt ins helle Licht gesehen?« Denis glaubte, die Frage verneinen zu müssen. »Sie können sich damit selbst hypnotisieren«, fuhr Mr. Barbecue-Smith fort.
In der Halle ertönte mit mächtigem Crescendo der Gong. Noch immer keine Spur von den anderen, und Denis hatte einen gewaltigen Hunger.
»Das aber war mir geschehen«, sagte Mr. Barbecue-Smith. »Ich war hypnotisiert. Ich hatte mir nichts, dir nichts das Bewußtsein verloren.« Er schnalzte mit den Fingern. »Als ich wieder zu mir kam, sah ich, daß es schon nach Mitternacht war und daß ich viertausend Worte geschrieben hatte. Viertausend«, wiederholte er, und bei dem *au* von tausend öffnete sich sein Mund weit. »Die Inspiration hatte sich eingestellt.«
»Was für eine erstaunliche Geschichte«, sagte Denis.
»Zuerst machte sie mir Angst. Es schien mir nicht mit rechten Dingen zuzugehen. Ich fand, daß es irgendwie nicht in der Ordnung, nicht ganz fair war, möchte ich beinahe sagen, im Zustand der Bewußtlosigkeit ein literarisches Werk zu schaffen. Außerdem fürchtete ich, daß ich Unsinn geschrieben hätte.«
»Und war es Unsinn?« fragte Denis.
»Ganz gewiß nicht«, erwiderte Mr. Barbecue-Smith mit einem Anflug von Ärger. »Ganz und gar nicht. Es war bewundernswert. Abgesehen von ein paar orthographischen Fehlern und Flüchtigkeiten, wie sie sich beim automatischen Schreiben leicht einstellen. Aber der Stil und der gedankliche Gehalt – alles, worauf es ankam, das war großartig. Seitdem kam die Inspiration regelmäßig. Unter ihrem Einfluß schrieb ich das ganze Buch *Schlichtes Heldentum*. Es wurde ein großer Erfolg, und ein großer Erfolg wurde alles, was ich seither geschrieben habe.« Er

beugte sich vor und tippte Denis mit dem ausgestreckten Finger an die Brust. »Das ist mein Geheimnis«, sagte er, »und so könnten auch Sie schreiben, wenn Sie es einmal probierten – mühelos, fließend, gut.«

»Aber wie?« fragte Denis, bestrebt, nicht zu zeigen, wie tief ihn das »gut« am Ende gekränkt hatte.

»Indem Sie Ihre Inspiration pflegen und den Zugang zu Ihrem Unbewußten suchen. Haben Sie einmal mein Büchlein *Der geheime Draht zum Unendlichen* gelesen?«

Denis mußte ihm gestehen, daß ausgerechnet dies eines der wenigen Bücher von Mr. Barbecue-Smith war, die er nicht gelesen hatte, wenn nicht gar das einzige.

»Tut nichts zur Sache«, sagte Mr. Barbecue-Smith. »Es ist nur ein kleines Buch über die Beziehung zwischen dem Unbewußten und dem Unendlichen. Suchen Sie den Zugang zum Unbewußten und Sie haben den Zugang zum All. Da haben Sie die Inspiration. Können Sie mir folgen?«

»Vollkommen«, versicherte Denis. »Aber finden Sie nicht, daß Ihnen das All manchmal auch sehr belanglose Botschaften sendet?«

»Dazu lasse ich es nicht kommen«, erwiderte Mr. Barbecue-Smith. »Ich kanalisiere den Zustrom. Ich leite ihn durch Rohre auf die Turbinen meines bewußten Denkens.«

»Wie die Niagarafälle«, meinte Denis. Merkwürdig – die Antworten Mr. Barbecue-Smith' klangen manchmal wie Zitate – aus seinen eigenen Werken zweifellos.

»Stimmt. Wie die Niagarafälle. Und so mache ich es.« Er beugte sich nach vorn und markierte mit erhobenem Zeigefinger jeden einzelnen Punkt seiner Erklärung, sozusagen den Takt zu seinen Worten schlagend. »Bevor ich mich in Trance versetze, konzentriere ich mich auf das

Thema, über das ich inspiriert werden möchte. Nehmen wir an, ich will über ›schlichtes Heldentum‹ schreiben. Dann denke ich zehn Minuten vor dem Beginn der Trance an nichts als Waisen, die für ihre kleinen Geschwister sorgen, oder an irgendwelche geistlose Arbeit, die dennoch mit Sorgfalt und Geduld geleistet wird, und ich richte meinen Sinn auf die großen philosophischen Wahrheiten wie die Läuterung und Erhebung der Seele durch das Leid und die Alchimie, die das Blei des Bösen in das Gold des Guten verwandelt.« (Denis hängte darüber wieder seine kleine Girlande von Anführungszeichen.) »Dann bin ich plötzlich weg. Wenn ich nach zwei oder drei Stunden wieder aufwache, stelle ich fest, daß die Inspiration ihre Arbeit getan hat. Die Seiten mit Tausenden von Worten, trostreichen und erhebenden Worten, liegen vor mir. Ich tippe sie auf der Maschine säuberlich ab, und sie können, so wie sie sind, in den Satz gehen.«

»Das klingt alles so wunderbar einfach«, sagte Denis.

»Das ist es. Alles Große, Herrliche und Göttliche im Leben ist wunderbar einfach.« (Anführungszeichen.) »Wenn ich an meinen Aphorismen arbeite«, fuhr Mr. Barbecue-Smith fort, »so blättere ich zum Auftakt in einem Zitaten-Lexikon oder einem Shakespeare-Almanach – was immer gerade zur Hand ist. Das gibt sozusagen die Tonart an; und damit bin ich sicher, daß das All nicht in einem ununterbrochenen Strom hereinbricht, sondern aphoristisch-tropfenweise. Begreifen Sie?«

Denis nickte. Mr. Barbecue-Smith griff in die Tasche und zog ein Notizbuch heraus. »Ich habe heute im Zug ein paar geschrieben«, sagte er, in dem Heft blätternd. »Habe mich auf meinem Eckplatz rasch einmal in Trance versetzt. Ich finde, daß Eisenbahnfahren einer guten Arbeit sehr förderlich ist. Da sind sie.«

Er räusperte sich und las vor:
»Der Weg zum Gipfel mag steil sein, aber die Luft dort oben ist rein, und nur von der Höhe aus gewinnt man einen Überblick.«
»Alles, worauf es wirklich ankommt, ereignet sich im Herzen.«
Merkwürdig, dachte Denis, wie sich das Unendliche zuweilen wiederholte.
»Sehen ist Glauben. Ja, aber Glauben ist auch Sehen. Wenn ich an Gott glaube, sehe ich Gott – auch noch in dem, was böse zu sein scheint.«
Mr. Barbecue-Smith blickte von seinem Notizbuch auf. »Dieser letzte ist besonders schön, so subtil, finden Sie nicht? Ohne Inspiration wäre ich nie daraufgekommen.« Er las den Sinnspruch noch einmal, nur diesmal noch langsamer und mit feierlicherer Betonung. »Direkt aus dem Unendlichen«, erklärte er nachdenklich, um sich dann dem nächsten Aphorismus zuzuwenden.
»Die Flamme der Kerze gibt Licht, aber sie verbrennt auch.«
Nachdenklich zog er die Stirn in Falten. »Ich verstehe nicht ganz, was es bedeutet«, sagte er. »Es ist sehr spruchhaft. Man könnte es natürlich auf die höhere Bildung beziehen – sie bringt Erleuchtung, aber sie provoziert auch die niederen Klassen zu Unzufriedenheit und Revolution. Ja, das wird es vermutlich bedeuten. Aber es ist gnomisch, wirklich gnomisch.« Er rieb sich nachdenklich das Kinn. Der Gong tönte zum zweitenmal, dröhnend, man konnte meinen, flehend: Das Essen wurde kalt. Er riß Mr. Barbecue-Smith aus seiner Meditation. Er wandte sich Denis zu.
»Sie verstehen mich jetzt, wenn ich Ihnen den Rat gebe, Ihre Inspiration zu pflegen. Lassen Sie Ihr Unbewußtes

für Sie arbeiten. Drehen Sie die Niagarafälle des Unendlichen an.«

Man hörte Schritte auf der Treppe. Mr. Barbecue-Smith erhob sich. Einen Augenblick legte er Denis die Hand auf die Schulter.

»Für heute mag dies genügen. Ein andermal mehr. Und vergessen Sie nicht, ich baue unbedingt auf Ihre Verschwiegenheit in dieser Angelegenheit. Es gibt ureigenste Dinge, die uns heilig sind und von denen wir nicht wünschen, daß sie allgemein bekannt werden.«

»Selbstverständlich«, sagte Denis. »Ich begreife vollkommen.«

SIEBTES KAPITEL

In Crome waren alle Betten alte Erbstücke. Es waren gewaltige Betten, Viermastern ähnlich, mit gerafften Segeln aus glänzendem farbigem Stoff. Geschnitzte, mit Einlegearbeit verzierte Betten, bemalte und vergoldete Betten. Betten aus Nußbaum und Eiche oder aus seltenen exotischen Hölzern. Betten aus jeder Stilepoche, angefangen von der Zeit Sir Ferdinandos, der dieses Haus erbaut hatte, bis zur Epoche seines Namensvetters aus dem späten achtzehnten Jahrhundert, der der letzte der Familie war – aber alle diese Betten waren prunkvoll sondergleichen.

Das schönste von allen war jetzt das Bett Annes. Sir Julius, der Sohn Sir Ferdinandos, hatte es für das erste Wochenbett seiner Frau in Venedig anfertigen lassen. Das frühe venezianische *Seicento* hatte in dieser Arbeit seine ganze verschwenderische Kunst gezeigt. Das Gestell glich einem großen viereckigen Sarkophag. Geschnitzte Rosenranken, plastisch herausgearbeitet, verzierten die Seitenwände des Bettes, und wollüstige Putten tummelten sich zwischen den Rosen. Die Schnitzereien auf dem schwarzen Grund waren mit Blattgold geschmückt. Die goldenen Rosen rankten sich in Spiralen die vier säulenartigen Pfosten herauf, und die auf jeder der vier Säulen sitzenden Putten trugen den hölzernen Baldachin, der ebenfalls mit einem Rankenwerk geschnitzter Rosen verziert war.

Anne lag im Bett und las. Auf dem kleinen Tisch neben dem Bett standen zwei Kerzen. Ihr warmes Licht gab ihrem Gesicht und den bloßen Armen und Schultern einen satten, pfirsichfarbenen Ton. In dem Baldachin über ihr leuchteten da und dort die goldenen Blumenblätter aus den tiefen Schatten hell hervor, und das milde Licht, das auf die geschnitzte Seitenwand des Bettes fiel, spielte unruhig über den verschlungenen Rosen und umschmeichelte zärtlich die sich pausbäckig räkelnden Putten mit den Grübchen im Bauch und den prallen, lächerlich kleinen Hinterbacken.

Es klopfte diskret an der Tür. Sie sah auf. »Herein!« Ein Gesicht, rund und kindlich unter der geschmeidigen Glocke von goldenem Haar, sah zur Tür herein. Noch kindlicher wirkte die Gestalt im malvenfarbenen Pyjama, als sie nun eintrat.

Es war Mary. »Ich dachte, ich komme noch für einen Moment herein, um gute Nacht zu sagen«, erklärte sie und setzte sich auf den Bettrand.

Anne schlug das Buch zu. »Das ist sehr lieb von dir.«

»Was liest du da?« Mary sah auf den Titel. »Ziemlich

zweitrangig, nicht wahr?« Der Ton, mit dem Mary das Wort »zweitrangig« aussprach, ließ auf eine nahezu abgrundtiefe Verachtung schließen. Sie war es gewohnt, in London nur mit erstklassigen Leuten zu verkehren, die nur erstklassige Dinge liebten, und sie wußte, daß es nur sehr, sehr wenig erstklassige Dinge in der Welt gab und daß die zumeist französisch waren.

»Ich muß leider zugeben, daß ich's mag«, sagte Anne. Dazu war nichts weiter zu sagen, und das Schweigen, das darauf folgte, hatte etwas Peinliches. Verlegen spielte Mary an dem untersten Knopf ihres Pyjamas. An einen Berg von aufgetürmten Kissen gelehnt, wartete Anne auf das, was nun kommen würde.

»Ich fürchte nichts so sehr wie Repressionen«, bekannte Mary schließlich, als sie unvermittelt und überraschend zu sprechen begann. Sie fing ihre Sätze immer mit dem Ende eines Atemzugs an und mußte beinahe nach Luft schnappen, noch bevor sie mit ihrem Satz zu Ende kam.

»Was deprimiert dich denn so?«

»Ich sagte Repressionen, nicht Depressionen.«

»Oh, Repression, im Sinne von Verdrängung, ich verstehe«, sagte Anne. »Aber was gibt es denn zu verdrängen?«

Mary mußte es ihr erklären. »Die natürlichen sexuellen Triebe ...«, begann sie in belehrendem Ton. Aber Anne schnitt ihr das Wort ab.

»Ja, ja, absolut. Ich verstehe. Verdrängungen, alte Jungfern und so weiter. Aber was hat das mit dir zu tun?«

»Das ist es ja gerade, ich fürchte sie«, erklärte Mary. »Es ist immer gefährlich, seine Instinkte zu unterdrücken. Ich fange an, bei mir allerlei Symptome zu entdecken, wie sie in Büchern beschrieben werden. Zum Beispiel träume ich ständig davon, in einen Brunnen zu fallen, manchmal

aber auch, daß ich auf eine Leiter steige. Es ist sehr beunruhigend. Die Symptome sind ja nur allzu klar.«
»Wirklich?«
»Wenn man da nicht aufpaßt, wird man leicht zur Nymphomanin. Du weißt nicht, wie ernst diese Verdrängungen werden, wenn man sie nicht beizeiten los wird.«
»Das klingt fürchterlich. Aber ich sehe nicht recht, wie ich dir helfen kann.«
»Ich dachte nur, ich könnte es einmal mit dir besprechen.«
»Aber ja, selbstverständlich. Nichts täte ich lieber, Mary.«
Mary hustete und holte tief Atem. »Ich darf wohl«, begann sie ein wenig affektiert, »ich darf wohl als selbstverständlich voraussetzen, daß eine intelligente junge Frau von dreiundzwanzig Jahren, die im zwanzigsten Jahrhundert in einem gebildeten Milieu lebt, keine Vorurteile hat.«
»Also ich muß gestehen, daß ich noch ein paar habe.«
»Aber doch nicht in bezug auf Verdrängungen.«
»Nein, nicht viele in bezug auf Verdrängungen, das ist wahr.«
»Oder, richtiger gesagt, nicht dagegen, daß man sich von Verdrängungen frei machen soll.«
»Das ist es.«
»Soviel über unsere Grundvoraussetzung«, sagte Mary. Jeder Zug ihres jungen runden Gesichts drückte feierlichen Ernst aus, und feierlicher Ernst strahlte aus ihren großen blauen Augen. »Wir kommen zum nächsten Punkt, nämlich daß es wünschenswert ist, Erfahrungen zu haben. Ich hoffe, wir stimmen darin überein, daß Wissen erwünscht, Unwissenheit dagegen unerwünscht ist.«
Gehorsam wie einer jener gefälligen Schüler des Sokrates, von denen der Philosoph jede Antwort, die er hören

wollte, bekam, pflichtete Anne dieser Behauptung bei.
»Und ebenso, hoffe ich, stimmen wir auch darin überein, daß die Ehe das ist, was sie nun einmal ist.«
»So ist es.«
»Gut!« sagte Mary. »Und da Verdrängungen eben Verdrängungen sind . . .«
»Genau das.«
»Dürfte es nur eine Schlußfolgerung geben.«
»Aber das wußte ich schon, bevor du anfingst«, beteuerte Anne.
»Ja, aber jetzt haben wir es bewiesen. Man muß immer logisch vorgehen. Die Frage ist nun . . .«
»Aber wo ist da eine Frage? Du hast deine einzig mögliche Schlußfolgerung gezogen – vollkommen logisch, was mehr ist, als ich hätte tun können. Das einzige, was dir zu tun bleibt, ist, die Information weiterzugeben an jemanden, den du gern hast – an dem dir wirklich sehr gelegen ist, jemanden, in den du verliebt bist, wenn ich mich einmal so unverblümt ausdrücken darf.«
»Aber da kommt ja meine Frage«, sagte Mary. »Ich bin in niemanden verliebt.«
»Dann würde ich an deiner Stelle so lange warten, bis du es bist.«
»Aber ich kann doch nicht weiter Nacht für Nacht träumen, daß ich in einen Brunnen falle. Es ist zu gefährlich.«
»Also wenn es wirklich *zu* gefährlich ist, mußt du selbstverständlich etwas dagegen unternehmen. Du mußt jemanden finden.«
»Aber wen?« Nachdenklich runzelte Mary die Stirn. »Es müßte jemand mit Intelligenz sein, mit intellektuellen Interessen, die ich teilen kann. Und er müßte gebührenden Respekt vor Frauen haben, müßte bereit sein, ernst-

haft über seine Arbeit und seine Ideen zu sprechen ebenso wie über meine Arbeit und meine Ideen. Du siehst, es ist gar nicht so einfach, den Richtigen zu finden.«

»Hör zu«, sagte Anne. »Im Augenblick gibt es in diesem Haus drei ledige intelligente Männer. Da ist zunächst einmal Mr. Scogan; aber vielleicht hat er doch zuviel von einer echten Antike an sich. Und dann sind da Gombauld und Denis. Wollen wir feststellen, daß sich die Wahl auf diese beiden beschränkt?«

Mary nickte. »Ja, das wäre wohl besser«, sagte sie und zögerte dann, mit einem Ausdruck der Verlegenheit.

»Was hast du?«

»Ich überlegte gerade«, und sie schnappte nach Luft, »ob sie wirklich beide noch nicht gebunden sind. Ich dachte, daß du vielleicht ...«

»Es ist sehr lieb von dir, an mich zu denken, liebste Mary«, sagte Anne und lächelte ihr starres Katzenlächeln. »Aber soweit ich in Frage komme, sind beide vollkommen frei.«

»Das freut mich sehr«, sagte Mary, sichtlich erleichtert. »Jetzt stehen wir vor der Frage: Wer von den beiden?«

»Da kann ich dir nicht raten. Das hängt ganz von deinem Geschmack ab.«

»Es ist nicht Sache meines Geschmacks, sondern ihrer Verdienste«, verkündete Mary. »Wir müssen ihre Verdienste abwägen, sorgfältig und leidenschaftslos.«

»Das Abwägen mußt du selbst besorgen«, sagte Anne, und um ihre Mundwinkel und die halbgeschlossenen Augen lag noch der Nachschein eines Lächelns. »Ich möchte nicht das Risiko auf mich nehmen, dich falsch zu beraten.«

»Gombauld hat mehr Talent«, begann Mary, »aber er ist nicht so gebildet wie Denis.« Die Art, wie Mary »gebildet« aussprach, gab diesem Wort eine besondere, zusätzliche Bedeutung. Sie sprach es mit präziser Betonung, ganz vorn im Mund, und gab dem Labiallaut der zweiten Silbe mit einer kleinen Explosion den gehörigen Nachdruck. So wenig Menschen waren gebildet und meistens kamen sie, wie die Kunstwerke von höchstem Rang, aus Frankreich. »Das Wichtigste ist doch Kultur, findest du nicht?«

Anne hob die Hand. »Ich werde dir zu niemandem raten. Du mußt selbst deine Entscheidung treffen.«

»Gombaulds Familie stammt aus Marseille«, fuhr Mary nachdenklich fort. »Das ist eine gefährliche erbliche Belastung, wenn man an die Einstellung der Romanen gegenüber den Frauen denkt. Auf der anderen Seite frage ich mich manchmal, ob Denis wirklich ganz seriös oder doch nicht eher ein Dilettant ist. Es ist sehr schwer, sich zu entscheiden. Was meinst du?«

»Ich höre gar nicht zu«, behauptete Anne. »Ich weigere mich, irgendeine Verantwortung zu übernehmen.«

Mary seufzte. »Dann ist es wohl das beste, ich gehe jetzt zu Bett und denke über alles nach.«

»Sorgfältig und leidenschaftslos«, sagte Anne.

An der Tür wandte sich Mary um. »Gute Nacht«, sagte sie und wunderte sich, als sie ihren Gutenachtgruß sagte, warum Anne so seltsam lächelte. Wahrscheinlich bedeutete es nichts weiter. Anne lächelte oft ohne ersichtlichen Grund. Vermutlich war es eine Angewohnheit. »Hoffentlich träume ich heute nacht nicht wieder, daß ich in einen Brunnen falle«, fügte sie hinzu.

»Leitern wären schlimmer«, sagte Anne.

Mary nickte. »Ja, Leitern sind weitaus bedenklicher.«

ACHTES KAPITEL

Am Sonntagmorgen wurde das Frühstück eine Stunde später als an den Wochentagen eingenommen, und Priscilla, die sonst nicht vor dem Lunch erschien, zeichnete es durch ihre Anwesenheit aus. In schwarzer Seide, geschmückt mit einem Rubinkreuz neben der gewohnten Perlenschnur, präsidierte sie. Eine gewaltige Sonntagszeitung verbarg sie, bis auf die äußerste Spitze ihrer Frisur, vor ihren Gästen.

»Ich sehe eben«, sagte sie mit vollem Munde, »Surrey hat gewonnen, mit vier Toren. Die Sonne steht im Zeichen des Löwen, das dürfte die Erklärung sein.«

»Ein prächtiger Sport, Kricket«, bemerkte Mr. Barbecue-Smith mit Überzeugung, ohne sich an jemand im besonderen zu wenden. »Er ist so durch und durch englisch.«

Jenny, die neben ihm saß, schreckte plötzlich hoch. »Wie?« fragte sie, »was?«

»So englisch«, wiederholte Mr. Barbecue-Smith.

Überrascht sah ihn Jenny an. »Englisch? Selbstverständlich bin ich Engländerin.«

Er wollte gerade das Mißverständnis aufklären, als Mrs. Wimbush die Zeitung sinken ließ und ihr kantiges, mauve gepudertes Gesicht inmitten der orangefarbenen Pracht sichtbar wurde. »Wie ich sehe, beginnt gerade eine neue Serie über das Leben nach dem Tode«, sagte sie zu Mr. Barbecue-Smith. »Der heutige Artikel heißt ›Sommerland und Gehenna‹.«

»Sommerland«, wiederholte Mr. Barbecue-Smith und schloß dabei die Augen. »Sommerland. Ein wunderschöner Name. Wunderschön ...«

Mary hatte sich neben Denis gesetzt. Nach einer mit sorgfältigen Erwägungen verbrachten Nacht hatte sie sich für Denis entschieden. Vielleicht hatte er nicht soviel Talent wie Gombauld und ließ es auch vielleicht an Seriosität fehlen, aber irgendwie war er doch sicherer.

»Schreiben Sie hier auf dem Lande viele Gedichte?« fragte sie mit einem strahlenden Ernst.

»Gar keins«, antwortete Denis kurz angebunden. »Ich habe meine Schreibmaschine zu Hause gelassen.«

»Wollen Sie damit sagen, daß Sie ohne Schreibmaschine nicht schreiben können?«

Denis schüttelte den Kopf. Beim Frühstück sprechen zu müssen war ihm zuwider. Außerdem wollte er hören, was Mr. Scogan am anderen Ende des Tisches sagte.

». . . Mein Programm für den Umgang mit der Kirche ist wunderbar einfach«, erklärte Mr. Scogan gerade. »Gegenwärtig trägt der anglikanische Geistliche seinen Kragen verkehrt herum. Ich würde ihn zwingen, nicht nur den Kragen, sondern alles, was er anhat, mit der Rückseite nach vorn zu tragen: Rock, Weste, Hosen und Stiefel, so daß jeder Geistliche der Welt eine glatte Fassade präsentieren könnte, die durch keinen Rockknopf und keine Spitze unterbrochen wird. Die zwangsweise Einführung einer solchen Amtstracht würde sich als ein heilsames Abschreckungsmittel auswirken für jeden, der die Absicht hat, Geistlicher zu werden. Zugleich aber würde es bei den wenigen Unverbesserlichen, die nicht abzuschrecken sind, die von Erzbischof Laud mit Recht so nachdrücklich betonte ›Schönheit der Heiligkeit‹ erhöhen.«

»In der Hölle vertreiben sich die Kinder anscheinend die Zeit damit, Lämmern bei lebendigem Leibe die Haut abzuziehen«, sagte Priscilla, die sich wieder ihrem Sonntagsblatt zugewandt hatte.

»Aber liebe gnädige Frau, das ist nur ein Bild«, ereiferte sich Mr. Barbecue-Smith, »ein Gleichnis für eine religiöse Wahrheit. Lämmer bedeuten ...«

»Dann die militärischen Uniformen«, fuhr Mr. Scogan fort. »Als Scharlachrot und Schneeweiß von der Khakifarbe abgelöst wurden, da zitterte mancher um die Zukunft des Krieges. Aber als man dann sah, wie elegant der neue Waffenrock war, wie knapp er die Taille umspannte, wie wollüstig er mit den sich wölbenden Seitentaschen die Hüften betonte, und als man die brillanten Möglichkeiten von Breeches und Marschstiefeln erkannte, da waren die Zweifler bald beruhigt. Diese ganze militärische Eleganz sollte man abschaffen und durch eine Einheitsuniform aus Sackleinen und Gummi ersetzen, und bald wird man sehen, daß ...«

»Kommt heute morgen jemand mit in die Kirche?« fragte Henry Wimbush. Niemand antwortete. Er versuchte, die nüchterne Aufforderung etwas reizvoller zu machen. »Ich lese heute den Bibeltext, und Mr. Bodiham hält den Gottesdienst. Seine Predigten sind manchmal hörenswert.«

»Danke, besten Dank«, sagte Mr. Barbecue-Smith. »Was mich betrifft, so ziehe ich es vor, in der unendlichen Kirche der Natur zu beten. Wie sagt doch unser Shakespeare? ›Die Predigt im Buch, Den Stein im Bach.‹ Er wies mit einer schönen Gebärde zum Fenster, und noch während er den Arm ausstreckte, wurde ihm vage, doch nichtsdestoweniger eindringlich, ja, peinlich bewußt, daß irgend etwas bei seinem Zitat schiefgegangen war. Was war es nur? Die Predigt? Der Stein? Das Buch?

NEUNTES KAPITEL

Mr. Bodiham saß in seinem Studierzimmer im Pfarrhaus. Die neugotischen Fenster, schmal und spitzbogig, ließen das Licht nur gleichsam widerwillig herein; trotz des strahlenden Juliwetters blieb es im Zimmer dunkel. Braun polierte Bücherregale standen entlang den Wänden, Reihe um Reihe gefüllt mit dicken, gewichtigen theologischen Büchern, wie sie die Antiquare meistens nach Gewicht verkaufen. Der Kaminsims und der Aufsatz, ein hochragender Aufbau mit dünnen Säulchen und kleinen Regalen, waren braun poliert. Auch der Schreibtisch war braun poliert, ebenso die Stühle und die Tür. Ein rotbraun gemusterter Teppich bedeckte den Boden. Alles in diesem Raum war braun, es roch sogar merkwürdig bräunlich.

In dieser braunen Schattenwelt saß Mr. Bodiham an seinem braunen Schreibtisch. Er war der Mann mit der Eisernen Maske. Ein graues metallisches Gesicht mit eisernen Backenknochen und einer schmalen eisernen Stirn; eiserne Falten, hart und unveränderlich, durchzogen senkrecht das Gesicht; seine Nase war wie der Schnabel eines hageren und empfindlichen Raubvogels. Er hatte braune Augen in eisenumrandeten Höhlen, und die Haut, die sie umgab, war dunkel, wie rauchgeschwärzt. Dichtes, drahtiges Haar bedeckte seinen Schädel; ursprünglich schwarz, ergraute es jetzt. Seine Ohren waren sehr klein und wohlgeformt. Die Kinnbacken, das Kinn und die Oberlippe waren dunkel – eisendunkel, wo er sie rasiert hatte. Seine Stimme klang, zumal wenn er sie während der Predigt erhob, rauh wie das Kratzen eiserner Angeln einer nur selten geöffneten Tür.

Es war fast halb zwölf. Er war soeben aus der Kirche gekommen, heiser und abgespannt vom Predigen. Er predigte mit Zorn und Leidenschaft, ein eiserner Mann, der mit dem Dreschflegel auf die Seelen seiner Gemeinde einschlug. Aber die Seelen der Gläubigen von Crome waren wie aus kompaktem Gummi: Der Dreschflegel prallte zurück. In Crome war man an Mr. Bodiham gewöhnt. Der Dreschflegel traf auf Gummi, und meistens schlief das Gummi.

An diesem Morgen hatte er wie schon so oft über die Natur Gottes gesprochen. Er hatte versucht, ihnen etwas über Gott zu sagen – wie furchtbar es sei, in Seine Hände zu fallen. Gott – sie stellten sich da ein sanftes, gütiges Wesen vor. Sie verschlossen sich den Tatsachen; mehr noch, sie verschlossen sich der Bibel. Die Passagiere der *Titanic* hatten *›Nearer my God to Thee‹* gesungen, als das Schiff sank. War ihnen klar gewesen, *wem* sie da näher zu sein begehrten? Einer weißglühenden Flamme der Gerechtigkeit, einem zürnenden Feuer ...

Wenn Savonarola predigte, schluchzten und stöhnten seine Zuhörer laut. Aber nichts unterbrach das höfliche Schweigen, mit dem Crome Mr. Bodiham zuhörte – nur gelegentlich ein Husten und zuweilen das Geräusch tiefer Atemzüge. In der vordersten Reihe saß Henry Wimbush, gelassen, wohlerzogen und elegant gekleidet. Es gab Zeiten, wo Mr. Bodiham am liebsten von der Kanzel herabgesprungen wäre, um ihn wachzurütteln – Zeiten, wo er am liebsten seine ganze Gemeinde geprügelt und erschlagen hätte.

Jetzt saß er niedergeschlagen an seinem Schreibtisch. Draußen, hinter den gotischen Fenstern, war es Sommer, und es herrschte eine wunderbare Ruhe. Alles war, wie es immer gewesen war. Und doch, und doch ... Es war nun fast vier Jahre her, daß er seine Predigt über den siebenten Vers im vierundzwanzigsten Kapitel des Matthäus-Evangeliums gehalten hatte: ›*Denn es wird sich empören ein Volk wider das andere und ein Königreich wider das andere, und werden sein Pestilenz und teure Zeit und Erdbeben hin und wieder.*‹ Beinahe vier Jahre war es her. Er hatte die Predigt drucken lassen, denn es war von ungeheurer, ja entscheidender Bedeutung, daß jeder wußte, was er zu sagen hatte. Ein Exemplar der kleinen Broschüre lag auf seinem Schreibtisch – acht kleine graue Seiten, bedruckt mit einem Schriftsatz, der durch das endlose Stampfen der Druckerpresse so stumpf wie die Zähne eines alten Hundes geworden war. Er schlug das Heft auf und begann es noch einmal zu lesen.

»›*Denn es wird sich empören ein Volk wider das andere und ein Königreich wider das andere, und werden sein Pestilenz und teure Zeit und Erdbeben hin und wieder.*‹

Neunzehn Jahrhunderte sind vergangen, seit Christus der Herr dieser Worte sprach, und nicht ein einziges ist ohne Kriege, ohne Pest, ohne Hungersnot und ohne Erdbeben gewesen. Gewaltige Reiche sind zusammengebrochen, Krankheiten haben den halben Erdball entvölkert, und es hat gewaltige Naturkatastrophen gegeben, in denen Tausende das Opfer von Wasser und Feuer und Sturm geworden sind. Immer wieder haben sich im Laufe dieser neunzehn Jahrhunderte solche Dinge zugetragen, aber sie haben Christus nicht zur Erde zurückgebracht. Wohl waren es ›Zeichen der Zeit‹, da es Zeichen des Zorns Gottes gegen die eingefleischte Bosheit des Menschengeschlechts waren; aber es waren nicht die Zeichen der Zeit im Zusammenhang mit der Wiederkunft Christi.

Wenn ernsthafte Christen den gegenwärtigen Krieg als ein echtes Zeichen für die bevorstehende Wiederkunft des

Herrn ansehen, so nicht nur deshalb, weil dies ein großer Krieg ist, der in Millionen von Menschenleben eingreift, nicht nur, weil der Hunger in allen Ländern Europas seinen Würgegriff verstärkt, nicht nur, weil Krankheiten jeder Art, von der Syphilis bis zum Flecktyphus, bei den kriegführenden Völkern grassieren. Nein, nicht deshalb betrachten wir diesen Krieg als ein ›wahres Zeichen der Zeit‹, sondern weil er in seinem Ursprung und seinem Fortgang gewisse charakteristische Merkmale zeigt, die ihn so gut wie ohne Zweifel in Beziehung setzen zu den Voraussagungen der christlichen Weissagung über die Wiederkunft des Herrn.

Laßt mich die besonderen Merkmale dieses Krieges aufzählen, die uns klar erkennen lassen, daß er ein Zeichen ist, das die bevorstehende Wiederkehr des Herrn ankündigt. Christus der Herr sagt: ›*Und es wird gepredigt werden das Evangelium vom Reich in der ganzen Welt zu einem Zeugnis über alle Völker, und dann wird das Ende kommen.*‹ Obwohl es Vermessenheit wäre, wollten wir sagen, welchen Grad von Bekehrung Gott als ausreichend erachten wird, dürfen wir doch wenigstens zuversichtlich hoffen, daß uns ein Jahrhundert unermüdlichen missionarischen Wirkens der Erfüllung dieser Bedingung zumindest nahegebracht hat. Zwar ist der größere Teil der Menschheit taub geblieben gegen die Predigt der wahren Religion; aber das kann an der Tatsache nichts ändern, daß das Evangelium gepredigt worden *ist* ›zu einem Zeugnis‹ für alle Ungläubigen, von den Papisten bis zu den Zulus. Die Verantwortung für die fortdauernde Macht des Unglaubens liegt nicht bei denen, die predigen, sondern bei jenen, denen gepredigt wurde.

Und weiter: Allgemein ist anerkannt worden, daß sich ›das Vertrocknen des großen Stroms Euphrat‹, von dem

im sechzehnten Kapitel der Offenbarung die Rede ist, auf den Verfall und den Untergang der türkischen Macht bezieht, und daß es ein Zeichen für das bevorstehende Ende der Welt ist, wie es uns verkündet worden ist. Die Einnahme von Jerusalem und die Erfolge in Mesopotamien sind ein Schritt vorwärts auf dem Wege zur Vernichtung des Osmanischen Reiches; freilich müssen wir uns eingestehen, daß die Episode von Gallipoli gezeigt hat: Noch verfügt der Türke über ein ›starkes Horn‹, das heißt große Kraft. Historisch gesprochen, erstreckt sich der Prozeß der Austrocknung der osmanischen Macht schon über das ganze vergangene Jahrhundert, nur in den beiden letzten Jahren hat sich der Vorgang erheblich beschleunigt. Nun besteht kein Zweifel mehr, daß der Zeitpunkt der vollständigen Austrocknung abzusehen ist.
Auf die Worte vom Austrocknen des Euphrats folgen die Prophezeiungen von Harmagedon, von dem Weltkrieg, mit dem die Wiederkunft des Herrn so eng verknüpft ist. Nachdem der Weltkrieg einmal begonnen hat, kann er nur mit der Wiederkunft Christi enden, und Sein Kommen wird so plötzlich und unerwartet sein, wie ein Dieb in der Nacht kommt.
Halten wir uns die Tatsachen vor Augen. In der Geschichte geht genau wie in der Offenbarung des Johannes dem Weltkrieg unmittelbar die Austrocknung des Euphrats, beziehungsweise der Verfall der türkischen Macht voraus. Allein dieses Faktum genügte, um den gegenwärtigen Konflikt zu dem Harmagedon der Offenbarung in Beziehung zu setzen und auf die bevorstehende Wiederkunft Christi zu deuten. Aber es lassen sich noch weitere Beweise anführen, die vielleicht noch stichhaltiger und überzeugender sind.
Harmagedon wird durch das Wirken dreier unreiner Gei-

ster herbeigeführt, die gleich den Fröschen aus dem Munde des Drachen, des Tiers und des falschen Propheten gehen. Wenn wir diese drei Mächte des Bösen zu erkennen vermögen, werden wir damit sehr viel mehr Klarheit gewinnen.

Der Drache, das Tier und der falsche Prophet lassen sich alle drei historisch identifizieren. Satan, der nur durch menschliche Vermittlung wirken kann, hat diese drei Mächte in seinem langen Krieg gegen Christus eingesetzt, einem Krieg, der die letzten neunzehn Jahrhunderte mit seinem religiösen Hader erfüllte. Der Drache ist, wie zur Genüge bewiesen, das heidnische Rom, und der Geist, der aus seinem Munde spricht, ist der Geist des Unglaubens. Das Tier, abwechselnd auch unter dem Bild der Frau symbolisch dargestellt, ist zweifellos die päpstliche Gewalt, und Papisterei heißt der Geist, den sie ausspeit. Und es gibt nur eine Macht, auf die die Beschreibung vom falschen Propheten zutrifft, vom Wolf im Schafspelz, vom Handlanger des Teufels, der sich als Lamm verkleidet, und diese Macht ist die sogenannte ›Gesellschaft Jesu‹. Der Geist, der aus dem Munde des falschen Propheten spricht, ist der Geist der falschen Moral.

Wir können also annehmen, daß die drei unreinen Geister Unglaube, Papisterei und falsche Moral sind. Waren diese drei Mächte also wirklich die Ursache des gegenwärtigen Konflikts? Über die Antwort kann es keinen Zweifel geben.

Der Geist des Unglaubens ist der Geist des deutschen Kritizismus. Die ›historische Bibelkritik‹, wie sie sich anspruchsvoll nennt, leugnet die Möglichkeit von Wundern, Prophezeiungen und verbaler Inspiration; statt dessen versucht sie, die Bibel als das Resultat einer natürlichen Entwicklung zu erklären. Langsam aber sicher hat der

Geist des Unglaubens den Deutschen ihre Bibel und ihren Glauben geraubt, so daß Deutschland heute eine Nation von Ungläubigen ist. Die historische Bibelkritik hat somit den Krieg erst möglich gemacht, denn es wäre für eine christliche Nation absolut undenkbar, den Krieg so zu führen, wie ihn Deutschland führt.

Wir kommen nun zum Geist des Papismus, der am Ausbruch des Krieges einen ebenso großen Anteil wie der Unglaube hat, auch wenn er vielleicht nicht so unmittelbar ins Auge fällt. Seit dem französisch-preußischen Krieg hat die Macht des Papsttums in Frankreich stetig abgenommen, während sie in Deutschland ständig zugenommen hat. Frankreich ist heute ein antipäpstlicher Staat, aber Deutschland besitzt eine mächtige römisch-katholische Minderheit. Zwei päpstlich gesteuerte Staaten, Deutschland und Österreich, stehen im Krieg mit sechs antipäpstlichen Staaten – England, Frankreich, Italien, Rußland, Serbien und Portugal. Belgien ist allerdings ein durch und durch päpstlicher Staat, und es kann kaum bezweifelt werden, daß die Anwesenheit eines im Grunde so feindlichen Elements im Lager der Alliierten viel dazu beigetragen hat, der gerechten Sache zu schaden, und daß hier der Grund für unseren verhältnismäßig bescheidenen Erfolg liegt. So wird an der Gruppierung der kriegführenden Mächte deutlich, daß der Geist des Papismus hinter dem Krieg steckt, während die Rebellion in den katholischen Teilen Irlands nur das bestätigt, was für jeden Unvoreingenommenen längst feststand.

Der Geist der falschen Moral hat an diesem Krieg einen nicht minder großen Anteil als die beiden übrigen unreinen Geister. Das Wort von dem ›Fetzen Papier‹ ist nur das letzte und offensichtlichste Beispiel für die durchaus unchristliche oder jesuitische Moral Deutschlands. Was es anstrebt, ist die Beherrschung der Welt, und um dieses Ziel zu erreichen, gelten ihm alle Mittel als erlaubt. Das aber ist das Prinzip der Jesuiten, angewandt auf die internationale Politik.

Die Identifizierung ist nun vollständig. Wie vorausgesagt in der Offenbarung des Johannes, traten die drei unreinen Geister auf den Plan, als der Verfall der osmanischen Macht so gut wie abgeschlossen war. Sie verbanden sich, um den Weltkrieg zu entfesseln. Die Warnung: ›Siehe, ich komme wie ein Dieb‹ bezieht sich also auf unsere Gegenwart – auf dich und mich und jedermann. Dieser Krieg führt unvermeidlich zu dem Krieg von Harmagedon und wird nur mit der persönlichen Wiederkunft des Herrn enden.

Was aber wird geschehen, wenn Er wiederkommt? Die, so in Christus leben, sagt uns Johannes, werden zum Abendmahl des Lammes gerufen. Die aber, die im Streit mit Ihm sind, werden zum Abendmahl des großen Gottes bestellt – dem erbarmungslosen Mahl, bei dem sie nicht schmausen werden, sondern wo man sich an ihnen weiden wird. Denn Johannes sagt: ›*Und ich sah einen Engel in der Sonne stehen; und er schrie mit großer Stimme und sprach zu allen Vögeln, die unter dem Himmel fliegen: Kommt und versammelt euch zu dem Abendmahl des großen Gottes, daß ihr esset das Fleisch der Könige und der Hauptleute und das Fleisch der Starken und der Pferde und derer, die daraufsitzen, und das Fleisch aller Freien und Knechte, der Kleinen und der Großen!*‹ Alle Feinde des Herrn werden erschlagen werden ›*mit dem Schwert des, der auf dem Pferde saß; und alle Vögel werden satt von ihrem Fleisch sein*‹. Das ist das Abendmahl des großen Gottes.

Es mag bald geschehen oder, an Menschenzeit gemessen,

lange dauern, aber früher oder später kommt der Herr, um die Welt von ihren gegenwärtigen Leiden zu erlösen. Und wehe dem, der dann nicht zum Abendmahl des Lammes, sondern zum Abendmahl des großen Gottes gerufen wird! Dann werden sie – zu spät – begreifen, daß Gott ein Gott des Zornes so gut wie ein Gott der Vergebung ist. Der Gott, der Bären sandte, um die Knaben, die Elisa verspotteten, zu zerreißen, der Gott, der die Ägypter schlug um ihrer störrischen Bosheit willen, Er wird gewißlich auch sie schlagen, wenn anders sie nicht bald bereuen. Doch vielleicht ist es schon zu spät. Wer weiß, ob nicht morgen, ja, im nächsten Augenblick Christus über uns kommt, unversehens, wie ein Dieb? Wer weiß, ob nicht schon bald der Engel in der Sonne steht und Raben und Geier aus ihren Felsenspalten ruft, daß sie essen das verwesende Fleisch der Millionen Verworfenen, die Gottes Zorn vernichtet hat. Seid also bereit! Die Wiederkunft des Herrn ist nahe. Möge sie für euch alle Hoffnung bedeuten und nicht einen Augenblick, dem ihr mit Angst und Zagen entgegenseht!«

Mr. Bodiham schloß das Heft und lehnte sich in seinem Sessel zurück. Seine Argumentation war folgerichtig, sie war absolut zwingend. Und doch – es waren vier Jahre vergangen, seit er diese Predigt gehalten hatte, vier Jahre, und England lebte in Frieden, die Sonne schien, und die Leute von Crome waren so gottlos und gleichgültig wie von jeher – ja, schlimmer, falls das möglich war.

Wenn er es nur begreifen könnte, wenn ihm der Himmel nur ein Zeichen geben wollte! Aber all sein Fragen blieb ohne Antwort. Er hätte, auf seinem braunpolierten Stuhl vor dem gotischen Fenster sitzend, laut schreien mögen. Krampfhaft um Selbstbeherrschung ringend, umklammerte er die Armlehnen des Stuhls. Die Fingerknöchel wurden weiß, er biß sich auf die Lippen. Aber schon nach ein paar Sekunden gelang es ihm, sich aus der Verkrampfung zu lösen; er begann sich wegen seiner rebellischen Ungeduld Vorwürfe zu machen.

Vier Jahre, überlegte er, was waren denn vier Jahre? Es bedurfte natürlich einer langen Zeit, bis Harmagedon reif war, bis der Sauerteig aufgegangen war. Die Episode von 1914 war nur ein Vorpostengefecht gewesen. Wer da glaubte, daß der Krieg zu Ende war, nun, der gab sich einer Illusion hin. Er schwelte weiter – in Schlesien, in Irland und Anatolien; die Unzufriedenheit in Ägypten und Indien bereitete vielleicht schon den Weg zu einer gewaltigen Ausdehnung des Gemetzels unter den heidnischen Völkern. In dem chinesischen Boykott gegen Japan und in der Rivalität dieser Macht mit Amerika im pazifischen Raum lag vielleicht der Keim zu einem neuen großen Krieg im Fernen Osten. Die Aussichten waren also durchaus ermutigend, sagte sich Mr. Bodiham zu seiner Beruhigung; das eigentliche, echte Harmagedon begann vielleicht schon bald, und dann, wie ein Dieb in der Nacht ... Aber ungeachtet all seiner trostreichen Überlegungen blieb er unglücklich und unbefriedigt. Vor vier Jahren war er so zuversichtlich gewesen, damals schien ihm Gottes Absicht so offenkundig zu sein. Und jetzt? Jetzt konnte er wohl zürnen. Aber er litt auch.

Plötzlich und so still wie ein Gespenst erschien Mrs. Bodiham, geräuschlos glitt sie durch den Raum. Über dem Schwarz ihres Kleides war ihr Gesicht von einer opaken Blässe, ihre Augen waren hell wie Wasser in einem Glas, und ihr strohblondes Haar war nahezu farblos. In der Hand hielt sie einen großen Umschlag.

»Das hat die Post für dich gebracht«, sagte sie mit weicher Stimme.

Der Umschlag war unversiegelt. Mechanisch riß ihn Mr. Bodiham auf. Er enthielt eine Broschüre, dicker als die seiner Predigt und auch vornehmer aufgemacht. ›*Sheeny, der Lieferant für die Geistlichkeit, Birmingham.*‹ Er blätterte in dem Katalog; er war geschmackvoll und zugleich kirchlich gedruckt, in Antiqua, mit illuminierten gotischen Initialen. Der Satzspiegel war rot umrandet, und an den Ecken kreuzten sich die roten Linien wie bei dem sogenannten Oxfordrahmen; anstelle eines Punktes stand jedesmal ein kleines rotes Kreuz. Mr. Bodiham blätterte um.

Talare aus bester schwarzer Merinowolle. Lieferbar in allen Größen.

Pastoren-Gehröcke ab neun Guineen. Modisch elegant, von unseren versierten Spezial-Zuschneidern angefertigt.

Ein paar Photos zeigten jugendliche Hilfspfarrer: einige elegant, andere muskulöse Rugbytypen, wieder andere mit asketischen Gesichtern und großen schwärmerischen Augen; im Jackett, im Gehrock, im Chorrock, im Gesellschaftsanzug und in schwarzer loser Jacke mit Gürtel.

Reiche Auswahl von Meßgewändern. – Zingula.

Sheenys Spezial-Rock-Soutanen, mit einer Kordel um die Taille gehalten ... Wenn unter dem Chorrock getragen, nicht von einer vollständigen Soutane zu unterscheiden.

... Bestens empfohlen für Sommer- und Tropenkleidung.

Mit einer Geste des Grauens und des Ekels warf Mr. Bodiham den Katalog in den Papierkorb. Mrs. Bodiham beobachtete ihn; kommentarlos spiegelte sich seine Gebärde in ihren hellen graugrünen Augen.

»Im Dorf«, sagte sie mit ihrer ruhigen Stimme, »geschehen jeden Tag schlimmere Dinge.«

»Was ist jetzt wieder passiert?« fragte er und fühlte sich auf einmal sehr müde.

»Das will ich dir sagen.« Sie zog sich einen braunpolierten Stuhl heran und setzte sich. In dem Dorf Crome waren, wie es schien, Sodom und Gomorrha wiedererstanden.

ZEHNTES KAPITEL

Denis tanzte nicht. Aber wenn aus dem Pianola in süßem Überschwang, wie mit betäubenden Düften, wie in bengalisches Feuer getaucht, der Ragtime brach, dann begann es in ihm zu tanzen. Kleine schwarze Negerblutkörperchen hüpften und trommelten in seinen Adern. Er wurde zu einem Käfig des Rhythmus, zu einem wandelnden Tanzpalast. Es war ein sehr unangenehmes Gefühl, wie die ersten Symptome einer Krankheit. Er saß in einem der Fenstersitze und stellte sich, mit abweisender Miene, als ob er lese.

Eine lange Zigarre aus einer Art durchbohrter Bernsteinsäule rauchend, trat Henry Wimbush die ohrenbetäubende Musik mit gelassener Geduld aus dem Instrument. Eng umschlungen bewegten sich Gombauld und Anne mit einer Harmonie, die sie als ein einziges Wesen mit zwei Köpfen und vier Füßen erscheinen ließ. Feierlich-buffo-

Die in dem vorangegangenen Kapitel Mr. Bodiham zugeschriebene Predigt ist im wesentlichen die Wiedergabe einer 1916 von dem Rev. E. H. Horne vor einer Synode gehaltenen Rede. Sie ist als Anhang in einem von ihm veröffentlichten kleinen Buch enthalten, das den Titel *Die Bedeutung des Luftkriegs* trägt (Bei Marshall, Morgan & Scott).
Anmerkung in der englischen Ausgabe von 1969, die der vorliegenden Übersetzung zugrundeliegt.

nesk schlurfte Mr. Scogan mit Mary im Zimmer umher. Jenny saß im Schatten hinter dem Klavier und kritzelte etwas in ein großes rotes Notizbuch. In Lehnstühlen am Kamin sitzend, unterhielten sich Priscilla und Mr. Barbecue-Smith über höhere Dinge, anscheinend ohne durch den Lärm auf der Niederen Ebene gestört zu werden.
»Der Optimismus«, stellte Mr. Barbecue-Smith in einem abschließenden Ton fest – er sprach dabei gegen die Melodie von ›*Wild, wild women*‹ an –, »der Optimismus ist die Bresche der Seele zum Licht; er ist eine Bewegung auf Gott zu, in ihn hinein; er ist die geistige Selbstvereinigung mit dem Unendlichen.«
»Wie wahr!« seufzte Priscilla und neigte die böse Pracht ihres großartigen Kopfputzes.
»Der Pessimismus, auf der anderen Seite, ist die Zusammenziehung der Seele auf das Dunkel; er ist die Konzentration des Ichs auf einen Punkt der Niederen Ebene; er ist die geistige Versklavung an die bloßen Tatsachen, an die grob physischen Phänomene.«
»Sie machen einen wilden Mann aus mir.« Der Refrain drang in das Bewußtsein Denis', er sang sich in ihn hinein. Ja, das taten sie, hol sie der Teufel! Einen wilden Mann, aber nicht wild genug, und das war das Schlimme. Innerlich wild, rasend und vor Begierde sich windend – ja, »sich windend«, das war das richtige Wort. Aber äußerlich blieb er hoffnungslos zahm; äußerlich – bäh, bäh, bäh!
Da waren sie, Anne und Gombauld, und tanzten zusammen gleich einem einzigen geschmeidigen Geschöpf. Das Tier mit den zwei Rücken. Aber er saß in der Ecke und tat so, als ob er lese; tat so, als ob er keine Lust habe zu tanzen; tat so, als ob er das Tanzen verachte. Warum? Weil er nun einmal das zahme Schaf war – bäh, bäh!

Warum war er nicht mit einem anderen Gesicht geboren? Gombauld hatte ein ehernes Gesicht; er war wie einer dieser alten Rammböcke, mit denen die Mauern belagerter Städte berannt wurden, bis sie einstürzten. Er, Denis, hatte ein anderes Gesicht mitbekommen – ein weiches, verschwommenes Gesicht.

Die Musik hörte auf. Aus dem einen harmonischen Wesen wurden wieder zwei. Erhitzt und ein wenig außer Atem ging Anne schwankenden Schritts durch den Raum bis zum Pianola und legte Mr. Wimbush die Hand auf die Schulter.

»Jetzt einen Walzer, bitte, Onkel Henry«, sagte sie.

»Einen Walzer«, wiederholte er und griff in das Schränkchen mit den Walzen. Mit einem Druck auf den Hebel trat er die alte Walze heraus und mit einem zweiten Druck an ihren Platz die neue –, ein Sklave in der Ruderbank, klaglos und von vollendeter Höflichkeit. »Rum, Tum, Rum-ti-ti, Tum-ti-ti . . .« Schleimig wälzte sich die Melodie dahin, wie ein Schiff, das über eine glatte ölige Dünung fährt. Das vierbeinige Wesen glitt, in seinen Bewegungen graziöser und harmonischer denn je, über die Tanzfläche. Ach, warum war er nicht mit einem anderen Gesicht geboren?

»Was lesen Sie da?«

Überrascht blickte er auf. Es war Mary. Sie hatte sich aus der unbequemen Umarmung Mr. Scogans gelöst, der inzwischen in Jenny sein nächstes Opfer gefunden hatte.

»Was lesen Sie da?«

»Ich weiß es nicht«, antwortete Denis wahrheitsgemäß. Er sah auf den Titel; das Buch hieß *Ratgeber für den Viehzüchter*.

»Ich finde es von Ihnen so vernünftig, daß Sie hier ruhig sitzen und lesen«, sagte Mary mit einem Blick ihrer porzellanblauen Augen. »Ich verstehe nicht, wie man tanzen kann. Es ist doch so langweilig.«

Denis gab ihr keine Antwort; diese Frau ging ihm auf die Nerven. Vom Lehnstuhl am Kamin her hörte er Priscillas tiefe Stimme.

»Sagen Sie, Mr. Barbecue-Smith – Sie kennen sich doch in der Wissenschaft aus –« Hierauf kam ein mißbilligendes Schnauben aus der Ecke von Mr. Barbecue-Smith. »Diese Einsteinsche Theorie stellt doch das ganze Sternensystem auf den Kopf. Ich mache mir so Sorgen wegen meiner Horoskope.«

Mary ging erneut zum Angriff über. »Welchen modernen Dichter haben Sie am liebsten?« fragte sie. Denis war wütend. Warum konnte ihn diese Nervensäge nicht in Ruhe lassen? Er wollte diese gräßliche Musik hören und wollte ihnen beim Tanz zusehen. Mit welcher Grazie sie tanzten – als seien sie füreinander geschaffen! Er wollte sein Elend in Behagen auskosten, und da kam sie und stellte mit ihm diese lächerliche Ausfragerei an! Es war wie ein Quiz: »Was sind die drei Krankheiten des Weizens?« – »Welchen modernen Dichter haben Sie am liebsten?«

»Mehltau, Schimmel und Brand«, antwortete er mit der lakonischen Kürze eines Mannes, der sich seiner Sache absolut sicher ist.

Es dauerte einige Stunden, bevor Denis in dieser Nacht Schlaf fand. Ein unbestimmter, doch quälender Schmerz hatte von ihm Besitz ergriffen. Es lag nicht allein an Anne, daß er so bedrückt war; er war unglücklich über sich selbst, über die Zukunft, über das Leben im allgemeinen, ja, über die ganze Welt. »Dieser Zustand des Jungseins«, wiederholte er sich immer wieder, »ist etwas ausnehmend Lästiges.« Aber der bloße Umstand, daß er seine Krankheit kannte, half ihm nicht, von ihr zu genesen.

Nachdem er die Decke vom Bett geschleudert hatte, stand er auf und suchte Erleichterung in der Verfertigung eines Gedichts. Er hatte den Wunsch, sein namenloses Unglück in Worte zu bannen. Als eine Stunde vergangen war, traten aus einem Gewirr von Klecksen und durchgestrichenen Stellen neun mehr oder weniger fertige Verse hervor.

Ich weiß nicht, wonach ich mich sehne
In dunkler stiller Sommernacht,
Wenn des Windes vielstimmiger Chor
In den unbewegten Zweigen schläft.
Ich habe Sehnsucht und weiß nicht wonach.
Kein Laut, kein Lachen
Hält den schwarzen, schweigenden Strom der Zeit an.
Ich weiß nicht, wonach ich mich sehne,
Ich weiß es nicht.

Er las es sich laut vor. Dann warf er das Gekritzel in den Papierkorb und ging wieder zu Bett. Schon nach wenigen Minuten war er eingeschlafen.

ELFTES KAPITEL

Mr. Barbecue-Smith war abgereist. Das Automobil hatte ihn wie der Blitz zum Bahnhof gebracht; ein schwacher Geruch von Benzin erinnerte noch an seinen soeben erfolgten Aufbruch. Man war in ansehnlicher Zahl auf dem Hof erschienen, um ihm Lebewohl zu sagen; jetzt kehrte man um, ging um das Haus herum auf die Terrasse und in den Garten. Man legte den Weg schweigend zurück; noch hatte sich niemand zu einer Bemerkung über den abgereisten Gast bereit gefunden.

»Nun?« fragte Anne schließlich, den Blick unter hochgezogenen Brauen auf Denis gerichtet. »Was sagen Sie?« Es wurde Zeit, daß jemand den Anfang machte.

Aber Denis wies die Aufforderung zurück und gab sie an Mr. Scogan weiter. »Nun?«

Mr. Scogan antwortete nicht, sondern wiederholte nur fragend: »Nun?«

Es blieb Henry Wimbush überlassen, eine Erklärung abzugeben. »Eine sehr angenehme Bereicherung unseres Wochenendes«, sagte er. Es klang wie ein Nachruf.

Ohne besonders auf den Weg zu achten, waren sie den steilen Eibengang, der neben der Terrasse hinunterführte, bis zum Teich gegangen. Gewaltig ragte das Haus vor ihnen auf, wobei noch die ganze Höhe der Terrassenmauer zu den einundzwanzig Metern der Backsteinfront hinzuzurechnen war. Die drei Türme stiegen senkrecht auf, ohne jede Unterbrechung, und verstärkten den Eindruck großer Höhe, bis er erdrückend wurde. Sie blieben am Rand des Teiches stehen und sahen zum Haus zurück.

»Der Mann, der dieses Haus baute, hat sein Geschäft verstanden«, sagte Denis. »Er war ein Architekt.«

»Meinen Sie?« fragte Henry Wimbush nachdenklich. »Ich bezweifele es. Der Erbauer dieses Hauses war Sir Ferdinando Lapith, der während der Regierungszeit der Königin Elisabeth lebte. Er erbte den Besitz von seinem Vater, dem er zur Zeit der Aufhebung der Klöster zugesprochen worden war. Denn Crome war ursprünglich ein Kloster gewesen, und dieses Schwimmbecken war einst der Fischteich der Mönche. Sir Ferdinando hatte es nicht genügt, die alten Klostergebäude seinen Zwecken nutzbar zu machen; er gebrauchte sie vielmehr als Steinbruch für seine Scheunen, Kuhställe und Schuppen, und für sich selbst baute er ein neues großes Haus aus Backstein – das Haus, das Sie jetzt sehen.«

Er wies mit einer Handbewegung auf das Gebäude und schwieg. Streng, imposant, fast drohend ragte es in die Höhe.

»Das Großartige an Crome ist«, sagte Mr. Scogan, froh über die Gelegenheit, zu Wort zu kommen, »daß es so unmißverständlich und geradezu aggressiv ein Kunstwerk ist. Es schließt keinen Kompromiß mit der Natur, sondern es trotzt ihr und empört sich gegen sie. Es gleicht nicht dem Turm Shelleys in seinem ›Epipsychidion‹, der, wenn ich mich recht erinnere –

> Seems not now a work of human art,
> But as it were titanic, in the heart
> of earth having assumed its form and grown
> Out of the mountain, from the living stone,
> Lifting itself in caverns light and high.

Nein, nein, nichts von derartigen Mätzchen trifft auf Crome zu. Daß eine Bauernhütte aussieht, als ob sie aus der Erde gewachsen wäre, derselben Erde, mit der die Bewohner dieser Hütten so verbunden sind, ist richtig und zweifellos angemessen. Doch das Haus eines intelligenten, höchst kultivierten Mannes darf nicht aussehen, als ob es aus der Scholle gewachsen wäre. Es sollte vielmehr seine anspruchsvoll unnatürliche Distanz zu allem schollengebundenen Leben zum Ausdruck bringen. Aber das haben wir in England seit William Morris nicht mehr begreifen können. Kultivierte und hochintellektuelle Männer haben mit feierlichem Ernst Bauer gespielt. Daher diese Liebe zum Anheimelnd-Altmodischen, zum Kunstgewerbe, zum Landhausstil und dergleichen mehr. In den Randsiedlungen unserer Großstädte können Sie in endlosen Reihen die bemüht-pittoresken Nachahmungen oder Abwandlungen der dörflichen Hütte sehen. Sie verdankte ihren Ursprung der Armut, der Unwissenheit und der Dürftigkeit des Baumaterials, und sie hatte in ihrer natürlichen Umgebung zweifellos ihren eigenen ›gleichsam titanischen‹ Reiz. Heute aber benutzen wir unseren Reichtum, unsere technischen Kenntnisse und die ganze Vielfalt unserer Baumaterialien, um Millionen von nachgemachten Hütten in eine ganz und gar falsche Umgebung zu stellen. Kann man den Schwachsinn noch weiter treiben?«

Henry Wimbush nahm den Faden des Gesprächs wieder auf, wo er unterbrochen worden war. »Alles, was Sie da sagen, mein lieber Scogan, ist gewiß absolut richtig und wahr. Aber daß Sir Ferdinando Ihre Anschauungen über Architektur teilte oder daß er überhaupt Ansichten über Architektur hatte, möchte ich stark bezweifeln. Als Sir Ferdinando dieses Haus baute, interessierte ihn eigentlich nur ein Gedanke: die richtige Plazierung der Aborte. Sanitäre Einrichtungen waren *das* große Interesse seines Lebens. Er brachte sogar im Jahre 1573 ein kleines – heute sehr selten gewordenes – Buch über diesen Gegenstand heraus, mit dem Titel *Certaine Privy Counsels by One of Her Maiestie's Most Honourable Privy Counsel, F. L. Knight*, in dem er diese ganze Materie mit großer Gelehrsamkeit und Eleganz behandelte. Sein Leitgedanke bei der sanitären Versorgung eines Hauses war es, zwischen den Abort und die Abwasseranlage die größtmögliche Entfernung zu legen. Die unvermeidliche Konsequenz war, die Toiletten im obersten Stockwerk des Hauses unterzubringen und sie mittels Schächten mit den Senkgruben oder Abzugskanälen in der Tiefe zu verbinden. Man darf jedoch nicht glauben, daß Sir Ferdinando ausschließlich materielle und sanitäre Überlegungen leiteten, denn er führte für die Anlage der Toiletten am höchsten Ort im Hause auch einige ausgezeichnete moralische Gründe an. So erklärt er im dritten Kapitel seiner *Privy Counsels*, daß das Gemeine und Tierische, das in unseren natürlichen Bedürfnissen liege, uns, sobald wir ihnen nachgeben, leicht vergessen ließe, daß wir die edelsten Wesen der Schöpfung sind. Um solchen entwürdigenden Wirkungen entgegenzuarbeiten, riet er dazu, daß die Toilette stets der Raum im Hause sein sollte, der dem Himmel am nächsten war. Die Fenster sollten eine weite und erhabene Aussicht bieten, und die Wände wünschte er sich mit Bücherregalen besetzt, in denen die edelsten Schöpfungen des menschlichen Geistes Platz fänden, wie die *Sprüche Salomos*, der *Trost der Philosophie* des Boethius, die Sprüche des Epiktet und Mark Aurels, das *Encheiridion* des Erasmus und alle sonstigen Werke des Altertums und der Neuzeit, die vom Adel der menschlichen Seele Zeugnis ablegten. In Crome konnte er nun seine Theorien in die Praxis umsetzen. In jedem der drei Türme richtete er im obersten Geschoß eine Toilette ein, von der aus ein Schacht durchs ganze Haus nach unten führte, das heißt gut einundzwanzig Meter tief, der dann vom Keller aus in eine unter dem Boden verlaufende Rohrleitung mündete. Diese Rohrleitung befand sich auf gleicher Ebene mit dem Fundament der erhöhten Terrasse und wurde von fließendem Wasser durchspült; sie entleerte sich einige hundert Meter hinter dem Fischteich in den Fluß. Alles in allem betrug die Länge der Schächte von den Turmspitzen bis zu der unterirdischen Kanalisation einunddreißig Meter. Aber das achtzehnte Jahrhundert mit seinem Modernisierungseifer räumte mit diesen Monumenten einer genialen Installation auf. Ohne die mündliche Überlieferung und ohne den detaillierten Bericht Sir Ferdinandos hätten wir nie etwas von der Existenz dieser noblen Örtlichkeiten erfahren. Wir hätten dann sogar annehmen müssen, daß Sir Ferdinando sein Haus aus rein ästhetischen Gründen nach diesem seltsamen und prächtigen Modell gebaut habe.«

Die Versenkung in den Zauber der Vergangenheit stimmte Henry Wimbush stets enthusiastisch. Unter der grauen Melone zuckte und leuchtete es in seinem Gesicht, solange er sprach. Der Gedanke an die verschwundenen Klosetts bewegte ihn tief. Jetzt, da er schwieg, erstarb nach und nach das Leuchten in seinem Gesicht; es wurde wieder zur Replik des höflich-feierlichen Huts, der dies Gesicht beschattete. Ein langes Schweigen folgte, während dessen sich jeder den gleichen leicht melancholischen Gedanken hinzugeben schien. Gedanken von Trauer und Vergänglichkeit – Sir Ferdinando und seine Abortanlagen waren nicht mehr, aber Crome stand noch. Wie strahlend schien die Sonne, und wie unausweichlich war der Tod! Gottes Wege waren sonderbar, und die Wege der Menschen waren noch sonderbarer ...

»Es ist herzerquickend«, unterbrach Mr. Scogan am Ende das Schweigen, »von diesen phantastischen englischen Aristokraten zu hören. Eine Theorie über sanitäre Anlagen zu haben und ein gewaltiges, prächtiges Haus zu bauen, um diese Theorie in die Praxis umzusetzen – das ist großartig, es ist wunderbar! Ich denke gern an sie alle – diese exzentrischen Lords, die in mächtigen Kutschen durch Europa fahren und dabei die merkwürdigsten Reiseziele haben. Der eine reist nach Venedig, um den Kehlkopf der La Bianchi zu kaufen; er kann ihn natürlich nicht bekommen, bevor die Sängerin gestorben ist, aber das macht nichts, er ist bereit zu warten. Er hat, in Gläsern eingemacht, eine ganze Sammlung von den Kehlen berühmter Opernsänger. Dann die Instrumente berühmter Virtuosen – auch dafür begeistert er sich. Er will versuchen, Paganini dazu zu bringen, sich von seiner kleinen Guarneri zu trennen, freilich hat er wenig Hoffnung auf Erfolg. Paganini wird seine Geige nicht verkaufen wollen; aber vielleicht opfert er eine seiner Gitarren. Andere sind auf Kreuzzügen begriffen – einer, um elend unter den unzivilisierten Griechen zu sterben, ein anderer im weißen Zylinderhut, um die Italiener gegen ihre Unterdrükker anzuführen. Wieder andere haben dort überhaupt nichts verloren; sie führen nur ihren Spleen auf dem Kontinent spazieren. Daheim gehen sie in Muße und mit Hingabe ihren Liebhabereien nach. Beckford baut Türme, Portland gräbt Löcher in die Erde, und der Millionär Cavendish lebt in einem Stall, ißt nur Hammelfleisch und vertreibt sich die Zeit damit – nur so, zu seinem Vergnügen –, gewisse Entdeckungen auf dem Gebiet der Elektrizität um ein halbes Jahrhundert vorwegzunehmen. Diese prächtigen exzentrischen Lords! Kein Zeitalter, das nicht durch sie eine Bereicherung erfuhr. Eines Tages, mein lieber Denis«, – Mr. Scogan sah mit blanken Vogelaugen in seine Richtung – »eines Tages müssen Sie ihre Biographien schreiben: ›Die Lebensgeschichten merkwürdiger Männer‹. Was für ein Stoff! Das Buch würde ich gern selbst schreiben.«

Er unterbrach sich und maß noch einmal mit dem Blick das hoch aufragende Haus, und dann murmelte er zwei oder dreimal nur das eine Wort: »Exzentrizität.«

»Die Exzentrizität ... Sie ist die Rechtfertigung aller Aristokratie. Sie rechtfertigt die begüterten Klassen, den ererbten Reichtum samt Privilegien, Dotationen und allen sonstigen Ungerechtigkeiten dieser Art. Wenn Sie wollen, daß etwas Vernünftiges in dieser Welt geschieht, dann brauchen Sie eine in Sicherheit lebende Klasse, sicher vor der öffentlichen Meinung, sicher vor Armut, begütert und nicht gezwungen, die Zeit mit den stupiden Allerweltsbeschäftigungen zu vergeuden, die man ›ehrliche Arbeit‹ nennt. Dazu braucht man eine Klasse, deren Angehörige denken und – innerhalb der selbstverständlichen Grenzen – auch tun können, was sie wollen. Man braucht eine Klasse, in der der exzentrische Mensch seiner Exzentrizität nachgehen kann, eine Klasse, in der das Exzentrische ganz allgemein auf Toleranz und Verständnis rechnen kann. Es ist ein Wesenszug jeder Aristokratie. Sie ist nicht allein selbst exzentrisch – und oft auf grandiose Weise –, sondern sie toleriert, ja ermutigt die Exzentrizität auch bei andern. Die exzentrischen Kühnheiten des Künstlers, des progressiven Denkers – sie erwekken bei der Aristokratie nicht die Furcht, den Haß und den Abscheu, mit denen die Spießbürger instinktiv darauf reagieren. Die Aristokratie ist gewissermaßen eine Indianer-Reservation inmitten einer gewaltigen Horde von Weißen – in den Kolonien obendrein. Innerhalb der Grenzen der Reservation treiben es die Wilden, zugegeben, oft ein bißchen anstößig und provokant; und wenn verwandte Geister außerhalb der Reservation geboren werden, dann bietet sie ihnen eine Art Zuflucht vor dem Haß, mit dem die armen Weißen *en bons bourgeois* alles verfolgen, was ungebunden oder außergewöhnlich ist. Nach der sozialen Umwälzung wird es keine Reservationen mehr geben; die Rothäute werden untergehen in der großen Masse der armen Weißen. Was dann? Werden sie es Ihnen erlauben, mein lieber Denis, daß Sie auch weiterhin Ihre Villanellen dichten? Wirst du, unglücklicher Henry, in diesem Haus bleiben dürfen, diesem Haus der prachtvollen Abortanlagen, um weiter in der Stille nach unnützen Kenntnissen zu forschen? Wird Anne...«

»Und Sie«, unterbrach ihn Anne, »wird es Ihnen erlaubt sein weiterzureden?«

»Die Sorge kann ich Ihnen nehmen«, erwiderte Mr. Scogan. »Ich werde statt zu reden meine ›ehrliche Arbeit‹ leisten müssen.«

ZWÖLFTES KAPITEL

»Mehltau, Schimmel und Brand...« Mary war ratlos und bedrückt. Vielleicht hatten ihr ihre Ohren einen Streich gespielt. Vielleicht hatte er in Wirklichkeit gesagt: »Squire, Binyon und Shanks« oder »Childe, Blunden und Earp« oder sogar »Abercrombie, Drinkwater und Rabindranath Tagore.« Vielleicht. Aber schließlich hatte sie ihr Gehör noch nie getäuscht. »Mehltau, Schimmel und Brand...« Widerstrebend mußte sie es sich eingestehen, daß Denis diese unwahrscheinlichen Worte tatsächlich geäußert hatte. Ganz bewußt hatte er ihren Versuch, mit ihm zu einer seriösen Diskussion zu kommen, zurückgewiesen. Es war entsetzlich. Ein Mann, der sich nicht ernsthaft mit einer Frau unterhalten wollte, nur weil sie eine Frau war – unmöglich! Sie wollte Egeria sein oder nichts.

Vielleicht war Gombauld annehmbarer. Zwar war seine südländische Herkunft bedenklich, aber wenigstens nahm er seine Arbeit ernst, und an seine Arbeit dachte sie, wenn sie seine Freundschaft suchte. Und Denis? Schließlich, wer war denn Denis überhaupt? Ein Dilettant, ein Amateur ... Gombauld benutzte eine kleine leerstehende Scheune als Atelier. Die Scheune stand isoliert auf einer Wiese außerhalb des Gutshofs. Es war ein quadratisches Ziegelsteingebäude mit spitzem Dach und kleinen Fenstern hoch oben in jeder Wand. Eine Leiter von vier Sprossen führte zur Tür, denn die Scheune thronte auf vier massiven pilzförmigen Sockeln aus grauem Stein über dem Boden, um so die Ratten fernzuhalten. Drinnen roch es schwach nach Staub und Spinnengewebe, und in dem schmalen Streifen Sonnenlicht, der zu jeder Stunde des Tages schräg durch eines der kleinen Fenster fiel, spielten silbrige Stäubchen. Hier arbeitete Gombauld sechs bis sieben Stunden täglich mit einer Art verbissener Konzentration. Er strebte nach etwas Neuem, Außerordentlichem, wenn er es nur zu packen bekam!

In den letzten acht Jahren, von denen er ungefähr die Hälfte damit verbracht hatte, seinen Teil dazu beizutragen, den Krieg zu gewinnen, hatte er sich fleißig durch den Kubismus hindurchgearbeitet. Jetzt war er am andern Ende des Tunnels wieder herausgekommen. Zunächst hatte er in seinen Bildern die Natur formalisiert, doch dann war er allmählich von der Natur zur Welt reiner Formen vorgestoßen, bis er schließlich nur noch seine Gedanken malte, materialisiert in den abstrakten geometrischen Formen seiner Erfindung. Es war ein mühsamer, aber, wie er fand, auch anregender Prozeß gewesen. Doch plötzlich befriedigte ihn seine Arbeit nicht mehr. Er fühlte sich eingeengt und beschränkt innerhalb unerträglich eng gezogener Grenzen. Es demütigte ihn zu sehen, wie wenige Formen er erfinden konnte, und wie primitiv und uninteressant sie waren. Die Erfindungen der Natur dagegen waren ohne Zahl, und sie waren unvorstellbar raffiniert und kunstvoll. Mit dem Kubismus war er fertig. Er war auf der anderen Seite des Tunnels wieder herausgekommen. Doch die Disziplin des Kubismus bewahrte ihn davor, nun einer exzessiven Naturanbetung zu verfallen. Von der Natur nahm er die reichen, schwierigen, hochentwickelten Formen an, aber sein Ziel blieb es, sie zu einem Ganzen zu verbinden, das die erregende Einfachheit und Formelhaftigkeit einer Idee hatte, – blieb es, den Reichtum der Realität mit einer großartigen Vereinfachung zu paaren. Erinnerungen an die wunderbar gelungenen Bilder Caravaggios ließen ihn nicht los. Formen von einer pulsierenden, lebendigen Realität wuchsen aus dem Dunkel heraus und bauten sich auf zu Kompositionen von der leuchtenden Reinheit einer mathematischen Idee. Er dachte an die ›Berufung des hl. Matthäus‹, an die ›Kreuzigung Petri‹, an die ›Lautenspieler‹, an ›Magdalena‹. *Er* hatte das Geheimnis gekannt, dieser merkwürdige Raufbold, er hatte es besessen! Aber jetzt war Gombauld dem Geheimnis auf der Spur, war ihm hart auf den Fersen. Ja, er würde etwas Großartiges schaffen, wenn er es nur zu packen bekam!

Eine bestimmte Idee bewegte ihn seit langem und nahm allmählich Besitz von ihm. Er hatte schon eine ganze Mappe voller Skizzen fertig und auch einen Entwurf gezeichnet; nun begann die Idee auf der Leinwand Gestalt anzunehmen. Ein Mann, von einem Pferd gestürzt. Das mächtige Tier, ein hageres weißes Zugpferd, füllte mit seinem großen Körper die obere Hälfte des Bildes aus. Der tief herabhängende Kopf war im Schatten; was den

Blick vor allem bannte, waren der Leib und die Beine des Pferdes, – die Beine, die wie die Pfeiler eines Bogens auf beiden Seiten des Bildes standen. Auf dem Boden lag, in perspektivischer Verkürzung gezeichnet, zwischen den Beinen des Tieres die Gestalt eines Mannes, mit dem Haupt ganz im Vordergrund, die Arme weit ausgebreitet. Von einem Punkt im rechten Vordergrund fiel ein erbarmungslos weißes Licht. Das Pferd und der Gestürzte waren hell beleuchtet, aber um sie herum und hinter ihnen war die Nacht. Sie waren in der Dunkelheit allein, eine Welt für sich. Der Pferdekörper nahm den oberen Teil des Bildes ein; die Beine mit den großen Hufen, wie mitten in der Bewegung erstarrt, begrenzten es an den Seiten. Und darunter lag der Mann, mit dem in perspektivischer Verkürzung wiedergegebenen Kopf im Brennpunkt in der Mitte, die Arme nach den beiden Bildseiten hin ausgestreckt. Unter dem Bogen des Pferdeleibs sah man zwischen die Beine hindurch in tiefes Dunkel; nach unten zu war der Raum durch die Figur des gestürzten Mannes begrenzt. Ein Abgrund von Dunkelheit in der Mitte, umgeben von leuchtend hellen Formen ...

Das Bild war mehr als zur Hälfte fertig. Den ganzen Morgen über hatte Gombauld an der Figur des Mannes gearbeitet, und jetzt machte er eine Pause, nicht länger, als man brauchte, um eine Zigarette zu rauchen. Mit dem Stuhl nach hinten wippend, bis er die Wand berührte, betrachtete er nachdenklich das Bild. Er war zufrieden und zugleich auch verzweifelt. An sich war, was er da gemacht hatte, gut; das wußte er. Aber das, was er suchte, das, was etwas ganz Großes werden würde, wenn er es nur packen könnte – hatte er es erreicht? Würde er es je erreichen?

Da – dreimal ein leises Klopfen! Überrascht blickte er

zur Tür. Niemand – es war ein ungeschriebenes Gesetz – pflegte ihn hier bei seiner Arbeit zu stören. »Herein!« rief er. Die angelehnte Tür wurde weit aufgestoßen, und von der Taille an aufwärts wurde die Gestalt Marys sichtbar. Sie hatte sich nur die Hälfte der Leiter heraufgewagt. Wenn er sie nicht hierhaben wollte, würde der Rückzug für sie leichter und würdiger sein, als wenn sie bis zur obersten Stufe gestiegen wäre.

»Darf ich hereinkommen?«

»Selbstverständlich.«

Sie sprang die beiden restlichen Sprossen hinauf und war in einem Augenblick über der Schwelle. »Es ist ein Brief für Sie gekommen, mit der zweiten Post«, sagte sie. »Ich dachte, daß es vielleicht etwas Wichtiges wäre. Darum wollte ich Ihnen gleich den Brief bringen.« Ihre Augen, ihr kindliches Gesicht strahlten voller Unschuld, als sie ihm den Brief gab. Niemals hatte es einen fadenscheinigeren Vorwand gegeben.

Gombauld warf einen Blick auf den Umschlag und steckte den Brief ungeöffnet in die Tasche. »Glücklicherweise ist es nichts Wichtiges«, sagte er. »Trotzdem vielen Dank!«

Es folgte ein Schweigen, und Mary fühlte eine gewisse Verlegenheit. Endlich nahm sie ihren Mut zusammen und fragte: »Darf ich mir einmal ansehen, was Sie gerade malen?«

Gombauld hatte seine Zigarette erst halb geraucht, und bevor er zu Ende geraucht hatte, würde er ohnehin nicht weiterarbeiten. Er wollte ihr also die fünf Minuten schenken, die ihn noch von dem bitteren Ende trennten. »Von hier aus können Sie es am besten sehen«, sagte er.

Mary betrachtete das Bild eine Weile schweigend. Sie wußte wirklich nicht, was sie sagen sollte. Sie war sprachlos, sie fand keine Worte. Sie hatte ein kubistisches Meisterwerk erwartet, und dies hier war ein Bild von einem Mann und einem Pferd; und nicht nur waren sie als solche zu erkennen, sondern obendrein auch noch in geradezu aggressiver Weise perspektivisch gezeichnet. *Trompe-l'œil* – es gab kein anderes Wort, um die genaue Wiedergabe der verkürzten Gestalt unter den trampelnden Hufen des Pferdes zu bezeichnen. Was sollte sie denken, was sagen? Sie hatte jede Orientierung verloren. Man konnte die gegenständliche Kunst bewundern, bei den Alten Meistern. Selbstverständlich. Aber bei einem Modernen? Mit achtzehn Jahren wäre sie dazu noch fähig gewesen. Aber heute, nach fünf Jahren des Umgangs mit den besten Kunstkennern, war ihre instinktive Reaktion auf das gegenständliche Bild eines zeitgenössischen Künstlers nur Verachtung – ein prustendes Lachen der Verachtung. Worauf wollte Gombauld wohl hinaus? Sie hatte sich bisher immer so sicher gefühlt, wenn sie seine Arbeit bewunderte. Aber jetzt – sie wußte nicht, was sie davon halten sollte. Es war sehr, sehr schwierig.

»Ziemlich viel *Chiaroscuro*, nicht wahr?« bemerkte sie schließlich zaghaft und beglückwünschte sich innerlich, eine kritische Formel gefunden zu haben, die ebenso höflich wie scharfsinnig war.

»Stimmt«, pflichtete Gombauld ihr bei.

Mary war erfreut. Er nahm ihre Kritik an. Dies war also eine seriöse Diskussion. Sie legte den Kopf auf die Seite und kniff die Augen zusammen. »Ich finde es wunderschön«, sagte sie. »Aber es ist natürlich – für meinen Geschmack – ein bißchen zu sehr *trompe-l'œil.*« Sie sah zu Gombauld hinüber, der aber keine Antwort gab, sondern fortfuhr zu rauchen und zugleich nachdenklich sein Bild zu betrachten. Ein wenig außer Atem gekommen, fuhr Mary fort: »Als ich im Frühjahr in Paris war, bin ich ziemlich oft mit Tschuplitski zusammengewesen. Ich bewundere seine Arbeit ungeheuer. Es ist natürlich entsetzlich abstrakt – furchtbar abstrakt und furchtbar intellektuell. Er wirft einfach ein paar Rechtecke auf die Leinwand – ganz flächig, wissen Sie, und in reinen Grundfarben gemalt. Aber seine Zeichnung ist wundervoll. Er wird täglich abstrakter. Als ich da war, hatte er die dritte Dimension vollkommen aufgegeben und war drauf und dran, auch auf die zweite zu verzichten. Bald, so sagt er, wird es nur noch die weiße Leinwand geben. Das ist die logische Konsequenz. Die vollkommene Abstraktion. Schluß mit der Malerei; er macht Schluß damit. Wenn er die reine Abstraktion erreicht hat, wird er sich auf die Architektur verlegen. Die Architektur ist intellektueller als die Malerei, sagt er. Sind Sie auch dieser Meinung?« fragte sie, ein letztes Mal nach Luft schnappend.

Gombauld warf das Zigarettenende fort und trat mit dem Fuß darauf. »Tschuplitski ist fertig mit der Malerei«, sagte er. »Ich mit meiner Zigarette. Aber ich mache mit der Malerei weiter.« Er ging auf sie zu, legte den Arm um ihre Schulter und drehte sie um, weg von seinem Bild.

Mary sah zu ihm auf. Ihr Haar schwang zurück, eine tonlose goldene Glocke. Ihre Augen blickten heiter, sie lächelte. So war denn der Augenblick gekommen. Sein Arm umfaßte sie. Gombauld ging langsam weiter, fast unmerklich, und sie ging mit ihm. Es war eine peripatetische Umarmung. »Ist das auch Ihre Meinung?« wiederholte sie ihre Frage. Der Augenblick mochte gekommen sein, aber sie war entschlossen, intellektuell und seriös zu bleiben.

»Ich weiß nicht, ich muß noch darüber nachdenken.« Gombauld lockerte seine Umarmung, seine Hand glitt von ihrer Schulter. »Passen Sie auf, wenn Sie die Leiter hinuntergehen«, fügte er besorgt hinzu.
Verblüfft drehte sich Mary um. Sie standen jetzt vor der offenen Tür. Verwirrt blieb sie einen Augenblick stehen. Seine Hand, die noch eben auf ihrer Schulter geruht hatte – sie spürte sie jetzt weiter unten auf dem Rücken, wo sie ihr drei oder vier freundliche Klapse gab. In automatischer Reaktion auf den sanften Druck ging sie weiter.
»Seien Sie vorsichtig, wenn Sie die Leiter hinuntergehen«, mahnte er noch einmal.
Sie war vorsichtig. Hinter ihr schloß sich die Tür, und sie war wieder allein auf dem kleinen Wiesenstück. Langsam ging sie über den Hof zum Haus zurück; sie war nachdenklich gestimmt.

DREIZEHNTES KAPITEL

Zum Abendessen erschien Henry Wimbush mit einem Bündel bedruckter Seiten, die lose gebunden zwischen zwei Aktendeckeln lagen.
»Heute«, verkündete er und zeigte mit einer gewissen Feierlichkeit die Mappe, »heute habe ich den Druck meiner *Geschichte Cromes* beendet. Ich habe heute abend geholfen, die letzte Seite abzusetzen.«
»Die berühmte *Geschichte?*« fragte Anne überrascht. Die Niederschrift und der Druck dieses *Magnum Opus* waren

schon so lange vor sich gegangen, wie sie denken konnte. In all den Jahren ihrer Kindheit war Onkel Henrys *Geschichte* eine Art Legende gewesen: oft gehört und nie gesehen.

»Es hat mich fast dreißig Jahre gekostet«, sagte Mr. Wimbush. »Fünfundzwanzig Jahre das Schreiben und fast vier Jahre der Druck. Aber jetzt ist es fertig – die ganze Chronik von der Geburt des Sir Ferdinando Lapith an bis zum Tode meines Vaters William Wimbush – mehr als dreiundeinhalb Jahrhunderte: eine Geschichte Cromes, geschrieben in Crome und gedruckt in Crome auf meiner eigenen Presse.«

»Werden wir es jetzt, da es fertig ist, auch zu lesen bekommen?« fragte Denis.

Mr. Wimbush nickte. »Selbstverständlich. Und ich hoffe, Sie werden es nicht uninteressant finden«, fügte er bescheiden hinzu. »Unser Archiv enthält besonders viele alte Aufzeichnungen; so stellt sich zum Beispiel nach ihrer Lektüre die Einführung der dreizinkigen Heugabel in einem völlig neuen Licht dar.«

»Und die Menschen?« fragte Gombauld. »Sir Ferdinando und die andern – waren sie amüsant? Hat es Verbrechen oder Tragödien in der Familie gegeben?«

»Lassen Sie mich überlegen.« Henry Wimbush rieb sich nachdenklich das Kinn. »Ich kann mich nur an zwei Selbstmorde erinnern, an einen gewaltsamen Tod, vier oder vielleicht auch fünf gebrochene Herzen und ein halbes Dutzend kleinerer Flecken auf dem Schild der Familienehre wie Mesalliancen, Verführungen, uneheliche Kinder und dergleichen. Nein, im großen und ganzen ist es eine friedliche und ereignisarme Geschichte.«

»Die Wimbushs und die Lapith waren von jeher eine respektierliche Gesellschaft ohne rechten Unternehmungsgeist«, sagte Priscilla mit einem Beiklang von Verachtung in ihrer Stimme. »Wenn ich doch *meine* Familiengeschichte zu schreiben hätte! Es würde ein einziger ununterbrochener Schandfleck von Anfang bis zum Ende werden.« Sie lachte aufgeräumt und schenkte sich noch ein Glas Wein ein.

»Und wenn ich meine Familiengeschichte schreiben sollte«, bemerkte Mr. Scogan, »so würde es gar keine geben. Schon nach der zweiten Generation verlieren sich die Spuren der Scogans im Nebel der Vorzeit.«

»Nach dem Essen«, sagte Henry Wimbush, ein wenig pikiert über die herabsetzenden Bemerkungen seiner Frau über die Herren von Crome, »werde ich Ihnen eine Episode aus meiner *Geschichte* vorlesen. Danach werden Sie mir zugeben, daß auch die Lapith, bei aller Respektabilität, ihre Tragödien und merkwürdigen Abenteuer hatten.«

»Es freut mich, das zu hören«, sagte Priscilla.

»Was zu hören?« fragte Jenny, die plötzlich aus ihrer privaten Innenwelt heraustrat wie der Kuckuck aus der Uhr. Man erklärte es ihr. Sie nickte lächelnd, gab dann einen Kuckucksruf von sich: »Ich verstehe«, hüpfte zurück und schlug die Tür wieder hinter sich zu.

Das Essen war vorüber, und die Gesellschaft hatte sich in den Salon zurückgezogen.

»Also dann«, sagte Henry Wimbush und zog sich einen Stuhl an die Lampe heran. Er setzte seinen schildpattgerahmten Kneifer mit den runden Gläsern auf die Nase und begann vorsichtig, die losen Seiten seines ungebundenen Buches umzublättern. Endlich fand er die Stelle, die er suchte. »Soll ich anfangen?« fragte er, von seinem Buch aufblickend.

»Bitte«, sagte Priscilla mit einem Gähnen.

Inmitten aufmerksamer Stille hüstelte Mr. Wimbush gleichsam zur Einleitung, dann begann er zu lesen.
»Das Kind, das einmal der vierte Baronet des Namens Lapith werden sollte, wurde im Jahre 1740 geboren. Es war ein ungemein kleines Baby, das bei seiner Geburt knapp drei Pfund wog, aber es war von Anbeginn von robuster Gesundheit. Zu Ehren seines Großvaters mütterlicherseits, Sir Hercules Occam of Bishop's Occam, wurde es auf den Namen Hercules getauft. Wie so viele Mütter führte auch die seine eine Art Tagebuch, in das sie jeden Monat die Fortschritte in seiner Entwicklung eintrug. Mit zehn Monaten konnte er laufen, und bevor er zwei Jahre alt war, wußte er bereits eine ganze Anzahl von Wörtern zu gebrauchen. Mit drei Jahren wog er nur vierundzwanzig Pfund und mit sechs war er, obwohl er tadellos lesen und schreiben konnte und eine ausgesprochene Begabung für Musik zeigte, nicht größer und auch nicht schwerer als ein normal gewachsenes Kind von zwei Jahren. In der Zwischenzeit hatte seine Mutter zwei weiteren Kindern das Leben geschenkt, einem Knaben und einem Mädchen; das eine der beiden Kinder starb noch im Säuglingsalter an der Diphtherie, während das andere, noch nicht ganz fünf Jahre alt, von den Pocken dahingerafft wurde. Hercules war das einzige Kind, das überlebte.
An seinem zwölften Geburtstag war er nur 96 cm groß. Sein Kopf, sehr schön und edel geformt, war für seine Gestalt zu groß, aber sonst war der Knabe vorzüglich proportioniert und für seine Größe sehr kräftig und gewandt. In der Hoffnung, sein Wachstum günstig zu beeinflussen, konsultierten seine Eltern die bedeutendsten Ärzte ihrer Zeit und befolgten ihre verschiedenen Vorschriften aufs genaueste, doch ohne Erfolg. Der eine verordnete eine üppige Fleischdiät, der andere Leibesübun-

gen, der dritte konstruierte ein kleines Gerüst nach dem Modell der Folterbänke, die die Heilige Inquisition benutzte, und auf diesem Gerüst wurde der kleine Hercules jeden Morgen und jeden Abend eine halbe Stunde lang gestreckt. Er litt entsetzliche Qualen. Im Verlauf der nächsten drei Jahre wuchs Hercules um etwa fünf Zentimeter, und für den Rest seines Lebens blieb er ein Liliputaner von nur gut einem Meter Größe. Sein Vater, der bereits die phantastischsten Hoffnungen auf seinen Sohn gesetzt und ihm eine militärische Laufbahn zugedacht hatte, die der Marlboroughs nicht nachstand, sah sich nun tief enttäuscht. ›Ich habe eine Mißgeburt in die Welt gesetzt‹, pflegte er zu sagen und faßte eine so leidenschaftliche Abneigung gegen seinen Sohn, daß der Junge ihm kaum noch unter die Augen zu kommen wagte. Ursprünglich von heiterer Wesensart, war der Vater unter dem Eindruck seiner Enttäuschung grämlich und böse geworden. Er ging aller Gesellschaft aus dem Wege (denn er schämte sich, als der Vater eines Naturspiels, eines *lusus naturae,* wie er es ausdrückte, unter normalen, gesunden Menschen zu erscheinen). Er gewöhnte sich an, allein zu trinken, – eine Gewohnheit, die ihn rasch ins Grab brachte. In dem Jahr, in dem Hercules volljährig wurde, starb sein Vater an einem Schlaganfall. Seine Mutter, deren Liebe zu ihm im gleichen Maße gewachsen war, wie er die seines Vaters verloren hatte, sollte diesen nicht lange überleben. Denn es war kaum ein Jahr nach dem Tode ihres Gatten vergangen, als sie nach dem Genuß von zwei Dutzend Austern einem plötzlichen Typhusanfall erlag.

So fand sich Hercules im Alter von einundzwanzig Jahren allein auf der Welt, als Herr eines beträchtlichen Vermögens einschließlich des Landgutes und Herrenhauses von Crome. Die Schönheit und die Intelligenz des Knaben hatten ihn auch im Mannesalter nicht verlassen, und wäre nicht sein zwergenhafter Wuchs gewesen, so hätte er zu den bestaussehenden und kultiviertesten jungen Männern seiner Zeit gehört. Er war in der griechischen und lateinischen Literatur der Antike so belesen wie in der modernen, soweit ihr Bedeutung zukam, und zwar in der englischen so gut wie in der französischen und italienischen. Er hatte ein feines Ohr für Musik und war kein schlechter Violinist; das Instrument zwischen den Beinen, spielte er es, auf einem Stuhl sitzend, wie eine Viola da Gamba. Eine ausgesprochene Vorliebe hatte er für das Clavichord und das Clavicembalo, aber seine Hände waren zu klein, als daß er je auf diesen Instrumenten hätte spielen können. Er besaß eine eigens für ihn angefertigte kleine elfenbeinerne Flöte, auf der er in melancholischen Stunden zu spielen pflegte, ein einfaches Volkslied oder eine Gigue, und er behauptete, daß es ihm mit dieser schlichten Musik besser gelänge, die trüben Gedanken zu verscheuchen als mit den kunstvollsten Hervorbringungen der Meister der Musik. Von jung auf übte er sich in der Abfassung von Gedichten, aber obwohl er sich seiner großen Begabung auf diesem Felde durchaus bewußt war, hatte er nie eine Probe seiner Kunst veröffentlichen wollen. ›Meine Statur‹, pflegte er zu sagen, ›spiegelt sich in meinen Versen; wenn das Publikum sie läse, dann wäre es nicht, weil ich ein Dichter, sondern weil ich ein Zwerg bin.‹ Aber mehrere Manuskripte mit den Gedichten von Sir Hercules sind erhalten geblieben. Eine einzige Probe wird genügen, um seine dichterischen Fähigkeiten erkennen zu lassen.

In alter Zeit, als die Welt noch jung war,
Bevor Abram mit seinen Herden zog oder Homer
sang;
Als der Schmied Thubalkain das Schöpfungsfeuer
bändigte,
Als Jabal in Hütten wohnte und Jubal die Leier
spielte;
Da zeugte ein verderbtes Geschlecht Ungeheuer,
Und garstige Riesen betraten die schaudernde Erde,
Bis Gott, voller Unmut über die sündige Brut,
In seinem Zorn sie in der Flut ertränkte.
Von neuem fruchtbar, gebar die wiederbevölkerte Erde
Den törichten Helden, den Krieger,
Gewaltige Türme aus Muskelkraft, gekrönt von einem
leeren Schädel,
Einfältig kühn, heldisch stumpf.
Die Zeitalter vergingen, und der zivilisierte Mensch,
Von geringerer Muskelkraft, doch stärker im Geist,
Lächelte über den Pallasch der Vorfahren, den Bogen,
die Hellebarde
Und lernte, den Pinsel zu schwingen, die Vogelkiel-
feder zu führen.
Die leuchtende Leinwand, die beschriebene Seite
Machten seinen Namen unsterblich durch die Jahr-
hunderte,
Sein Name schmückte die Mauer des Ruhmestempels;
Denn die Kunst wurde groß, als der Mensch kleiner
wurde.
So verfolgen wir des Menschen langen Weg Schritt
um Schritt;
Der Riese stirbt, der Heros löst ihn ab;
Der scheußliche Riese, der dumpfe heldische Klotz:
Vor dem einen schaudern, über den andern lachen wir.

Endlich erscheint der Mensch, in dem die reine Flamme der Seele
Heller brennt in harmonischer Gestalt.
Einst, als die Heroen kämpften und die Giganten ihr Wesen trieben,
War der Mensch ein noch kaum beseelter Klumpen Materie,
Schlief der Geist, und der Geist war grob und dumm.
Das kleinere Gerippe neuerer Zeit
Ist bald beseelt; mit unverbrauchter Kraft
Sendet die Seele gleich einem Leuchtturm ihre Geistesstrahlen.
Doch können wir uns vorstellen, daß die Vorsehung dem Menschen
Auf seinem Weg nach oben Halt gebietet?
Dem Menschen, der an Klugheit und Anmut
Dem Geschlecht der Riesen so überlegen ist?
Welch ruchloser Gedanke! Geführt von Gottes eigener Hand
Schreitet die Menschheit weiter auf dem Weg zum Gelobten Land.
Eine Zeit wird kommen (prophetisch sehe ich eine ferne Morgenröte am düsteren Himmel),
Da die glücklichen Sterblichen eines Goldenen Zeitalters
Die dunkle Seite im Geschichtsbuch zurückblättern,
Und in unserem stolzen Menschengeschlecht
Eine so rohe Form und einen so toten, stumpfen Geist erblicken,
Wie wir sie in den Riesen und Kriegern von einst sehen.
Eine Zeit wird kommen, da die Seele
Von aller überflüssigen Materie völlig frei sein wird.
Wo der leichte Körper, behende wie das Reh,

Anmutig sich tummelt auf samtenem Rasen.
Die köstlichste und endgültige Schöpfung der Natur,
Der Mensch, zur Vollkommenheit gebracht, wird die Erde besitzen.
Aber, ach, noch nicht! Denn noch trampelt die Rasse der Riesen,
Gewaltig, wenn auch ein wenig kleiner geworden, auf dem lieblichen Antlitz der Erde:
Plump und abstoßend, dabei von perversem Stolz,
Rühmen sie sich laut ihrer Unvollkommenheiten.
Stolz auf ihre massige Gestalt, von absurder Eitelkeit
Auf alles, was ihnen noch anhaftet vom garstigen Riesen;
Doch gegen alles, was klein ist, richten sie ihren törichten Spott
Und, diese Ungeheuer, halten sich selbst für Göttergestalten.
Traurig, fürwahr, ist das Schicksal der seltenen Vorläufer
Des adligeren Geschlechts!
Die gekommen sind, um des Menschen künftige Herrlichkeit zu verkünden
Und, gen Himmel weisend, selbst in der Hölle leben.

Sobald Sir Hercules sein Erbe antrat, ging er daran, die Haushaltung zu ändern. Denn wenn er sich auch keineswegs seiner Mißgestalt schämte – ja, wenn wir nach dem soeben zitierten Gedicht urteilen dürfen, fand er sich sogar der menschlichen Rasse in ihrer gewöhnlichen Gestalt in vieler Hinsicht überlegen –, so empfand er doch die Anwesenheit von normal gewachsenen Männern und Frauen als peinlich. Und da er sich auch darüber klar war, daß er jeden Ehrgeiz, es in der ›großen‹ Welt zu etwas zu bringen, fahrenlassen mußte, beschloß er, sich lieber gänzlich zurückzuziehen und sich dafür in Crome eine eigene private Welt zu schaffen, in der alles im rechten Verhältnis zu ihm stand. So entließ er denn die alten Bediensteten des Hauses und ersetzte sie nach und nach, sobald er geeignete Nachfolger fand, durch solche von zwergischem Wuchs. In wenigen Jahren hatte er ein zahlreiches Personal um sich versammelt, von dem niemand größer als ein Meter zwanzig und der Kleinste knapp sechsundsiebzig cm groß war. Die Hunde seines Vaters, wie Setter, Bulldoggen, Windspiele und eine Meute Spürhunde, verkaufte oder verschenkte er als zu groß und zu lärmend für sein Haus und vertauschte sie mit Möpsen, Zwergspaniels und sonstigen Hunden der kleinsten Rassen. Auch die Pferde seines Vaters wurden verkauft. Für den eigenen Gebrauch erwarb er sechs schwarze Shetland-Ponys neben vier ausgesucht schönen Schecken der New-Forest-Züchtung.

Nachdem er so seinen Haushalt zu seiner Zufriedenheit geordnet hatte, blieb für ihn nur noch die passende Gefährtin zu finden, die sein Paradies mit ihm teilte. Sir Hercules hatte ein empfängliches Herz, und mehr als einmal hatte er im Alter von sechzehn bis zwanzig Jahren gefühlt, was es hieß zu lieben. Aber hier nun war seine Deformität die Ursache seiner bittersten Demütigung geworden, denn als er es einmal gewagt hatte, sich der jungen Dame seiner Wahl zu erklären, war die Antwort ein Gelächter gewesen. Und als er nicht locker ließ, hatte sie ihn hochgehoben und wie ein lästiges Kind geschüttelt. Er solle machen, daß er fortkomme, und sie nicht länger belästigen. Die Geschichte sprach sich herum – tatsächlich erzählte die junge Dame sie selbst als eine besonders amüsante Anekdote, und der Spott und Hohn, den sie ihm einbrachte, bereitete Sir Hercules den größten Kummer. Aus den Gedichten, die er damals schrieb, ersehen wir, daß er wohl daran dachte, sich das Leben zu nehmen. Mit der Zeit verwand er die Demütigung, doch nie wieder wagte er es, obwohl er sich noch oft und leidenschaftlich verliebte, irgendwelche Annäherungsversuche zu unternehmen. Nachdem er Herr auf Crome geworden und damit in der Lage war, sich nach seinen Wünschen eine eigene Welt zu schaffen, sah er ein, daß er, wenn er heiraten wollte – und das wollte er, ein Mann von zärtlicher, ja sinnlicher Natur durchaus –, daß er also seine Frau da suchen mußte, wo er bereits seine Dienerschaft gefunden hatte: unter den Zwergen. Aber wie er bald erkennen sollte, hatte es seine Schwierigkeiten, eine passende Frau zu finden, denn er war entschlossen, nur eine Frau zu heiraten, die durch Schönheit und vornehme Herkunft ausgezeichnet war. So lehnte er die zwergische Tochter Lord Bemboros ab, weil sie nicht nur eine Zwergin, sondern auch bucklig war; eine andere junge Dame, eine Waise aus einer sehr guten Familie in Hampshire, wies er zurück, weil ihr Gesicht wie das so vieler Zwerge verschrumpelt und abstoßend war. Als er schon beinahe alle Hoffnung aufgegeben hatte, hörte er aus zuverlässiger Quelle, daß der Graf Titimalo, ein venezianischer Edelmann, eine Tochter von erlesener Schönheit und mannigfachen Talenten besaß, die nur einundneunzig und einen halben Zentimeter groß war. Auf der Stelle reiste er nach Venedig. Kaum angekommen, beeilte er sich, dem Grafen seine Aufwartung zu machen, der, wie sich herausstellte, mit seiner Frau und fünf Kindern in einer dürftigen Wohnung in einem der ärmeren Viertel der Stadt lebte. In der Tat befand sich der Graf in so beschränkten Verhältnissen, daß er, wie das Gerücht wissen wollte, mit einer reisenden Truppe von Clowns und Akrobaten, die das Mißgeschick gehabt hatte, ihren Zwerg zu verlieren, gerade über den Verkauf seines winzigen Töchterleins Filomena verhandelte. Sir Hercules kam noch rechtzeitig, um sie vor diesem widrigen Schicksal zu bewahren, denn er war von der Anmut und Schönheit Filomenas dermaßen bezaubert, daß er sie, nachdem er ihr drei Tage den Hof gemacht hatte, in aller Form um ihre Hand bat. Sein Heiratsantrag wurde von ihr nicht weniger freudig angenommen als von ihrem Vater, der in einem englischen Schwiegersohn eine ergiebige und nicht versiegende Einnahmequelle sah. Nach einer schlichten Trauung, bei der der englische Botschafter als einer der Trauzeugen fungierte, kehrte Sir Hercules mit seiner jungen Frau auf dem Seeweg nach England zurück. Dort führten sie ein Leben ungestörten Glücks.

Filomena war von Crome und seinem Zwergenhaushalt entzückt. Zum erstenmal fühlte sie sich als eine freie Frau, die unter ihresgleichen in einer freundlichen Umgebung lebte. Sie hatte mit ihrem Gatten viele Neigungen gemein, besonders die Liebe zur Musik. Sie hatte eine schöne Stimme, von überraschender Kraft bei einem so kleinen Menschen, und mühelos erreichte sie das hohe A. Von ihrem Mann auf seiner schönen Cremona-Geige begleitet, die er, wie bereits erwähnt, wie eine Viola da Gamba spielte, sang sie die muntersten und zartesten Opernmelodien und Kantaten ihrer Heimat. Wenn sie zusammen am Clavicembalo saßen, konnten sie mit ihren vier Händen all die Musik spielen, die für zwei gewöhnliche Hände geschrieben ist, – ein Umstand, der Sir Hercules immer wieder entzückte.

Wenn sie nicht musizierten oder zusammen lasen – sie taten es oft, sowohl englisch als auch italienisch –, nutzten sie ihre Zeit zu sportlichen Übungen in Gottes freier Natur, wie sie der Gesundheit förderlich sind; zuweilen ruderten sie in einem kleinen Boot auf dem See, doch häufiger ritten oder kutschierten sie, – dies Betätigungen, an denen zumal Filomena ihren Spaß hatte, da sie ihr völlig neu waren. Nachdem sie eine geübte Reiterin geworden war, gingen sie oft gemeinsam auf die Jagd im Park, der damals noch weit ausgedehnter war als heute. Sie jagten nicht Füchse oder Hasen, sondern Kaninchen, und sie bedienten sich dabei einer Meute von etwa dreißig schwarzen und rehbraunen Möpsen, – eine Hundeart, mit der man, sofern sie nicht überfüttert wird, Kaninchen ebensogut hetzen kann wie mit irgendwelchen anderen kleinen Rassen. Vier liliputanische Reitknechte in scharlachroter Livree auf weißen Exmoor-Ponys jagten mit den Hunden, während ihnen ihre Gebieter im grünen Jagdkostüm auf schwarzen Shetland- oder scheckigen New-Forest-Ponys folgten. William Stubbs malte ein Bild von der Jagd mit Hunden, Pferden, Reitknechten und dem jungen Paar. Sir Hercules bewunderte seine Malerei so sehr, daß er ihn, obwohl er ein Mann von normalem Wuchs war, in das Herrenhaus einlud, damit er ihm dieses Bild malte. Stubbs schuf auch ein Porträt von Sir Hercules und seiner jungen Frau, zusammen in einer von vier schwarzen Shetland-Ponys gezogenen grün lackierten Kalesche sitzend. Filomena trägt ein Kleid aus geblümtem Musselin und einen großen Hut mit rosa Federn. Die beiden Figuren in ihrer prächtigen Equipage heben sich scharf ab von dem dunklen Hintergrund von Bäumen, doch auf der linken Bildseite fallen die Bäume fort, so daß die vier schwarzen Ponys gegen einen fahlen und unheimlichen Himmel stehen, der die goldbraune Farbe von in der Sonne aufleuchtenden Gewitterwolken hat.

So vergingen vier glückliche Jahre, an deren Ende Filomena guter Hoffnung war. Sir Hercules war vor Freude außer sich. ›Mit Gottes Güte‹, schrieb er in sein Tagebuch, ›wird der Name Lapith erhalten bleiben und unsere seltene und feinere Rasse fortleben durch die Generationen, bis die Zeit gekommen ist, da die Welt die Überlegenheit jener Wesen erkennen wird, die sie jetzt zur Zielscheibe ihres Spottes macht.‹ Als seine Frau von einem Sohn entbunden wurde, schrieb er ein Gedicht, das eben diesen Gedanken zum Ausdruck brachte. Das Kind erhielt in der Erinnerung an den Erbauer des Hauses den Namen Ferdinando.

Aber als die Monate vergingen, bemächtigte sich Sir Hercules' und seiner Gattin eine gewisse Besorgnis. Das Kind wuchs ungewöhnlich schnell. Nach einem Jahr wog es bereits soviel wie Hercules mit drei Jahren. ›Ferdinando ist *crescendo*‹, schrieb Filomena in ihr Tagebuch. ›Es hat etwas Unnatürliches.‹ Mit achtzehn Monaten war das Kind so groß wie der kleinste Jockey, ein Mann von sechsunddreißig Jahren. War es denkbar, daß Ferdinando dazu bestimmt war, ein Mann von normalen, gigantischen Maßen zu werden? Ein Gedanke, dem noch keiner der beiden offenen Ausdruck zu geben wagte, aber dem sie insgeheim, jeder in seinem Tagebuch, voller Angst und Schrecken nachsannen.

An seinem dritten Geburtstag war Ferdinando größer als seine Mutter und nur noch einige Zentimeter kleiner als sein Vater. ›Wir diskutierten heute zum erstenmal die Situation‹, notierte Sir Hercules. ›Die gräßliche Wahrheit läßt sich nicht länger verhehlen: Ferdinando ist nicht einer der Unsrigen. Heute, an seinem dritten Geburtstag, einem Tag, an dem wir uns freuen sollten über die Gesundheit, Kraft und Schönheit unseres Kindes, haben wir zusammen geweint über den Zusammenbruch unseres Glücks. Gebe Gott uns die Kraft, dieses Kreuz zu tragen!‹

Mit acht Jahren war Ferdinando so groß und von so blühender Gesundheit, daß sich seine Eltern, wenn auch widerstrebend, entschlossen, ihn in die Schule zu schicken. Zu Beginn des nächsten Halbjahrs wurde er also nach Eton verfrachtet. Tiefer Friede kehrte ins Haus ein. Zu den Sommerferien kam Ferdinando wieder, größer und kräftiger denn je. Eines Tages schlug er den Butler nieder und brach ihm den Arm. ›Er ist grob, rücksichtslos und taub gegen alle Ermahnungen‹, notierte sein Vater. ›Das einzige Mittel, ihm Manieren beizubringen, ist die körperliche Züchtigung.‹ Aber Ferdinando, der zu dieser Zeit bereits dreiundvierzig Zentimeter größer als sein Vater war, wurde nicht gezüchtigt.

Etwa drei Jahre später brachte Ferdinando in den Sommerferien eine große Bulldogge mit nach Crome. Er hatte sie in Windsor von einem alten Mann gekauft, der es sich nicht mehr leisten konnte, sie zu füttern. Es war ein wildes, unzuverlässiges Tier; kaum ins Haus gekommen, stürzte es sich auf einen der Lieblingsmöpse Sir Hercules', packte ihn mit der Schnauze und schüttelte ihn, bis er fast tot war. Höchst verstimmt durch dieses Vorkommnis ordnete Sir Hercules an, daß das Tier im Hof anzuketten sei. Ferdinando gab mürrisch zur Antwort, daß es sein Hund sei und er ihn da lassen werde, wo es ihm gefalle. Sein Vater geriet in Zorn und befahl ihm, den Hund auf der Stelle aus dem Haus zu bringen, wenn er nicht sein äußerstes Mißfallen erregen wolle. Ferdinando rührte sich nicht vom Fleck. In diesem Augenblick kam seine Mutter herein, der Hund fiel sie an, riß sie zu Boden, und im Nu hatte er sie am Arm und an der Schulter übel zugerichtet. Im nächsten Moment hätte er sie unfehlbar an der Gurgel gepackt, wenn nicht Sir Hercules seinen Degen gezogen und ihn der Dogge ins Herz gestoßen hätte. Dann drehte er sich nach seinem Sohn um und forderte ihn auf, unverzüglich den Raum zu verlassen, da er nicht würdig sei, ihn mit seiner Mutter, die er beinahe ermordet hätte, zu teilen. So ehrfurchtgebietend war das Schauspiel, das Sir Hercules bot, als er mit einem Fuß auf dem Kadaver der riesigen Dogge stand, den noch blutigen Degen gezogen, so gebieterisch waren seine Stimme, seine Gebärde, sein Gesichtsausdruck, daß Ferdinando erschrocken aus dem Zimmer schlich und sich für den Rest der Ferien mustergültig benahm. Seine Mutter erholte sich bald von den Bißwunden, die die Bulldogge ihr zugefügt hatte, aber die Wirkung, die das Abenteuer auf ihr Gemüt gehabt hatte, war unauslöschlich, und von diesem Augenblick an lebte sie fortwährend in einer Welt imaginärer Schrecken.

Die beiden Jahre, die Ferdinando auf dem Kontinent auf der *Grand Tour* verbrachte, waren für seine Eltern eine Periode glücklichen Friedens. Doch selbst in dieser Zeit quälte sie der Gedanke an die Zukunft, und es gelang ihnen nicht mehr wie einst, sich mit den Zerstreuungen ihrer Jugend zu trösten. Lady Filomena hatte ihre Stimme verloren, und Sir Hercules plagte der Rheumatismus zu sehr, als daß er noch die Violine hätte spielen können. Zwar ritt er noch zur Jagd hinter seinen Möpsen her, aber seine Gattin fühlte sich zu alt und, seit dem Zwischenfall mit der Bulldogge, zu unsicher für solche Unternehmungen wie die Jagd. Allenfalls verstand sie sich dazu, ihrem Mann zuliebe der Jagd in einem gewissen Abstand zu folgen, in einem offenen Einspänner, vor den man das zahmste und älteste ihrer Ponys gespannt hatte.

Dann war der Tag, der für die Rückkehr Ferdinandos bestimmt war, herangekommen. Krank vor Angst und erfüllt von unbestimmten Vorahnungen, zog sich Filomena in ihre Gemächer zurück und hütete das Bett. Sir Hercules empfing seinen Sohn allein. Ein Riese in braunem Reiseanzug betrat die Halle. ›Willkommen daheim, mein Sohn‹, begrüßte ihn Sir Hercules mit ein wenig zittriger Stimme.

›Ich hoffe, ich treffe Sie bei guter Gesundheit an, Sir.‹ Ferdinando beugte sich herab, um seinem Vater die Hand zu geben, dann richtete er sich wieder auf. Sein Vater reichte ihm mit dem Kopf bis zur Hüfte.

Aber Ferdinando war nicht allein gekommen. Zwei Freunde in seinem Alter hatten ihn begleitet, und jeder der jungen Männer hatte seinen Diener mitgebracht. Seit dreißig Jahren war Crome nicht mehr durch die Anwesenheit so vieler Mitglieder des gewöhnlichen Menschengeschlechts profaniert worden. Sir Hercules war entsetzt und empört, aber die Gesetze der Gastfreundschaft mußten beachtet werden. So empfing er die jungen Herren mit würdevoller Höflichkeit und schickte die Diener, mit der Anordnung, daß man gut für sie sorge, in die Küche.

Der alte Familieneßtisch wurde wieder hervorgezogen und abgestaubt (Sir Hercules und seine Gemahlin pflegten an einem kleinen, nur fünfzig Zentimeter hohen Tisch zu essen). Simon, der bejahrte Butler, der nur mit Mühe über den Rand des großen Tisches sah, wurde beim Abendessen von den drei Dienern unterstützt, die Ferdinando und seine Gäste mitgebracht hatten.

Sir Hercules präsidierte bei Tisch. Mit seinem gewohnten Charme plauderte er über die Freuden, die das Reisen in fremden Ländern vermittelt, über Kunstwerke und Naturschönheiten, die das Ausland bot, über die Oper in

Venedig, den Gesang der Waisenkinder in den Kirchen dieser Stadt und über ähnliche Dinge. Aber die jungen Leute schenkten seinen Worten keine besondere Aufmerksamkeit; sie waren vielmehr gefesselt von den Bemühungen des Butlers, die Teller zu wechseln und die Gläser zu füllen. Ihr Lachen suchten sie durch heftige und wiederholte Husten- und Erstickungsanfälle zu vertuschen. Sir Hercules stellte sich, als ob er nichts merke, aber er wechselte das Thema und wandte sich dem Sport zu. Einer der jungen Leute fragte ihn, ob es wahr sei, daß er Kaninchen mit Möpsen jage. Sir Hercules bestätigte es und schilderte dann die Jagd im einzelnen. Die jungen Männer brüllten vor Lachen.

Nach beendeter Mahlzeit kletterte Sir Hercules von seinem Stuhl herab und wünschte ihnen, mit der Entschuldigung, sich nun um seine Frau kümmern zu müssen, eine gute Nacht. Ihr Gelächter folgte ihm die Treppe hinauf. Filomena schlief nicht; sie hatte auf ihrem Bett gelegen und auf das gewaltige Gelächter und die sonderbar schweren Schritte auf Treppen und Korridoren gelauscht. Sir Hercules zog sich einen Stuhl ans Bett und saß eine lange Weile schweigend neben ihr; er hielt ihre Hand und drückte sie zuweilen zart. Gegen zehn Uhr schreckte sie ein mächtiges Getöse auf. Was sie hörten, war splitterndes Glas und stampfende Füße, alles begleitet von Gebrüll und Gelächter. Nachdem der Spektakel schon einige Minuten dauerte, erhob sich Sir Hercules, um ungeachtet der flehentlichen Bitten seiner Frau hinunterzugehen und nachzusehen, was da vor sich ging. Auf der Treppe war es dunkel, und vorsichtig tastete Sir Hercules seinen Weg hinunter, immer nur eine Stufe nehmend und auf jeder einen Augenblick verweilend, bevor er den nächsten Schritt wagte. Unten war der Lärm noch lauter; das Ge-

brüll artikulierte sich zu erkennbaren Worten und Sätzen. Unter der Tür zum Speisezimmer war ein Lichtschein zu sehen. Auf Zehenspitzen ging Sir Hercules durch die Halle auf das Licht zu. Als er fast bis zur Tür gekommen war, erscholl von neuem ein fürchterlicher Spektakel wie von zersplitterndem Glas und metallischem Hämmern. Was mochten sie anstellen? Er reckte sich auf den Zehenspitzen hoch und sah durchs Schlüsselloch. Mitten auf dem Tisch, der ein Bild der Verwüstung bot, tanzte der alte Simon, der Butler, eine Gigue, aber er war mit Alkohol so vollgepumpt, daß er sich kaum noch aufrecht halten konnte. Er tappte zwischen den Glasscherben umher, daß es nur so klirrte und knirschte, und seine Schuhe waren durchnäßt von dem vergossenen Wein. Um ihn herum saßen die drei jungen Männer und hämmerten mit den Fäusten oder den leeren Weinflaschen auf den Tisch, wobei sie den Tänzer mit Lachen und Zurufen anspornten. Plötzlich warf Ferdinando dem Tanzenden eine Handvoll Nüsse an den Kopf, was den kleinen Mann so überraschte und verwirrte, daß er stolperte und, nicht ohne eine Karaffe und einige Gläser umzustoßen, auf den Rücken fiel. Die drei halfen ihm auf, flößten ihm Cognac ein und schlugen ihm auf den Rükken. Der alte Mann lächelte und kämpfte mit dem Schluckauf. ›Morgen‹, verkündete Ferdinando, ›lassen wir das ganze Haus zum Ballett antreten.‹ – ›Samt Vater Hercules mit Keule und Löwenfell‹, fügte einer seiner Kameraden hinzu, und alle drei brüllten vor Lachen.
Sir Hercules wollte nicht weiter zuhören und zusehen. Er ging durch die Halle zurück und stieg die Treppe hinauf, mühsam bei jeder Stufe das Knie hebend. Dies war das Ende; es war kein Platz mehr für ihn auf der Welt, kein Platz mehr für ihn und Ferdinando zugleich.

Seine Frau war noch wach. Auf ihren fragenden Blick hin sagte er: ›Sie machen sich lustig über den alten Simon. Morgen kommen wir an die Reihe.‹ Eine Weile schwiegen sie beide.

Schließlich sagte Filomena: ›Ich möchte den morgigen Tag nicht erleben.‹

›Es ist besser, ihn nicht zu erleben‹, sagte Sir Hercules. Er ging in sein Kabinett und schrieb in sein Tagebuch einen ausführlichen und detaillierten Bericht über die Ereignisse dieses Abends. Noch während er sich dieser Aufgabe widmete, läutete er nach einem Diener und bestellte ein warmes Bad für elf Uhr. Als er mit seiner Eintragung zu Ende gekommen war, ging er in das Zimmer seiner Frau und bereitete eine Dosis Opium, zwanzigmal so stark wie sie Filomena sonst nahm, wenn sie nicht schlafen konnte. Er brachte ihr das Glas. ›Hier ist dein Schlaftrunk‹, sagte er.

Filomena nahm ihm das Glas ab und blieb liegen, ohne es sofort zu leeren. Sie hatte Tränen in den Augen. ›Weißt du noch, was für Lieder wir damals sangen, wenn wir im Sommer *sulla terrazza* saßen?‹ Leise begann sie, mit ihrer armen brüchigen Stimme zu singen – ein paar Takte aus Stradellas *Amor, amor, non dormir più!* ›Und wie du die Violine spieltest? Mir ist, als sei es eben erst gewesen, und doch ist es so lange her, so lange, lange her. *Addio, amore. A rivederti!*‹ Sie trank den Schlaftrunk in einem Zug, legte sich in die Kissen zurück und schloß die Augen. Sir Hercules küßte ihr die Hand und ging auf Zehenspitzen hinaus, als fürchte er, sie zu wekken. Er zog sich in sein Zimmer zurück und goß das heiße Wasser, das man ihm, wie er es angeordnet, gebracht hatte, in die Wanne. Da das Wasser zu heiß war, um sofort ins Bad zu steigen, holte er den Sueton aus dem Bücherregal. Er wollte nachlesen, wie Seneca gestorben war. Auf gut Glück schlug er das Buch auf. ›Aber er hatte einen Abscheu vor Zwergen‹, las er da, ›er sah in ihnen einen *lusus naturae* und ein übles Omen.‹ Wie unter einem Schlag zuckte er zusammen. Derselbe Augustus hatte, wie er sich erinnerte, im Amphitheater einen jungen Mann aus guter Familie, Lycius mit Namen, auftreten lassen, der nur etwa sechzig cm groß war und nur siebzehn römische Pfund wog, aber über eine Stentorstimme verfügte. Er blätterte weiter. Tiberius, Caligula, Claudius, Nero: Es war ein Bericht von sich steigerndem Grauen. ›Seinen Lehrer Seneca zwang er, sich selbst das Leben zu nehmen.‹ Und dann war da Petronius, der zuletzt seine Freunde um sich versammelt hatte und sie bat, ihn zu unterhalten, nicht mit den Tröstungen der Philosophie, sondern mit Gesprächen über die Liebe und Liebeleien, während ihm das Leben aus den geöffneten Adern entwich. Sir Hercules tauchte noch einmal die Feder ins Tintenfaß und schrieb auf die letzte Seite seines Tagebuchs: ›Er starb einen römischen Tod.‹ Er tauchte die Zehenspitzen zur Probe ins Wasser und fand, daß es nicht mehr zu warm war; er warf darauf den Schlafrock ab, nahm das Rasiermesser zur Hand und setzte sich in die Wanne. Mit einem einzigen tiefen Schnitt durchtrennte er die Pulsader am linken Handgelenk, legte sich zurück und schickte sich an zu meditieren. Das Blut strömte aus, es trieb im Wasser dahin, in Kreisen und Spiralen, die sich auflösten. In Kürze war alles Wasser rosa gefärbt. Dann wurde die Farbe dunkler. Sir Hercules kam nicht mehr gegen ein Gefühl der Schläfrigkeit an; er versank in vage Träume. Bald fiel er in tiefen Schlaf. Es war nicht viel Blut in seinem kleinen Körper.«

VIERZEHNTES KAPITEL

Zum Kaffee nach dem Lunch zog man sich für gewöhnlich in die Bibliothek zurück. Hier gingen die Fenster nach Osten, und zu dieser Stunde war es im ganzen Haus hier am kühlsten. Es war ein großer Raum, der im achtzehnten Jahrhundert mit elegant entworfenen, weiß lackierten Regalen ausgestattet worden war. In der Mitte einer Wand befand sich eine Tür, kunstvoll verkleidet mit Reihen von Buchattrappen; es war die Tür eines Schranks, in dessen Tiefe, zwischen einem Haufen von Aktenordnern und alten Zeitungen, die Mumie einer Ägypterin im Dunkel zerbröckelte; der zweite Sir Ferdinando hatte sie von der *Grand Tour* mitgebracht. Aus einer Entfernung von zehn Metern hätte man auf den ersten Blick diese versteckte Tür leicht für eine Abteilung des Regals mit wirklichen Büchern gehalten. Mit der Kaffeetasse in der Hand stand Mr. Scogan vor dem falschen Bücherregal. Ab und zu an der Tasse nippend, gab er seine Meinung über die »Bücher« zum besten.

»Im untersten Fach steht eine vierzehnbändige Enzyklopädie«, erklärte er. »Nützlich, wenn auch ein bißchen langweilig, was auch für das *Wörterbuch der finnischen Sprache* von Caprimulge gilt. Da verspricht das *Biographische Lexikon* schon etwas mehr. ›Biographien von Menschen, die groß wurden‹; ›Biographien von Menschen, die groß gemacht wurden‹; und schließlich die ›Biographien von Menschen, die nie groß waren‹. Dann sehe ich da zehn Bände von *Thoms Werken und Wanderungen*, während *Die Jagd auf Wildgänse oder Vergebliche Mühe*, der Roman eines anonymen Autors, nicht weniger als sechs Bände umfaßt. Aber was ist denn das?« Mr.

Scogan stellte sich auf die Zehenspitzen und blickte nach oben. »Sieben Bände der *Knockespotch-Geschichten*. Die *Knockespotch-Geschichten«*, wiederholte er. »Mein lieber Henry«, er drehte sich um, »das sind deine besten Bücher. Dafür gäbe ich gern alle übrigen Bände deiner Bibliothek.«

Mr. Wimbush als glücklicher Besitzer einer stattlichen Reihe von Erstausgaben konnte es sich leisten, nachsichtig zu lächeln.

»Ist es möglich«, fuhr Mr. Scogan fort, »daß sie nur aus einem Buchrücken und einem Titel bestehen?« Er öffnete die Schranktür und sah neugierig hinein, als hoffe er, den Rest der Bücher dahinter zu finden. »Puh!« Er schloß die Tür wieder. »Es riecht nach Staub und Moder. Wie symbolisch! Da kommt man zu den großen Meisterwerken der Vergangenheit und erwartet sich eine großartige Erleuchtung, und wenn man sie öffnet, findet man nur Dunkelheit, Staub und einen leisen Duft von Moder. Schließlich, was ist Lesen anderes als ein Laster wie der Alkohol oder die Fleischeslust oder sonst eine Form des Sichgehenlassens? Man liest zu seiner Anregung und zu seinem Vergnügen, vor allem aber liest man, um sich vom Selberdenken abzuhalten. Immerhin, die *Knockespotch-Geschichten ...«*

Er brach ab und trommelte nachdenklich mit den Fingern auf den Rücken der nicht-existierenden, der unerreichbaren Bücher.

»Aber über das Lesen bin ich doch anderer Meinung als Sie«, sagte Mary. »Ich meine, wenn es sich um ernsthafte Lektüre handelt.«

»Ganz recht, Mary, vollkommen richtig«, sagte Mr. Scogan. »Ich hatte ganz vergessen, daß hier auch ernsthafte Leute sind.«

»Mir gefällt die Idee mit den Biographien«, sagte Denis. »In diesem Schema ist Platz für uns alle. Es ist umfassend.«

»Ja, die Biographien sind gut, die Biographien sind ausgezeichnet«, stimmte ihm Mr. Scogan zu. »Ich stelle sie mir in einem sehr eleganten Regency-Stil geschrieben vor – sozusagen wie einen *Royal Pavillon* von Brighton in Worten – vielleicht sogar von dem großen Dr. Lemprière verfaßt. Sie kennen doch sein klassisches Lexikon? Ah!« Mr. Scogan hob die Hand und ließ sie alsbald wie kraftlos fallen, mit einer Geste, die zu sagen schien, daß ihm die Worte fehlten. »Lesen Sie seine Biographie von Helena; und lesen Sie, wie Zeus in Gestalt eines Schwans ›in den Stand gesetzt war, Leda gegenüber die Situation auszunutzen‹. Wenn man sich vorstellt, daß er diese Biographien der Großen geschrieben haben könnte, geschrieben haben muß! Was für ein Werk, Henry! Und nun kann es, infolge der idiotischen Anordnung deiner Bibliothek, nicht gelesen werden!«

»Ich läse lieber *Die Jagd auf Wildgänse oder Vergebliche Mühe*«, sagte Anne. »Ein Roman in sechs Bänden, das muß erholsam sein.«

»Erholsam«, wiederholte Mr. Scogan. »Das ist das treffende Wort. Eine ›Jagd auf Wildgänse‹, das ist etwas Gesundes, ein bißchen altmodisch dabei – Szenen aus dem Leben im Pfarrhaus in den fünfziger Jahren des vorigen Jahrhunderts; Typen des kleinen Landadels; Bauern, die für Rührung und Komik sorgen; und als ständiger Hintergrund die schlichte Schilderung malerischer Naturschönheiten. Alles sehr gut und grundsolide, aber wie gewisse Puddings ein bißchen langweilig. Mir persönlich gefällt da die Idee von *Thoms Werken und Wanderungen* weit besser. Der exzentrische Mr. Thom von Thoms Hügel. Der alte Tom Thom, wie ihn seine guten Freunde zu nennen pflegten. Er weilte zehn Jahre in Tibet und organisierte dort die Butterbereitung nach europäischem Muster; bereits im Alter von sechsunddreißig Jahren konnte er sich mit einem hübschen Vermögen von den Geschäften zurückziehen. Den Rest seines Lebens widmete er dem Reisen und dem Philosophieren. Und hier haben wir das Resultat.« Mr. Scogan tippte auf die Buchattrappen. »Aber nun zu den *Knockespotch-Geschichten.* Was für ein Meisterwerk, und was für ein großer Mann! Knockespotch verstand zu erzählen. Ach, Denis, wenn Sie nur Knockespotch lesen könnten, Sie würden keinen Roman über die langweilige Entwicklung eines jungen Menschen schreiben, würden nicht endlose, ermüdende Einzelheiten über das intellektuelle Leben von Chelsea, Bloomsbury und Hampstead berichten. Sondern Sie würden sich Mühe geben, ein lesbares Buch zu schreiben. Aber leider hat unser Gastgeber seine Bibliothek so eingerichtet, daß Sie niemals Knockespotch lesen werden.«

»Niemand kann das mehr bedauern als ich«, versicherte Denis.

»Es war Knockespotch«, fuhr Mr. Scogan fort, »der große Knockespotch, der uns von der öden Tyrannei des realistischen Romans befreit hat. ›Mein Leben‹, erklärte Knockespotch, ›ist nicht so lang bemessen, als daß ich es mir leisten könnte, kostbare Stunden mit der Schilderung bürgerlicher Interieurs oder auch nur mit der Lektüre darüber zu vertun.‹ Und ein anderes Mal sagte er: ›Ich bin es satt, den Menschen in seiner sozialen Umgebung wie in einen Sumpf versenkt zu sehen; ich zeige ihn lieber in einem Vakuum, frei und verspielt und beflügelt.‹«

»Sagen Sie mal«, fragte Gombauld, »finden Sie nicht, daß Knockespotch manchmal etwas dunkel war?«

»Ja, und zwar mit Absicht«, erwiderte Mr. Scogan. »Es ließ ihn nämlich tiefer erscheinen, als er wirklich war. Aber so dunkel und orakelhaft war er nur in seinen Aphorismen. In seinen Erzählungen war er immer ganz klar. Oh, diese Erzählungen! Wie soll ich sie beschreiben? Da jagen phantastische Figuren über die Seiten wie bunt aufgeputzte Artisten auf dem Trapez. Da gibt es unerhörte Abenteuer und noch unerhörtere Spekulationen. Intelligenz und Gefühl bewegen sich, von all den idiotischen Sorgen des zivilisierten Lebens befreit, wie in einem schwierigen und raffinierten Tanz, wieder und wieder sich kreuzend, einen Schritt nach vorn, einen Schritt zurück und wieder vorwärts. Eine immense Bildung und eine gewaltige Phantasie gehen Hand in Hand. Alle Ideen der Gegenwart und der Vergangenheit zu jedem nur möglichen Thema tauchen in den ›Geschichten‹ auf, mit einem ernsten Lächeln oder einer Grimasse der Selbstverspottung, verschwinden wieder und machen Platz für etwas Neues. Die verbale Oberfläche seines Werks ist kostbar und von einem unglaublichen Reichtum. Sein Witz verläßt ihn nie. Der ...«

»Könnten Sie uns nicht eine Probe geben«, unterbrach ihn Denis, »ein konkretes Beispiel?«

»Das ist ja die Schwierigkeit!« erwiderte Mr. Scogan. »Mit dem großen Werk Knockespotchs geht es wie mit dem Schwert Excalibur König Arthurs. Es steckt fest in dieser Tür und wartet auf den Schriftsteller, der genial genug ist, es herauszuziehen. Aber ich bin kein Schriftsteller, ich bin nicht einmal zu dem Versuch berechtigt, Knockespotch aus seinem hölzernen Gefängnis zu befreien. Diese Aufgabe überlasse ich Ihnen, mein lieber Denis.«

»Danke«, sagte Denis.

FÜNFZEHNTES KAPITEL

»Zur Zeit des liebenswerten Brantôme«, berichtete Mr. Scogan, »wurde jede Debütantin am französischen Hof zur königlichen Tafel geladen, wo ihr der Wein in einem schönen, in Italien gearbeiteten silbernen Becher gereicht wurde. Aber es war kein gewöhnlicher Becher, dieser Pokal für die Debütantinnen; denn innen waren mit reicher Erfindung und Kunst die lebensvollsten Liebesszenen eingraviert. Bei jedem Schluck der jungen Dame wurde mehr von der Ziselierung sichtbar, und voller Interesse beobachtete der Hof sie jedesmal, wenn sie die Nase in den Becher steckte, um zu sehen, ob sie bei dem, was der Wein freigegeben hatte, errötete. Wenn sie errötete, lachten sie über ihre Unschuld; errötete sie nicht, lachten sie über ihren Mangel an Unschuld.«

»Sähen Sie es gern«, fragte Anne, »wenn dieser Brauch im Buckingham Palace wieder aufgenommen würde?«

»Keineswegs«, erwiderte Mr. Scogan. »Ich erwähne die Geschichte nur als ein Beispiel für die so liebenswürdig freimütigen Sitten des sechzehnten Jahrhunderts. Ich könnte noch mehr Geschichten erzählen zum Beweis, daß die Sitten des siebzehnten und achtzehnten Jahrhunderts, nicht anders als die des fünfzehnten und vierzehnten, ja eines jeden Jahrhunderts von den Zeiten Hammurabis an, von der gleichen heiteren Unbefangenheit waren. Allein das neunzehnte Jahrhundert seligen Angedenkens zeichnete sich nicht durch den gleichen freudigen Freimut aus. Es war die befremdliche Ausnahme. Dabei hielt es mit einer geradezu bewußten Mißachtung der Geschichte die eigenen so folgenschweren Tabus für das Normale, das Natürliche und Rechte, während es in der Unbefangenheit aller vorangegangenen fünfzehn oder zwanzig Jahrtausende nur Anomalie und Perversion sah. Es war ein merkwürdiges Phänomen.«

»Ganz Ihrer Meinung.« Mary schnappte nach Luft, bemüht, alles, was sie zu sagen hatte, vorzubringen. »Havelock Ellis sagt ...«

Mr. Scogan hob die Hand, gleich einem Polizisten, der den flutenden Verkehr anhält. »Ja, ich weiß. Und das bringt mich zum nächsten Punkt, der besonderen Natur der Reaktion.«

»Havelock Ellis ...«

»Als die Reaktion einsetzte – und wir können sagen, daß dies etwa kurz vor Beginn dieses Jahrhunderts geschah –, da wollte sie Offenheit, aber es war nicht mehr die unbefangene Offenheit früherer Zeiten. Es war eine wissenschaftlich begründete Offenheit, der wir uns zuwandten, nicht mehr der heitere Freimut der Vergangenheit. Die erotische Frage wurde auf einmal furchtbar ernst genommen. Seriöse junge Leute schrieben Aufsätze darüber, so daß man fortan über nichts Sexuelles mehr einen Witz machen konnte. Professoren schrieben dicke Bücher, in denen der Sexus sterilisiert und seziert wurde. Bei ernsten jungen Frauen wie Mary wurde es üblich, mit philosophischer Gelassenheit über Dinge zu reden, deren auch nur andeutungsweise Erwähnung die Jugend um 1860 noch in einen Taumel erotischer Erregung versetzt hätte. Das ist gewiß alles sehr schätzenswert. Und doch –«, Mr. Scogan seufzte, »was mich betrifft, so hätte ich gern bei allem wissenschaftlichen Eifer ein wenig mehr von der Heiterkeit eines Rabelais und Chaucer.«

»Da bin ich entschieden anderer Meinung«, bekannte Mary. »Über Sex gibt es nichts zu lachen; das ist eine ernste Angelegenheit.«

»Vielleicht bin ich ein obszöner alter Mann«, sagte Mr. Scogan, »aber ich muß gestehen, daß ich sie nicht immer ganz ernst nehmen kann.«

»Und ich sage Ihnen ...«, begann Mary wütend. Ihr Gesicht war vor Erregung gerötet, und ihre Wangen waren wie die Backen eines großen reifen Pfirsichs.

»Ja«, fuhr Mr. Scogan fort, »ich sehe darin sogar eines der wenigen Dinge, die permanent amüsant sind. Die Amour ist die einzige bedeutendere menschliche Aktivität, bei der – und sei es auch noch so schwach – Gelächter und Vergnügen Leid und Qual überwiegen.«

»Ich widerspreche entschieden«, erklärte Mary. Es folgte Schweigen.

Anne blickte auf ihre Uhr. »Fast dreiviertel acht«, sagte sie. »Ich möchte wissen, wann Ivor auftauchen wird.« Sie erhob sich aus ihrem Liegestuhl und blickte, sich mit den Ellbogen auf die Balustrade stützend, über das Tal zu den Hügeln gegenüber. Im gleichmäßigen Licht des Abends zeigte die Landschaft ihre Struktur. Die tiefen Schatten und die kontrastierenden Helligkeiten gaben den Hügeln eine neue Kompaktheit. Unregelmäßigkeiten der Oberfläche, bisher nicht beachtet, traten nun durch das Spiel von Licht und Schatten hervor. Über Gras, Korn und Laub war ein kompliziertes Schattennetz gebreitet, und die Oberfläche war überall wunderbar bereichert.

»Da!« sagte Anne plötzlich und zeigte geradeaus. Auf der gegenüberliegenden Seite bewegte sich auf dem Kammweg eine von der Sonne in rosiges Gold getauchte Staubwolke rasch am Horizont entlang. »Das ist Ivor. Man sieht es an dem Tempo.«

Die Staubwolke glitt ins Tal und war nicht mehr zu sehen. Statt dessen hörte man eine Hupe, die wie die Stimme eines Seelöwen klang. Eine Minute später kam Ivor um die Ecke des Hauses gesprungen. Sein Haar flatterte im Wind, als er lief, und er lachte, als er sie alle auf der Terrasse sah.

»Anne, Liebste«, rief er und umarmte sie; er umarmte auch Mary, und es fehlte nicht viel, daß er auch Mr. Scogan umarmt hätte. »Da bin ich also. Ich bin mit einem unwahrscheinlichen Tempo gefahren.« Ivor verfügte zwar über ein reiches Vokabular, machte aber ein wenig willkürlich Gebrauch davon. »Ich komme doch nicht etwa zu spät zum Essen?« Er schwang sich auf die Balustrade und schlenkerte mit den Füßen. Er hatte seinen Arm um einen großen irdenen Blumentopf gelegt und schmiegte, in zutraulich-herzlicher Haltung, seinen Kopf gegen die harte, flechtenüberzogene Fläche. Er hatte welliges braunes Haar, und seine Augen waren von einem hellen, leuchtenden, ungemein intensiven Blau. Sein Kopf war schmal. Er hatte ein längliches Gesicht mit einer Adlernase. Im Alter – freilich war es schwer, sich Ivor alt vorzustellen – würde er vielleicht grimmig in der Art des Eisernen Herzogs aussehen. Aber heute, mit sechsundzwanzig, wirkte er weniger durch die Struktur als durch den Ausdruck seines Gesichts. Und der war reizend und lebhaft, und sein Lächeln war strahlend. Ständig war er in Bewegung, geschwind und ruhelos, dabei von gewinnender Grazie. Sein schlanker, geschmeidiger Körper schien wie beseelt von einer unerschöpflichen Spannkraft.

»Nein, du bist nicht zu spät gekommen.«

»Jedenfalls sind Sie noch rechtzeitig gekommen, um uns eine Frage zu beantworten«, sagte Mr. Scogan. »Wir unterhielten uns gerade darüber, ob die Amour eine ernste Angelegenheit sei oder nicht. Was ist Ihre Meinung? Ernst?«

»Ernst?« sprach Ivor die Frage nach. »Aber ganz gewiß!«

»Habe ich es Ihnen nicht gesagt?« triumphierte Mary.

»Ernst – in welcher Hinsicht?« fragte Mr. Scogan.

»Ich meine als Beschäftigung. Man kann sich damit abgeben, ohne sich je dabei zu langweilen.«

»Ich verstehe«, sagte Mr. Scogan. »Genau.«

»Man kann sich damit jederzeit und überall beschäftigen«, fuhr Ivor fort. »Die Frauen sind wunderbarerweise überall dieselben. Nur bei der Figur gibt es kleinere Variationen, das ist alles. In Spanien«, mit der freien Hand beschrieb er eine ganze Reihe von weiten Kurven, »kommt man auf der Treppe nicht an ihnen vorbei. In England«, und hier legte er die Spitze des Zeigefingers und die Spitze des Daumens zusammen und formte mit dem so entstandenen Kreis, indem er die Hand senkte, einen imaginären Zylinder, »in England sind sie röhrenförmig. Aber ihre Gefühle sind immer dieselben. Zumindest ist das meine Erfahrung.«

»Das höre ich mit dem größten Vergnügen«, sagte Mr. Scogan.

SECHZEHNTES KAPITEL

Die Damen hatten den Raum verlassen, der Portwein machte die Runde. Mr. Scogan füllte sein Glas und reichte die Karaffe weiter; dann lehnte er sich in seinem Stuhl zurück und sah einen Augenblick schweigend um sich. Die Unterhaltung plätscherte ruhig dahin; er schenkte ihr keine Beachtung. Er lächelte, wie über einen heimlichen Scherz. Gombauld bemerkte sein Lächeln.

»Was belustigt Sie so?«

»Ich habe Sie mir gerade alle angesehen, wie Sie hier um den Tisch sitzen«, antwortete Mr. Scogan.

»Sind wir so komisch?«

»Keineswegs«, versicherte Mr. Scogan höflich. »Ich amüsierte mich nur über meine eigenen Gedanken.«

»Und was waren das für Gedanken?«

»Die müßigsten, die hypothetischsten Betrachtungen. Ich habe Sie mir nacheinander angesehen und versucht, mir vorzustellen, welchem der ersten sechs römischen Kaiser Sie ähneln würden, wenn Sie die Gelegenheit hätten, sich wie ein Cäsar zu benehmen. Die römischen Cäsaren sind einer meiner Prüfsteine«, erklärte Mr. Scogan. »Sie sind, wenn ich es so ausdrücken darf, Charaktere, die im leeren Raum funktionieren. Es sind Menschen, deren Charakter sich folgerichtig bis zu Ende entwickelte. Daher ihr einzigartiger Wert als Prüfstein und Maßstab. Wenn ich jemanden kennenlerne, frage ich mich: Welchem der römischen Kaiser würde er – die entsprechende Umgebung vorausgesetzt – gleichen? Julius, Augustus, Tiberius, Caligula, Claudius oder Nero? Ich nehme jeden Charakterzug, jede intellektuelle und jede emotionale Vorliebe, jede kleine Merkwürdigkeit und vergrößere sie um das Tausendfache. Das sich daraus ergebende Bild gibt mir seine cäsarische Formel.«

»Und welchem der Cäsaren gleichen Sie selbst?« fragte Gombauld.

»Potentiell bin ich jeder von ihnen«, erwiderte Mr. Scogan, »jeder – vielleicht mit der Ausnahme von Claudius, der viel zu dumm war, um irgend etwas in seinem Charakter zur Entfaltung zu bringen. Aber der Mut und die unwiderstehliche Energie Julius Cäsars, die umsichtige Klugheit des Augustus, die Wollust und Grausamkeit des Tiberius, die Verrücktheit Caligulas, das geniale Künstlertum und die enorme Eitelkeit Neros – das alles habe ich im Keim in mir. Die günstige Gelegenheit vorausgesetzt, wäre ich vielleicht ein phantastischer Kerl geworden. Aber die Umstände waren gegen mich. Ich wurde geboren und aufgezogen in einem Pfarrhaus auf dem Lande; meine Jugend verbrachte ich damit, daß ich für sehr wenig Geld eine ebenso schwere wie sinnlose Arbeit verrichtete. Das Resultat ist, daß ich nun, in meinen mittleren Jahren, zu dem bedauernswerten Geschöpf geworden bin, das Sie vor sich sehen. Aber vielleicht ist das ganz gut so. Vielleicht ist es auch ganz gut, daß es Denis verwehrt ist, sich zu einem kleinen Nero zu mausern, und daß Ivor nur potentiell ein Caligula ist. Ja, es ist ganz gewiß besser so. Aber als Schauspiel genommen, wäre es natürlich amüsanter, wenn sie Gelegenheit gehabt hätten, ungehindert das ganze Grauen ihrer verborgenen Möglichkeiten zur Entfaltung zu bringen. Es wäre lustig und interessant gewesen zu beobachten, wie ihre Ticks, ihre Schwächen und kleinen Laster aufgeblüht wären zu gewaltigen, phantastischen Blumen der Grausamkeit, des Hochmuts, der Lasterhaftigkeit und der Habgier. Die Umgebung der Cäsaren macht den Cäsar, so wie die besondere Nahrung und die Königinzelle die Bienenkönigin machen. Nur unterscheiden wir uns von den Bienen insofern, als sie, richtig ernährt, sich darauf verlassen können, jedesmal eine Königin hervorzubringen. Diese Sicherheit haben wir nicht. Von zehn Männern, die in eine den Cäsaren gemäße Umwelt versetzt werden, wird vielleicht einer ein ausgeglichener und guter oder ein intelligenter oder bedeutender Mensch werden. Die andern werden sich zu Cäsaren entwickeln; er nicht. Vor siebzig oder achtzig Jahren pflegten schlichte Gemüter, wenn sie von den ›Heldentaten‹ der Bourbonen in Süditalien lasen, es nicht fassen zu wollen, daß derlei im neunzehnten Jahrhundert noch möglich war! Und noch vor wenigen Jahren waren auch wir, in unserem noch erstaunlicheren zwanzigsten Jahrhundert, entrüstet, als wir hörten, daß die unglücklichen Schwarzen am Kongo und am Amazonas wie die englischen Leibeigenen zur Zeit des Königs Stephan behandelt wurden. Heute können uns diese Dinge nicht mehr überraschen. Britische Truppen, die *Black and Tans*, verwüsten Irland, die Polen mißhandeln die Schlesier, die tapferen Faschisten metzeln ihre ärmeren Landsleute nieder, und das alles nehmen wir als selbstverständlich hin. Seit dem Krieg wundern wir uns über nichts mehr. Wir haben die dem Cäsarismus gemäßen Bedingungen geschaffen, und eine ganze Reihe von kleinen Cäsaren ist auferstanden. Was konnte natürlicher sein?«

Mr. Scogan trank den letzten Schluck seines Portweins und füllte sich das Glas von neuem.

»In diesem Augenblick«, fuhr er fort, »passieren an allen Ecken und Enden der Welt die grauenvollsten Dinge. Da werden Menschen erschlagen, werden ihre Leiber zerfetzt, zerrissen, zerstückelt; ihre Leichen verwesen und ihre Augen modern mit ihnen. Schreie der Qual und der Angst dringen mit einer Geschwindigkeit von 330 Metern in der Sekunde vibrierend durch die Luft. Nach einer Reise von drei Sekunden sind sie vollkommen unhörbar geworden. Das ist die erschütternde Wahrheit, – aber genießen wir deshalb unser Leben nur um etwas weniger? Gewiß nicht. Natürlich haben wir Mitleid. Wir stellen uns im Geiste die Leiden von Völkern und Menschen vor, und wir beklagen sie. Aber letzten Endes, was bedeuten Mitgefühl und Vorstellungskraft? Herzlich wenig, falls nicht gerade der Mensch, dem unser Mitgefühl gilt, unserem Herzen nahesteht, und selbst dann ist es nicht weit her damit. Und das ist auch gut so, denn wenn man eine so intensive Vorstellungskraft und ein so empfindliches Mitgefühl hätte, um wirklich die Leiden der andern zu verstehen und mitzufühlen, dann hätte man keinen Augenblick inneren Frieden mehr. Ein wirklich mitfühlendes Geschlecht würde nicht wissen, was auch nur das Wort Glück bedeutet. Aber zu unserem Glück sind wir, wie gesagt, kein mitfühlendes Geschlecht. Als der Krieg begann, glaubte ich, daß ich dank meiner Vorstellungskraft und meinem Mitgefühl wirklich mit denen litt, die physisch zu leiden hatten. Aber schon nach ein oder zwei Monaten mußte ich mir, wenn ich ehrlich war, eingestehen, daß ich nicht litt. Dabei glaube ich, daß ich eine lebhaftere Einbildungskraft habe als die meisten. Aber im Leiden ist man immer allein; das ist eine niederdrückende Wahrheit für den, der leidet, aber wäre es anders, könnte sich niemand auf der Welt mehr freuen.«

Es entstand eine Pause, schließlich schob Henry Wimbush seinen Stuhl zurück.

»Vielleicht sollten wir jetzt zu den Damen hinübergehen.«

»Das finde ich auch«, sagte Ivor und sprang eifrig auf. »Glücklicherweise«, sagte er, zu Mr. Scogan gewandt, »können wir unsere Freuden teilen. Nicht immer sind wir dazu verdammt, im Glück allein zu sein.«

SIEBZEHNTES KAPITEL

Donnernd schlug Ivor den letzten Akkord seiner Rhapsodie an. Nur eine Andeutung in dieser triumphalen Harmonie verriet, daß der Künstler mit dem Daumen der Linken zusammen mit der Oktave die Septime gegriffen hatte, doch der Gesamteindruck tönender Pracht blieb davon unberührt. Kleinigkeiten spielten keine große Rolle, solange der allgemeine Effekt gut war. Außerdem war diese Andeutung der Septime entschieden modern. Er drehte sich auf seinem Stuhl um und schleuderte mit einer Kopfbewegung das Haar aus den Augen.

»Das wäre es«, sagte er. »Ich fürchte, es war das Beste, was ich Ihnen bieten konnte.«

Gemurmelte Beifallsbekundungen und Äußerungen des Dankes wurden laut, und Mary ließ, die großen Porzellanaugen auf den Künstler gerichtet, ein lautes »Wundervoll« hören. Sie schnappte nach Luft, als sei sie nahe daran zu ersticken.

Natur und Glück hatten miteinander gewetteifert, Ivor Lombard mit ihren auserlesensten Gaben zu überhäufen. Er war reich und vollkommen unabhängig. Er sah gut aus, er besaß einen unwiderstehlichen Charme und hatte mehr erotische Erfolge gehabt, als er sich erinnern konnte. Seine Fähigkeiten waren außergewöhnlich zahlreich und vielfältig. Er hatte einen schönen, wenn auch ungeschulten Tenor; er konnte mit verblüffender Brillanz, rasch und laut, auf dem Klavier improvisieren. Er war, als Amateur, medial und telepathisch begabt und verfügte aus erster Hand über beträchtliche Kenntnisse vom Jenseits. Er brachte mit außerordentlicher Geschwindigkeit gereimte Verse zu Papier; symbolische Bilder warf er hin in flotter Manier, und war auch die Zeichnung zuweilen etwas schwach, so glich er das durch ein Feuerwerk von Farben aus. Er glänzte bei Liebhaberaufführungen, und wenn sich die Gelegenheit bot, erwies er sich als genialer Koch. Mit Shakespeare verband ihn, daß er wenig Latein und noch weniger Griechisch konnte. Für einen Geist seiner Art schien erworbene Bildung überflüssig zu sein. Sie hätte seine natürlichen Gaben nur zerstört.

»Wollen wir nicht in den Garten gehen?« schlug Ivor vor. »Es ist eine wundervolle Nacht.«

»Besten Dank«, sagte Mr. Scogan. »Aber was mich betrifft, so sind mir die noch wundervolleren Sessel hier lieber.« Seine Pfeife begann bei jedem Zug, den er machte, schleimig zu brodeln. Er war vollkommen glücklich.

Auch Henry Wimbush war glücklich. Er blickte kurz über den Rand seines Kneifers zu Ivor hinüber, ohne ein Wort zu sagen, um sich dann wieder den angeschmutzten kleinen Haushaltsbüchern aus dem sechzehnten Jahrhundert zuzuwenden, die im Augenblick seine Lieblingslektüre waren. Er wußte über die Ausgaben Sir Ferdinandos besser Bescheid als über seine eigenen.

Die »Garten-Party«, angeführt von Ivor, bestand aus Anne, Mary, Denis und, ganz unvermutet, auch aus Jenny. Draußen war es warm und dunkel; am Himmel stand kein Mond. Sie gingen auf der Terrasse auf und ab, und Ivor sang ein neapolitanisches Lied: ›*Stretti, stretti* –‹ mit etwas über ein kleines spanisches Mädchen. Die Atmosphäre begann zu knistern. Ivor legte Anne den Arm um die Taille und lehnte den Kopf leicht an ihre Schulter; in dieser Haltung ging er weiter und sang im Gehen. Es sah aus wie die leichteste und natürlichste Sache der Welt. Denis fragte sich, warum er es noch nie getan hatte. Er haßte Ivor.

»Wollen wir nicht zum Teich hinuntergehen?« fragte Ivor. Er löste sich aus der Umarmung und wandte sich nach seiner kleinen Herde um. Sie gingen am Haus entlang bis zur Eibenallee, die zu dem unteren Garten führte. Zwischen der kahlen steilen Mauer des Hauses und den hohen Eiben war der Weg wie eine Schlucht von undurchdringlicher Dunkelheit. Irgendwo auf der rechten Seite mußten Stufen nach unten führen, durch ein Loch in der Eibenhecke. Denis, der der Gruppe voranging, tastete sich vorsichtig vorwärts; in dieser Dunkelheit hatte man eine irrationale Furcht vor gähnenden Abgründen oder stachelbewehrten Hindernissen. Plötzlich hörte er hinter sich ein gellendes, erschrecktes »Oh!«, dem ein knallendes, knappes Geräusch folgte, das von einem Schlag mit der flachen Hand rühren mochte. Gleich darauf vernahm man die Stimme Jennys: »Ich gehe zurück ins Haus.« Ihr Ton war entschieden, und noch ehe sie zu Ende gesprochen hatte, war sie in der Dunkelheit verschwunden. Der Zwischenfall, worin immer er bestanden hatte, war abgeschlossen. Denis tastete sich weiter vorwärts. Irgendwo hinter ihnen begann Ivor wieder leise zu singen:

Phillis plus avare que tendre,
Ne gagnant rien à refuser,
Un jour exigea à Silvandre
Trente moutons pour un baiser.

Die Melodie stieg auf und ab, mit leicht schmachtendem Klang, und die warme Dunkelheit, die sie umgab, hatte etwas Pulsierendes wie Blut.

Le lendemain, nouvelle affaire:
Pour le berger, le troc fut bon ...

»Hier sind die Stufen«, rief Denis. Er führte seine kleine Gesellschaft sicher über die gefährliche Stelle, und im nächsten Augenblick fühlten sie unter ihren Füßen den Rasen der Eibenallee. Hier war es heller, zumindest war es um eine Spur weniger dunkel, denn die Eibenallee war breiter als der schmale Pfad, der am Haus entlang führte. Wenn sie nach oben blickten, sahen sie zwischen den hohen schwarzen Hecken einen Streifen Himmel und ein paar Sterne.

Car il obtint de la bergère ...

sang Ivor und unterbrach sich, um laut zu verkünden: »Ich laufe jetzt den Abhang hinunter.« Schon rannte er den unsichtbaren Hang hinunter, während er mit schwankender Stimme sang:

Trente baisers pour un mouton.

Die andern folgten. Denis tappte als letzter hinterher und mahnte vergebens zur Vorsicht – der Hang war steil, man konnte sich dabei den Hals brechen. Was war mit diesen Leuten los, fragte er sich. Sie waren wie junge Kätzchen, die Katzenminze gerochen hatten. Er fühlte selbst eine gewisse Ausgelassenheit in sich aufkommen, aber wie alle Gefühle bei ihm war auch dieses eher theoretischer Natur; es drängte nicht mit überwältigender Macht nach einer praktischen Betätigung.

»Seien Sie vorsichtig«, rief er noch einmal, und kaum waren die Worte heraus, als er schon – Bums! – einen schweren Fall hörte, dem das Geräusch eines langen, vor Schmerz pfeifend eingezogenen Atemzugs folgte und am Ende ein schlichtes, aufrichtiges »Au!« Fast freute sich Denis darüber. Hatte er es diesen Idioten nicht vorher gesagt? Aber sie hatten nicht auf ihn hören wollen. Er tappte den Abhang hinunter, um zu sehen, wer gestürzt war.

Mary kam den Hang hinunter wie eine Lokomotive, die sich selbständig gemacht hatte. Dieses blinde Rasen durch die Dunkelheit – sie fand es wahnsinnig aufregend, sie glaubte, nie mehr anhalten zu können. Aber der Boden unter ihren Füßen wurde eben, und ganz allmählich lief sie langsamer. Plötzlich fing ein ausgestreckter Arm sie auf und brachte sie zu einem jähen Halt.

»Fein«, sagte Ivor und zog sie an sich. »Jetzt habe ich dich gefangen, Anne.«

Sie versuchte, sich freizumachen. »Ich bin Mary.«

Ivor brach in schallendes Gelächter aus. »Allerdings!« erklärte er amüsiert. »Heute abend mache ich anscheinend einen Schnitzer nach dem andern. Vorhin war es Jenny.« Er lachte wieder, und es klang so fröhlich, daß Mary, ob sie wollte oder nicht, in sein Lachen einstimmte. Er zog den Arm, mit dem er sie umfangen hielt, nicht zurück, und irgendwie war das alles so amüsant und natürlich, daß Mary keinen weiteren Versuch unternahm, sich seiner Umarmung zu entziehen. Eng umschlungen gingen sie am Ufer des Teichs entlang. Mary war zu klein, als daß er auch nur einigermaßen bequem seinen Kopf an ihre Schulter hätte lehnen können. So rieb er seine Wange, zugleich streichelnd und gestreichelt, an der dichten glatten Masse ihres Haars. Nach einem Weilchen begann er wieder zu singen; die Nacht zitterte verliebt zum Klang seiner Stimme. Als er aufhörte, küßte er sie. Mary oder Anne – es schien ihm nicht viel auszumachen, wer es war. Natürlich gab es Unterschiede im einzelnen, aber im großen und ganzen gesehen war es im Effekt dasselbe. Und darauf kam es ja schließlich an.

Denis lief den Hang hinab.
»Ist jemand verletzt?« fragte er ins Dunkel hinein.
»Denis, sind Sie es? Ich habe mich am Knöchel verletzt – und am Knie und an der Hand. Ich bin vollkommen lädiert.«
»Arme Anne!« sagte er, konnte sich aber nicht enthalten hinzuzufügen: »Es war dumm, im Dunkeln bergab zu rennen.«
»Wie weise!« antwortete sie gereizt und den Tränen nahe. »Natürlich war es dumm.«
Er setzte sich neben sie ins Gras und atmete den zarten köstlichen Duft ein, der sie stets begleitete.
»Stecken Sie ein Streichholz an«, forderte sie. »Ich möchte mir meine Wunden ansehen.«
Er suchte in seinen Taschen nach Streichhölzern. Das Licht flammte plötzlich auf, dann brannte es ruhig. Wie durch Zauber war ein kleines Universum entstanden, eine Welt von Farben und Formen – das Gesicht Annes, das schimmernde Orange ihres Kleides, ihre nackten weißen Arme und ein Stück grüner Rasen –, rund herum aber eine Dunkelheit, die gleichsam massiv und völlig undurchdringlich geworden war. Anne streckte beide Hände aus; sie waren grün und von Erde beschmutzt durch ihren Sturz; die linke zeigte zwei oder drei rote Hautabschürfungen.
»Nicht so schlimm«, sagte sie. Aber Denis war tief bedrückt, und seine Rührung nahm zu, als er, in ihr Gesicht blickend, die Spur von Tränen sah, unwillkürlichen Tränen des Schmerzes, die an ihren Wimpern hingen. Er zog sein Taschentuch heraus und begann, ihr den Schmutz von der verletzten Hand zu wischen. Das Streichholz verlosch; es lohnte nicht, ein neues anzustecken. Sanft und dankbar ließ es Anne zu, daß er sich um sie kümmerte.
»Danke«, sagte sie, als er ihre Hand gesäubert und ver-

bunden hatte; etwas in ihrem Ton ließ ihn ahnen, daß sie ihre Überlegenheit über ihn verloren hatte, daß sie jünger als er, ja plötzlich fast zum Kind geworden war. Er kam sich sehr groß und wie ein rechter Beschützer vor. Dieses Gefühl war so stark, daß er unwillkürlich den Arm um sie legte. Sie rückte näher und lehnte sich an ihn; schweigend saßen sie nebeneinander. Dann hörten sie von unten her, leise, doch in wundervoller Klarheit, durch die Stille der Nacht den Gesang Ivors. Er fuhr mit seinem Lied fort:

Le lendemain Phillis plus tendre,
Ne voulant déplaire au berger,
Fut trop heureuse de lui rendre
Trente moutons pour un baiser.

Die Pause, die darauf folgte, war ziemlich lang, wie um den Verliebten Zeit zu lassen, ein paar von den dreißig Küssen zu geben und zu empfangen. Dann erscholl die Stimme wieder:

Le lendemain Phillis peu sage
Aurait donné moutons et chien
Pour un baiser que le volage
A Lisette donnait pour rien.

Der letzte Ton verhallte in einer anhaltenden Stille.
»Geht es Ihnen besser?« erkundigte sich Denis flüsternd. »Sitzen Sie bequem so?«
Sie nickte ja auf beide Fragen.
»Trente moutons pour un baiser.« Die Schafe, die Wolle tragenden Schäfchen – bäh, bäh, bäh ...? Oder der Schäfer? Er fühlte sich jetzt entschieden als der Schäfer. Er

war der Meister und Beschützer. Ein Hochgefühl durchwogte ihn, warm wie Wein. Er wandte den Kopf und begann, Annes Gesicht zu küssen, erst ziemlich wahllos, dann, mit größerer Genauigkeit, auf den Mund.

Anne wandte das Gesicht zur Seite, und er küßte ihr Ohr und die glatte Haut im Nacken, den ihm ihre Kopfbewegung freigab. »Nicht«, protestierte sie, »nicht, Denis.«

»Warum nicht?«

»Es verdirbt unsere Freundschaft, und die war so nett.«

»Unsinn!« sagte Denis.

Sie versuchte, es zu erklären. »Begreifen Sie nicht, es ist nicht unsere ... unsere Nummer, es paßt nicht zu uns.«

Das war richtig. Irgendwie hatte sie in Denis nie einen Mann für die Liebe gesehen; sie hatte die Möglichkeit einer Liebesbeziehung mit ihm nie ins Auge gefaßt. Er war noch so lächerlich jung, so ... so ... Sie fand nicht das richtige Adjektiv, aber sie wußte schon, was sie meinte.

»Warum ist es nicht unsere Nummer?« fragte Denis. »Und, nebenbei bemerkt, was ist das für ein gräßlicher und unangemessener Ausdruck!«

»Weil es sie nicht ist.«

»Und wenn ich sage, sie ist es?«

»Das ändert nichts. Ich sage, sie ist es nicht.«

»Ich werde Sie dazu bringen, Ihre Meinung zu ändern.«

»Gut, Denis. Aber Sie müssen es ein andermal tun. Ich muß jetzt ins Haus gehen und meinen Knöchel in heißes Wasser tauchen. Allmählich schwillt er an.«

Gesundheitlichen Argumenten war nicht zu widersprechen. Widerstrebend erhob sich Denis und half Anne auf die Füße. Sie machte einen ersten vorsichtigen Schritt. Mit einem Schmerzensschrei blieb sie stehen und stützte sich schwer auf seinen Arm.

»Ich werde Sie tragen«, erbot sich Denis. Er hatte noch nie versucht, eine Frau zu tragen, aber im Kino sah es immer wie eine leicht zu bewerkstelligende Heldentat aus.
»Das können Sie nicht«, sagte Anne.
»Natürlich kann ich es.« Er fühlte sich größer und fürsorglicher denn je. »Legen Sie Ihre Arme um meinen Nacken!« Sie gehorchte. Er bückte sich, packte sie unter den Knien und hob sie auf. Du lieber Gott, was für eine Last! Er machte fünf taumelnde Schritte den Hang hinauf, worauf er fast das Gleichgewicht verlor und seine Bürde plötzlich mit einem Ruck absetzen mußte.
Anne schüttelte sich vor Lachen. »Ich habe es Ihnen doch gesagt, Sie können es nicht, mein armer Denis.«
»Ich kann es«, widersprach Denis, aber ohne die rechte Überzeugung. »Ich will es noch einmal versuchen.«
»Es ist reizend von Ihnen, mir Ihre Hilfe anzubieten, aber ich möchte lieber gehen. Vielen Dank!« Sie legte ihre Hand auf seine Schulter und begann, sich auf ihn stützend, langsam die Böschung hinaufzuhumpeln.
»Mein armer Denis!« wiederholte sie mit einem Lachen. Gedemütigt schwieg er. Es schien ihm unvorstellbar, daß er sie erst vor zwei Minuten in seinen Armen gehalten und geküßt hatte. Unvorstellbar. Sie war hilflos gewesen wie ein Kind, und jetzt hatte sie all ihre Überlegenheit zurückgewonnen. Sie war wieder das unnahbare Wesen geworden, begehrt und unerreichbar. Warum war er solch ein Narr gewesen, ihr mit dieser Nummer »Mann trägt Frau« zu kommen? Er betrat das Haus in einem Zustand tiefster Niedergeschlagenheit.
Er half Anne die Treppe hinauf und überließ sie der Sorge eines der Mädchen, bevor er in den Salon hinunterging. Zu seiner Überraschung saßen alle noch genauso

da, wie er sie verlassen hatte. Er hatte erwartet, daß irgendwie alles ganz anders sein würde; es schien so unendlich lange her zu sein, daß er hinausgegangen war. Alle saßen schweigend und wie verwünscht da – dies war sein Eindruck, als er sie jetzt betrachtete. Die Pfeife Mr. Scogans brodelte noch immer, es war das einzige Geräusch. Henry Wimbush war noch in seine Haushaltsbücher vertieft. Er hatte soeben entdeckt, daß Sir Ferdinando die Gewohnheit hatte, den ganzen Sommer hindurch Austern zu essen, ohne sich an dem fehlenden R im Monatsnamen zu stoßen. Gombauld, die Hornbrille auf der Nase, las ebenfalls. Jenny kritzelte geheimnisvolle Eintragungen in ihr rotes Notizbuch. Und Priscilla, in dem von ihr bevorzugten Sessel in der Kaminecke, blätterte einen Stapel von Zeichnungen durch. Nacheinander hielt sie sie auf Armeslänge von sich fort und betrachtete sie lange und aufmerksam unter den halbgeschlossenen Augenlidern hervor, wobei sie den Kopf mit dem gewaltigen orangefarbenen Aufbau zurückwarf. Sie trug ein zart meergrünes Kleid, und am Rand ihres mauvegepuderten Décolletés funkelten Diamanten. Eine riesige Zigarettenspitze ragte im spitzen Winkel aus ihrem Gesicht. In ihre hochgetürmte Frisur waren Diamanten eingebettet, die bei jeder Bewegung ihres Kopfes aufblitzten. Die Zeichnungen waren von Ivor – Skizzen aus dem »geistigen Leben«, die er im Laufe mancher Trancereise durchs Jenseits angefertigt hatte. Auf der Rückseite der Blätter stand jedesmal ein erläuternder Titel, zum Beispiel: »Porträt eines Engels, 15. März 1920«; »Spielende Astralwesen, 3. Dezember 1919«; »Eine Gruppe von Seelen auf ihrem Weg in eine höhere Sphäre, 21. Mai 1921«. Bevor sie eine Zeichnung ansah, drehte sie sie um und las den Titel auf der Rückseite des Blattes. Sie konnte tun, was sie wollte –

und sie gab sich alle Mühe –, aber Priscilla hatte noch nie eine Vision gehabt oder sonstwie eine Verbindung mit der geistigen Welt herstellen können. So mußte sie sich mit den Erfahrungen begnügen, über die andere berichteten.

»Wo haben Sie denn die andern gelassen?« fragte sie, von ihren Zeichnungen aufblickend, als Denis eintrat.

Er klärte sie auf. Anne sei zu Bett gegangen, Ivor und Mary noch im Garten. Er wählte ein Buch und einen bequemen Sessel und versuchte, sich zu abendlicher Lektüre zu sammeln, soweit dies seine gestörte Gemütsverfassung zuließ. Das Lampenlicht war hell und freundlich, und von Priscilla, die in ihren Papieren blätterte, abgesehen, herrschte vollkommene Stille. Sie alle stumm und verdammt, mußte er wieder denken, alle sprachlos und verwünscht ...

Es verging fast eine Stunde, bevor Ivor und Mary erschienen.

»Wir haben auf den Mondaufgang gewartet«, sagte Ivor.

»Er ist jetzt auf beiden Seiten konvex«, erklärte Mary ganz wissenschaftlich. »Ein Dreiviertelmond, Sie verstehen.«

»Es war wunderschön draußen im Garten! Die Bäume, der Blütenduft und die Sterne ...« Ivor fuchtelte mit den Armen. »Und als jetzt der Mond aufging, da war es wirklich zu gewaltig. Ich mußte weinen.« Er setzte sich ans Klavier und schlug den Deckel auf.

»Es gab eine unheimliche Menge von Sternschnuppen«, erzählte Mary jedem, der es hören wollte. »Jetzt muß wohl gerade der sommerliche Meteoritenschauer beginnen. Im Juli und August ...«

Aber Ivor griff bereits in die Tasten. Er spielte den Garten, die Sterne, den Blütenduft und den aufgehenden Mond. Und er fügte eine Nachtigall hinzu, die es nicht gegeben hatte. Mary sah und hörte ihm mit offenem Munde zu. Die übrige Gesellschaft fuhr in ihren Beschäftigungen fort, anscheinend ohne sich sonderlich gestört zu fühlen. An eben diesem Julitag vor genau dreihundertfünfzig Jahren hatte Sir Ferdinando sieben Dutzend Austern verzehrt. Dies entdeckt zu haben, bereitete Henry Wimbush eine besondere Genugtuung. Er besaß soviel natürliche Pietät, daß er solche Gedenktage gern festlich beging. Dies war der dreihundertfünfzigste Jahrestag der sieben Dutzend Austern ... Hätte er es doch vor dem Essen gewußt, dann hätte er Champagner servieren lassen.

Auf ihrem Weg ins Bett machte Mary noch einen Besuch. Das Licht im Zimmer Annes war zwar schon gelöscht, aber Anne schlief noch nicht.

»Warum bist du nicht mit uns in den Garten gekommen?« fragte Mary.

»Ich bin gefallen und habe mir den Fuß verstaucht. Mit Denis' Hilfe bin ich wieder ins Haus gegangen.«

Mary war voller Mitgefühl. Aber heimlich war sie auch erleichtert, daß das Ausbleiben Annes nun eine so einfache Erklärung fand. Im Garten hatte sie ein unbestimmtes Mißtrauen gehabt, ohne recht zu wissen, welchem Umstand es galt; aber irgendwie war es ihr etwas verdächtig vorgekommen, daß sie plötzlich mit Ivor allein gewesen war. Nicht, daß es ihr etwas ausmachte, oh nein, weit entfernt davon! Aber der Gedanke war ihr doch nicht ganz recht gewesen, daß sie vielleicht das Opfer eines abgekarteten Spiels geworden war.

»Ich hoffe, daß es dir morgen wieder besser geht«, sagte sie und bedauerte Anne wegen all dessen, was sie ver-

säumt hatte – den Garten, die Sterne, den Blütenduft, die Sternschnuppen, diesen sommerlichen Meteoritenschauer, den die Erde in diesem Augenblick durchquerte, und den aufgehenden Mond mit seiner doppelseitig konvexen Beschaffenheit. Und dann hatten sie ein so interessantes Gespräch geführt. Worüber? Ja, nahezu über alles. Über die Natur, die Kunst, die Wissenschaften, die Dichtung, die Sterne, den Spiritismus, die Beziehung der Geschlechter zueinander, Musik und Religion. Ivor war, so meinte sie, ein interessanter Geist.
Die beiden jungen Damen schieden in Herzlichkeit voneinander.

ACHTZEHNTES KAPITEL

Die nächste römisch-katholische Kirche war etwas über dreißig Kilometer entfernt. Ivor, der es mit seinen religiösen Pflichten sehr genau nahm, kam punktlich zum Frühstück und hatte um dreiviertel zehn sein Auto startbereit vor der Haustür. Es war ein eleganter, teuer aussehender Wagen, lackiert in reinem Zitronengelb und mit smaragdgrünen Lederpolstern ausgestattet. Er hatte zwei Sitze – wenn man sich eng zusammendrängte, war Platz für drei –, und vor Wind, Wetter und Staub war man durch ein verglastes Schiebedach geschützt, das sich in der Mitte wie ein Buckel über dem Chassis wölbte.
Mary, die noch nie an einem katholischen Gottesdienst teilgenommen hatte, versprach sich ein besonderes Erlebnis dabei; als der Wagen durch das große Hoftor fuhr,

sah man sie auf dem freien Platz in der Limousine. Die Seelöwenhupe tönte schwächer und schwächer, und schon waren sie verschwunden.

In der Pfarrkirche von Crome predigte Mr. Bodiham über einen Text aus dem 1. Buch der Könige, Kapitel 16, Vers 18: »*Inwendig war das ganze Haus eitel Zedern mit gedrehten Knoten*« – eine Predigt von unmittelbar lokalem Interesse. Seit nunmehr zwei Jahren hatte die Frage einer Gedenkstätte für die Gefallenen die Gemüter in Crome erhitzt, soweit sie Zeit, intellektuelle Regsamkeit oder Parteigeist genug besaßen, um über solche Dinge nachzudenken. Henry Wimbush war unbedingt für die Errichtung einer Bibliothek, das heißt einer Bibliothek für Heimatliteratur, versehen mit Werken der regionalen Geschichte, mit alten Karten des Bezirks, Monographien über die Altertümer der näheren Umgebung sowie Dialektwörterbüchern und Handbüchern der lokalen Geologie und Naturgeschichte. Er träumte davon, daß die Dorfbewohner, angeregt durch solche Lektüre, am Sonntagnachmittag in Gruppen auf die Suche nach Fossilien und Feuersteinpfeilspitzen gingen. Die Dörfler selbst hielten mehr von der Idee eines Gedächtnis-Staubeckens und einer Wasserleitung. Aber die rührigste und lauteste Gruppe folgte Mr. Bodiham in der Forderung nach einem Gedenkzeichen religiöser Natur – zum Beispiel ein zweites Friedhofstor oder ein farbiges Glasfenster oder ein Marmormal oder, wenn möglich, alle drei. Bisher war allerdings nichts von alledem geschehen, teils weil das Komitee für eine Gedenkstätte sich nicht hatte einigen können, teils aus dem noch zwingenderen Grund, daß die zugesagten Geldspenden zu gering waren, um auch nur einen dieser Vorschläge in die Tat umzusetzen. Alle drei, vier Monate hielt Mr. Bodiham eine Predigt über dieses

Thema. Das letzte Mal hatte er es im März getan; es war also höchste Zeit, es seiner Gemeinde wieder einmal ins Gedächtnis zu rufen.

»Inwendig war das ganze Haus eitel Zedern mit gedrehten Knoten.«

Mr. Bodiham verweilte nur kurz bei dem Tempel Salomos und kam dann auf Tempel und Kirchen im allgemeinen zu sprechen. Was waren die charakteristischen Merkmale dieser Gott geweihten Gebäude? Nun, augenscheinlich der Umstand, daß sie, vom menschlichen Gesichtspunkt aus, vollkommen nutzlos waren. Es waren unpraktische Gebäude, *»mit gedrehten Knoten«*. Salomo hätte ja auch eine Bibliothek bauen können – was hätte mehr nach dem Geschmack des weisesten Mannes der Welt sein können? Er hätte auch ein Staubecken anlegen lassen können – was wäre nützlicher für eine ausgedörrte Stadt wie Jerusalem gewesen? Aber er tat nichts von alledem, sondern baute ein Haus *mit gedrehten Knoten*, nutzlos und unpraktisch. Warum? Weil er den Bau Gott widmete. Da hatte man in Crome viel über das geplante Kriegerdenkmal gesprochen. Ein solches Mahnmal war seinem Wesen nach ein Gott geweihtes Werk. Es war ein Zeichen der Dankbarkeit, daß das erste Stadium des an seinen Kulminationspunkt gelangten Weltkriegs durch den Sieg der gerechten Sache gekrönt worden war; aber zugleich war es auch die Gestalt gewordene Bitte an Gott, die Wiederkehr nicht lange mehr hinauszuzögern, die allein den ewigen Frieden bringen konnte. Eine Bibliothek, ein Staubecken? Voller Verachtung und Entrüstung wies er diese Idee zurück. Es waren dem Menschen und nicht Gott geweihte Bauten. Als ein Kriegerdenkmal wären sie ganz und gar ungeeignet. Ein überdachtes Friedhofstor hatte man vorgeschlagen. Dies nun wäre ein Objekt, das genau dem Begriff einer Kriegsgedenkstätte entsprach: ein nutzloser Bau, Gott geweiht und *mit gedrehten Knoten.* Zwar existierte bereits ein solches Friedhofstor. Aber nichts war leichter, als dem Kirchhof einen zweiten Eingang zu geben; und ein zweiter Eingang würde ein zweites Tor erfordern. Man hatte noch andere Vorschläge gemacht, z. B. bemalte Glasfenster oder ein Marmormal. Beides großartige Vorschläge, besonders der zweite. Es wurde höchste Zeit, das Ehrenmal zu errichten, sonst mochte es bald zu spät sein. Jeden Augenblick konnte, wie ein Dieb in der Nacht, Gott kommen. Unterdessen stand dem Vorhaben ein Hindernis im Wege. Die Geldspenden reichten nicht. Jeder sollte sich nun gemäß seinen Mitteln beteiligen. Wenn jemand einen Angehörigen im Kriege verloren hatte, durfte man billigerweise erwarten, daß er sich zu dem gleichen Betrag verpflichtete, den er für die Bestattungskosten hätte bezahlen müssen, wäre dieser Angehörige zu Hause gestorben. Jeder weitere Aufschub wäre verhängnisvoll. Das Kriegerdenkmal war sofort zu errichten. Er appellierte an den Patriotismus und die christlichen Gefühle seiner Hörer.

Auf dem Heimweg überlegte sich Henry Wimbush, welche Bücher er der *War Memorial Library* schenken würde, wenn es sie je geben sollte. Er nahm den Weg über die Felder, der angenehmer als die Fahrstraße war. Beim ersten Gatterübergang hatte sich eine Gruppe von jungen Leuten aus dem Dorf versammelt, – schlaksige junge Lümmel, alle in diesen scheußlichen, schlechtsitzenden schwarzen Anzügen, die aus jedem englischen Sonn- oder Feiertag eine Beerdigung machen. Sie rauchten Zigaretten und lachten wiehernd ohne Fröhlichkeit. Als Mr. Wimbush an ihnen vorbeikam, machten sie ihm Platz und griffen an ihre Mützen. Er erwiderte ihren Gruß, und seine Melone und sein Gesicht waren wie eins in ihrer gemessenen Feierlichkeit.

Zur Zeit Sir Ferdinandos, überlegte er, und auch seines Sohnes, Sir Julius, hätten diese jungen Leute sogar in Crome, dem ländlichen, entlegenen Crome, ihre Sonntagsvergnügungen gehabt. Da hätte es Bogenschießen, Kegeln und Tänze gegeben – gesellige Zerstreuungen, an denen sie als Mitglieder einer Gemeinschaft, die sich als Gemeinschaft empfand, teilgenommen hätten. Aber jetzt hatten sie nichts – außer dem abschreckenden Jungmänner-Klub Mr. Bodihams und den von ihm organisierten Tanz- und Konzertveranstaltungen. Der reine Stumpfsinn oder die Unterhaltungen, die die Kreishauptstadt bot – vor dieser Wahl standen diese bedauernswerten jungen Leute. Die alten ländlichen Freuden gab es nicht mehr; sie waren den Puritanern zum Opfer gefallen.

In *Manningham's Diary* für das Jahr 1600 war er einmal auf eine sehr merkwürdige Schilderung gestoßen. Da hatten einige Herren der Obrigkeit von Berkshire – Puritaner – Wind bekommen von einem Skandal. Sie waren daraufhin in einer mondhellen Sommernacht mit einem Polizeiaufgebot ausgeritten und im Hügelland auf eine Gruppe von Männern und Frauen gestoßen, die draußen zwischen den Schafställen splitternackt tanzten. Die Herren waren mit ihrem Aufgebot mitten in die Menge hineingeritten. Wie beschämt mußten sich die armen Menschen plötzlich gefühlt haben, wie hilflos ohne ihre Kleider vor den bewaffneten und gestiefelten Reitern! Die Tanzenden wurden festgenommen, ausgepeitscht, ins Gefängnis geworfen und in den Stock gelegt. Der Mondscheintanz aber wurde nie wieder getanzt. Was für ein alter erdhafter heidnischer Ritus war hier ausgerottet worden? Wer weiß ... vielleicht hatten ihre Vorfahren schon seit Menschengedenken so im Mondschein getanzt. Der Gedanke hatte etwas Überzeugendes für ihn. Und jetzt gab es das alles nicht mehr. Wenn diese gelangweilten jungen Menschen tanzen wollten, mußten sie mit dem Fahrrad zehn Kilometer bis zur Stadt fahren. Das Leben auf dem Lande war trostlos, ohne eigene Impulse und ohne die traditionellen Feste und Bräuche. Die frommen Richter hatten für immer diese kleine beglückende Flamme ausgelöscht, die vom Beginn der Zeiten an gebrannt hatte.

Und wie auf Tullias Grab hell eine Lampe brannte,
Seit fünfzehnhundert Jahren unverändert ...

Er sprach die Verse vor sich hin, und der Gedanke an all das, was man von der Vergangenheit geopfert hatte, stimmte ihn traurig.

NEUNZEHNTES KAPITEL

Henry Wimbushs lange Zigarre verbreitete einen aromatischen Duft. Auf seinen Knien lag ein Buch, in dem er langsam blätterte. Es war die *Geschichte Cromes.*

»Ich kann mich nicht entschließen, welche Episode ich Ihnen heute abend vorlesen soll«, sagte er nachdenklich. »Die Reisen Sir Ferdinandos sind recht interessant. Und dann wäre da sein Sohn, Sir Julius. Das war der, der sich einbildete, daß sein Schweiß Fliegen erzeugte; diese Wahnvorstellung trieb ihn schließlich in den Selbstmord.

Oder Sir Cyprian. Oder Sir George ... Nein, eigentlich möchte ich über keinen von ihnen etwas vorlesen.«

»Aber Sie müssen uns etwas vorlesen.« Mr. Scogan – er hatte die Pfeife aus dem Mund genommen – bestand darauf.

»Dann will ich Ihnen etwas über meinen Großvater erzählen«, erklärte Henry Wimbush, »und über die Ereignisse, die zu seiner Heirat mit der ältesten Tochter des letzten Sir Ferdinando führten.«

»Gut«, sagte Mr. Scogan. »Wir hören.«

»Bevor ich anfange«, sagte Henry Wimbush – er blickte auf und nahm den Kneifer wieder ab, den er sich gerade auf die Nase gesetzt hatte – »bevor ich anfange, muß ich ein paar einführende Worte über Sir Ferdinando sagen, über den letzten der Lapith. Beim Tode des tugendhaften und unglücklichen Sir Hercules fand sich Ferdinando im Besitz des Familienvermögens, das sich dank der Mäßigkeit und Sparsamkeit seines Vaters nicht unbeträchtlich vermehrt hatte, und er sah seine erste Aufgabe darin, es durchzubringen, eine Aufgabe, der er in großzügiger und jovialer Weise gerecht wurde. Mit vierzig hatte er bereits die Hälfte seines Vermögens aufgegessen und, vor allem, versoffen und mit Frauen vertan, und unfehlbar wäre er auch den Rest bald auf dieselbe Art losgeworden, hätte er nicht das große Glück gehabt, sich dermaßen in die Tochter des Pfarrers zu verlieben, daß er ihr einen Heiratsantrag machte. Die junge Dame nahm ihn an, und in weniger als einem Jahr war sie die absolute Herrin ihres Mannes und Cromes geworden. Mit dem Charakter Sir Ferdinandos aber ging eine außergewöhnliche Veränderung vor sich. Er befleißigte sich einer geregelten und sparsamen Lebensweise, ja, er wurde ausgesprochen mäßig und trank nur noch selten mehr als anderthalb

Flaschen Portwein auf einen Sitz. Das schwindende Vermögen der Lapith begann wieder zu wachsen und das trotz der schlechten Zeiten (Sir Ferdinando hatte auf dem Höhepunkt der Napoleonischen Kriege geheiratet). Ein Lebensabend in Wohlstand und Würde, erhellt durch die Gegenwart glücklich heranwachsender Kinder – drei Töchter hatte Lady Lapith ihm bereits geboren, und nichts sprach dagegen, daß sie ihm noch manche Tochter und manchen Sohn schenken würde –, ein patriarchalisches Alter, an dessen Ende die Familiengruft stand, schien nunmehr das beneidenswerte Geschick Sir Ferdinandos zu sein. Doch die Vorsehung wollte es anders. Napoleon, der bereits so großes Unheil über die Welt gebracht hatte, war, wenn auch nur indirekt, schuld an dem unzeitigen und gewaltsamen Tod, der diesem Leben eines bekehrten Sünders ein Ende setzte.

Sir Ferdinando, der vor allem anderen Patriot war, hatte von Anbeginn des bewaffneten Konflikts mit den Franzosen seine eigene Methode gehabt, unsere Siege zu feiern. Sobald die frohe Nachricht London erreichte, kaufte er auf der Stelle eine Menge alkoholischer Getränke und setzte sich in die erste beste Kutsche, die ihm in den Weg kam und London verließ. So fuhr er durchs Land und verkündete allen Menschen, denen er unterwegs begegnete, die gute Nachricht; auf allen Stationen gab er sie, zusammen mit dem Schnaps, zum besten: jedem, der zuhören oder trinken wollte. Nach dem Sieg von Abukir war er bis Edinburgh kutschiert; und als später die Kutschen, bekränzt mit Lorbeer für den Sieg, aber auch mit Zypressen zum Zeichen der Trauer, mit der Nachricht vom Sieg und vom Tod Nelsons ins Land fuhren, saß er die ganze kühle Oktobernacht auf dem Bock des nach Norwich fahrenden *Meteor*, auf den Knien ein Fäßchen

Rum und zwei Kisten mit altem Brandy unter dem Sitz. Dieser liebenswürdige Brauch war nur eine der vielen Gewohnheiten, die er bei seiner Heirat aufgab. Die Siege in Spanien, der Rückzug aus Moskau, die Schlacht von Leipzig und die Abdankung des Tyrannen – sie blieben ungefeiert. Aber zufällig hielt sich Sir Ferdinando im Sommer des Jahres 1815 für ein paar Wochen in der Hauptstadt auf. Man hatte eine Reihe von Tagen voller Angst und Zweifel erlebt, doch dann kam die Siegesnachricht von Waterloo. Es war zuviel für Sir Ferdinando; die Erinnerung an seine fröhliche Jugend wurde wieder wach in ihm. Er eilte zu seinem Weinhändler und erstand ein Dutzend Flaschen Cognac vom Jahrgang 1760. Die Kutsche nach Bath war gerade im Begriff loszufahren, aber er bestach den Kutscher, der ihn neben sich auf dem Bock sitzen ließ; von dort oben aus verkündete er freudetrunken den Sturz des korsischen Banditen, nicht ohne zugleich das wärmende Elixier auszuteilen. So ratterten sie durch Uxbridge, Slough und Maidenhead. Das schlafende Reading wurde mit der großen Neuigkeit geweckt. In Didcot war einer der Stallknechte derart überwältigt von patriotischen Emotionen und dem Cognac aus dem Jahre 1760, daß er es nicht mehr fertigbrachte, die Pferde anzuschirren. Die Nacht begann kühl zu werden, und Sir Ferdinando fand, daß es nicht genügte, nur an jeder Station einen Schluck zu nehmen, vielmehr sah er sich gezwungen, zur Erhaltung der lebensnotwendigen Körperwärme auch während der Fahrt zu trinken. So näherten sie sich Swindon. Sie fuhren mit einem schwindelerregenden Tempo – zehn Kilometer waren es in der letzten halben Stunde gewesen –, als Sir Ferdinando plötzlich, ohne daß man vorher an ihm die geringsten Anzeichen mangelnder Stand- oder Sitzfestigkeit bemerkt hätte, seitlich von seinem Sitz stürzte und kopfüber auf die Straße fiel. Ein unangenehmer Ruck weckte die dahindösenden Fahrgäste auf. Die Kutsche kam zum Halten, und der Schaffner lief mit einer Laterne zurück. Er fand Sir Ferdinando am Leben, doch ohne Bewußtsein; aus seinem Mund sickerte Blut. Die Hinterräder des Wagens waren über seinen Körper gerollt und hatten ihm fast alle Rippen und beide Arme gebrochen. Die Schädeldecke zeigte zwei Frakturen. Sie hoben ihn in den Wagen, aber er starb noch, bevor sie die nächste Station erreichten. So fand Sir Ferdinando den Tod als ein Opfer seines Patriotismus. Lady Lapith heiratete nicht wieder, sondern entschloß sich, den Rest ihres Lebens dem Wohl ihrer drei Kinder zu widmen – Georgiana, damals fünf Jahre alt, und Emmeline und Caroline, Zwillingen von zwei Jahren.«

Hier machte Henry Wimbush eine Pause und setzte sich wieder den Kneifer auf die Nase. »Soviel zur Einführung«, sagte er. »Und jetzt kann ich damit beginnen, Ihnen etwas über meinen Großvater vorzulesen.«

»Einen Augenblick«, bat Mr. Scogan. »Bis ich meine Pfeife gestopft habe.«

Mr. Wimbush wartete. Abseits in einem Winkel saßen Ivor und Mary. Er zeigte ihr seine Skizzen vom »geistigen Leben«. Sie sprachen im Flüsterton miteinander.

Indessen hatte Mr. Scogan seine Pfeife wieder angezündet. »Schießen Sie los!« sagte er.

Henry Wimbush fing an.

»Im Frühling des Jahres 1833 machte mein Großvater George Wimbush die Bekanntschaft der ›drei reizenden Lapithmädchen‹, wie sie allgemein genannt wurden. Er war damals ein junger Mann von zweiundzwanzig Jahren, mit flachsblondem lockigen Haar und einem glatten rosigen Gesicht, das wie ein Spiegel seiner jugendlichen und treuherzigen Seele war. Er war in Harrow und im Christ Church College erzogen worden, er liebte die Jagd und ähnliche Sportarten, und obwohl er in guten, an Reichtum grenzenden Vermögensverhältnissen lebte, waren seine Zerstreuungen unschuldig und maßvoll. Sein Vater, ein Handelsherr der Ostindischen Kompanie, hatte ihn für die politische Laufbahn bestimmt und es sich einiges kosten lassen, ihm zu seinem einundzwanzigsten Geburtstag einen hübschen kleinen Wahlkreis in Cornwall zu schenken. Zu Recht war er empört, als dann die Reform Bill von 1832, unmittelbar bevor George großjährig wurde, diesen Wahlkreis abschaffte. So mußte denn der Beginn der politischen Laufbahn Georges aufgeschoben werden. Eben darauf wartete er – keineswegs ungeduldig –, als er die reizenden Lapithmädchen kennenlernte.

Die reizenden Schwestern machten großen Eindruck auf ihn. Georgiana, die älteste, war mit ihren schwarzen Ringellocken, ihren blitzenden Augen, dem edlen Profil mit der Adlernase, dem Schwanenhals und den abfallenden Schultern eine blendende orientalische Schönheit; und die Zwillinge mit ihren Stupsnäschen, den blauen Augen und dem kastanienbraunen Haar waren ein Paar von sich zum Verwechseln gleichenden hinreißend englischen Geschöpfen.

Ihre Art, Konversation zu machen, war freilich bei diesem ersten Zusammentreffen so abschreckend gewesen, daß George – wäre nicht die unwiderstehliche Anziehungskraft ihrer Schönheit gewesen – niemals den Mut aufgebracht hätte, die Bekanntschaft fortzusetzen. Sehr von oben herab, mit einer Miene gelangweilter Überlegenheit, fragten ihn die Zwillinge, was er von der neuesten französischen Poesie hielt und wie ihm *Indiana* von George Sand gefiel. Fast noch schlimmer war die Frage, mit der Georgiana das Gespräch begann. Vornübergebeugt und die großen dunklen Augen fest auf ihn gerichtet, fragte sie: ›Sind Sie in der Musik Klassizist oder Transzendentalist?‹ Aber George verlor nicht seine Geistesgegenwart. Er verstand genug von Musik, um zu wissen, daß er alles Klassische haßte, und so antwortete er mit einer Promptheit, die ihm Ehre machte: ›Ich bin ein Transzendentalist.‹ Georgiana zeigte ihm ein bestrickendes Lächeln. ›Das freut mich. Ich auch. Sie waren natürlich vorige Woche in dem Paganini-Konzert? ›Das Gebet Mosis‹ – wunderbar!‹ Sie schloß die Augen. ›Kennen Sie etwas Transzendentaleres?‹ ›Nein‹, gestand George, ›nichts.‹ Er zögerte und war schon im Begriff weiterzusprechen, fand aber schließlich, es sei wohl klüger, nicht zu verraten, daß ihm vor allem Paganinis ›Tierstimmen-Imitationen von einem Bauernhof‹ gefallen hatten. Dieser Mann hatte seine Geige wie einen Esel schreien lassen, glucksen wie eine Henne, grunzen, quieken, bellen, wiehern, quaken, brüllen und knurren. Dieses letzte Stück hatte, nach seiner Meinung, für die Langeweile des ganzen übrigen Konzerts entschädigt. Er lächelte vergnügt bei der bloßen Erinnerung daran. Oh nein, er war entschieden kein Klassizist in der Musik, sondern radikaler Transzendentalist.

Diesem ersten Kennenlernen ließ George einen kurzen Besuch bei den jungen Damen und ihrer Mutter folgen, die während der Saison ein kleines, aber elegantes Haus in der Gegend von Berkeley Square bewohnten. Lady Lapith stellte diskrete Nachforschungen an, und nachdem sich herausgestellt hatte, daß die Vermögensverhältnisse Georges ebenso wie sein Charakter und seine Familie durchaus passabel waren, lud sie ihn zum Essen ein. Zwar hoffte und erwartete sie, daß ihre Töchter alle in den Hochadel heirateten, aber als vernünftige Frau wußte sie, daß es immer ratsam war, für alle Eventualitäten gerüstet zu sein. George Wimbush würde jedenfalls für einen der Zwillinge ein ausgezeichnetes zweites Eisen im Feuer abgeben.

Bei dieser ersten Einladung war George der Tischherr Emmelines. Man sprach von der Natur. Emmeline beteuerte, daß die hohen Berge etwas Erhebendes für sie hätten, während der Lärm der großen Städte die reinste Marter sei. George pflichtete ihr bei, daß das Leben auf dem Lande sehr angenehm sei, gab aber zu bedenken, daß während der Saison auch London seine Reize habe. Zu seiner Überraschung und mit einer gewissen Besorgnis bemerkte er, daß Miß Emmeline kaum Appetit hatte, ja, daß von Appetit überhaupt keine Rede sein konnte. Zwei Löffel Suppe, ein Bissen Fisch, kein Geflügel, kein Fleisch, drei Weinbeeren – das war ihr ganzes Dinner. Ab und zu beobachtete er ihre beiden Schwestern; Georgiana und Caroline schienen ebenso enthaltsam zu sein. Was immer ihnen gereicht wurde, sie wiesen es mit empfindsam-angewiderter Miene zurück, wobei sie die Augen schlossen und das Gesicht von der dargebotenen Schüssel abwandten, als ob französische Seezunge, Ente, Kalbslende oder ein Biskuitauflauf gleichermaßen abstoßend für das Auge wie für den Geruchssinn seien. George, der das Essen hervorragend fand, wagte eine Bemerkung über den mangelnden Appetit der Schwestern.

›Bitte, sprechen Sie mir nicht von Essen‹, sagte Emmeline und senkte mimosenhaft den Kopf. ›Wir finden es etwas so Grobes und Ungeistiges. Man kann nicht an seine Seele denken, während man ißt.‹

Dem stimmte George zu – man konnte es nicht. ›Aber man muß ja leben‹, sagte er.

›Leider!‹ seufzte Emmeline. ›Man muß. Aber der Tod ist doch wunderschön, finden Sie nicht?‹ Sie brach ein Eckchen von einer Toastscheibe ab und begann gleichgültig daran zu knabbern. ›Aber da man, wie Sie sagen, leben muß . . .‹ Sie hatte eine kleine Gebärde der Resignation. ›Glücklicherweise genügt sehr wenig, um uns am Leben zu erhalten.‹ Sie legte das Stückchen Toast halbgegessen wieder auf den Tisch.

George betrachtete sie staunend. Er fand, daß sie zwar blaß, aber überaus gesund aussah, und das galt auch für ihre Schwestern. Vielleicht brauchten die wirklich geistigen Menschen nicht soviel zu essen. Er war, ohne Frage, kein geistiger Mensch.

Von da an sah er sie häufig. Alle, von Lady Lapith angefangen, mochten ihn gern. Natürlich war er nicht besonders romantisch oder poetisch veranlagt, aber er war ein so angenehmer, bescheidener und gutherziger junger Mann, daß man ihn einfach gern haben mußte. Er seinerseits fand sie alle wunderbar, besonders aber Georgiana. Er umgab alle drei mit seiner warmen, behütenden Herzlichkeit. Denn sie brauchten Schutz; sie waren gar zu zart und geistig für diese Welt. Sie aßen nichts, sie waren immer blaß, klagten oft über Fieber, sprachen viel und sehnsüchtig vom Tod und fielen häufig in Ohnmacht. Die ätherischste von allen war Georgiana; sie aß am allerwenigsten, wurde am häufigsten ohnmächtig, sprach am meisten vom Tod und war noch blasser als die andern – von einer so unwahrscheinlichen Blässe, daß sie geradezu künstlich wirkte. Von einem Augenblick zum andern konnte sie, wie es schien, ihren ohnehin schwachen Halt in dieser realen Welt verlieren und ganz zu Geist werden. Für George war diese Vorstellung eine fortwährende Höllenqual. Wenn sie sterben sollte ...

Sie brachte es immerhin fertig, die Saison zu überleben, trotz der zahlreichen Bälle, Empfänge und sonstiger Veranstaltungen, von denen sie, zusammen mit den beiden übrigen Mitgliedern des reizenden Trios, nicht eine versäumte. Mitte Juli wurde der ganze Haushalt aufs Land verlegt. Man lud George ein, den Monat August in Crome zu verleben.

Dort hatte sich eine vornehme Gesellschaft versammelt; auf der Gästeliste standen die Namen zweier heiratsfähiger junger Herren von Adel. George hatte gehofft, daß die Landluft, die Ruhe und die ländliche Umgebung den drei Schwestern ihren Appetit – und ihren Wangen die Rosen wiedergegeben hätten. Dies war ein Irrtum. Beim Dinner am ersten Abend aß Georgiana nur eine Olive, zwei oder drei Salzmandeln und einen halben Pfirsich. Sie war so blaß wie eh und je, und während des Essens sprach sie von Liebe.

›Die wahre Liebe‹, erklärte sie, ›ist unendlich und ewig, darum kann sie auch nur in der Ewigkeit Erfüllung finden. Indiana und Sir Rodolphe begingen die mystische Hochzeit ihrer Seelen, indem sie in den Niagara sprangen. Liebe ist unvereinbar mit dem Leben. Zwei Menschen, die sich wahrhaft lieben, wünschen sich nicht, miteinander zu leben, sondern miteinander zu sterben.‹

›Aber liebes Kind‹, sagte Lady Lapith, stämmig und von praktischem Verstand, ›was würde wohl aus der nächsten Generation werden, wenn alle Menschen nach deinen Grundsätzen handeln wollten?‹

›Mama!‹ Georgiana schlug die Augen nieder.

›Wenn ich in meiner Jugend so etwas gesagt hätte‹, fuhr Lady Lapith fort, ›wäre ich einfach ausgelacht worden.

Aber in meiner Jugend war die Seele nicht so Mode wie heute, und den Tod hielten wir für alles andere als poetisch. Er war einfach unerfreulich.‹

›Mama!‹ beschworen sie Emmeline und Caroline wie aus einem Munde.

›Wenn man zu meiner Zeit –‹, Lady Lapith war nun in Fahrt gekommen, und nichts schien sie mehr von ihrem Thema abbringen zu können. ›Wenn man zu meiner Zeit nichts aß‹, sagten einem die Leute, daß man eine Portion Rhabarber brauche. Heutzutage . . .‹

Ein Schrei ertönte. Georgiana war ohnmächtig an die Schulter Lord Timpanys gesunken. Es war eine verzweifelte List gewesen, aber sie hatte Erfolg. Lady Lapith war zum Schweigen gebracht worden.

Die Tage vergingen friedlich unter harmlosen Zerstreuungen. Allein George war in dieser fröhlichen Gesellschaft unglücklich. Lord Timpany machte Georgiana den Hof, und offensichtlich war er ihr nicht unwillkommen. George sah zu, und seine Seele litt Höllenqualen der Eifersucht und Verzweiflung. Die lärmend-ausgelassene Gesellschaft der jungen Männer wurde ihm unerträglich; er wich ihnen aus und vergrub sich in Trübsinn und Einsamkeit. Als er sich eines Morgens unter einem Vorwand von ihnen getrennt hatte, ging er allein ins Haus zurück. Die jungen Männer badeten unten im Teich. Ihr Lachen und ihre Rufe drangen bis zu ihm hinauf und bewirkten, daß ihm das Haus nur noch stiller und einsamer erschien. Die reizenden Schwestern und ihre Mama hüteten noch das Zimmer. Im allgemeinen erschienen sie nicht vor dem Lunch, so daß die männlichen Gäste den Vormittag für sich hatten. George setzte sich in die Halle und überließ sich seinen Gedanken.

In jedem Augenblick konnte Georgiana sterben, und von

einem Augenblick zum andern konnte sie Lady Timpany werden. Es war ganz schrecklich. Wenn sie starb, wollte auch er sterben. Er war bereit, sie jenseits des Grabes zu suchen. Wenn sie aber Lady Timpany wurde – ja dann! Dann würde die Lösung nicht so einfach sein. Wenn sie Lady Timpany wurde – ein grauenhafter Gedanke. Aber angenommen, sie liebte Timpany – obwohl es ihm unvorstellbar war, daß jemand Timpany lieben könnte –, angenommen, ihr Glück hinge von Timpany ab und ohne ihn könnte sie nicht leben? Er irrte hilflos im Labyrinth dieser Vermutungen umher, als es zwölf Uhr schlug. Beim letzten Schlag trat, wie eine von dem ablaufenden Uhrwerk bewegte Puppe, ein kleines Dienstmädchen aus der zum Küchenbereich führenden Tür. Das Mädchen trug ein verdecktes Tablett. Mit träger Neugier beobachtete George sie aus der Tiefe seines Sessels, selbst offenbar unbeobachtet. Trippelnd durchquerte sie die Halle und machte an einer Stelle halt, wo George nur die getäfelte Wand sah. Sie streckte die Hand aus, und zur maßlosen Verblüffung Georges flog eine Tür auf, hinter der eine Wendeltreppe sichtbar wurde. Das Mädchen stellte sich seitlich, um mit dem Tablett durch die schmale Öffnung zu kommen, und schoß dann, mit einer raschen krebsartigen Bewegung, durch die Tür, die sich mit einem Klikken hinter ihr schloß. Nach einer Minute öffnete sich die Tür wieder, und das Mädchen eilte, nun ohne Tablett, durch die Halle zurück in die Küche. George gab sich Mühe, an etwas anderes zu denken, aber eine unüberwindliche Neugier lenkte seine Gedanken zu der Geheimtür, der Treppe und dem kleinen Mädchen. Vergeblich sagte er sich, daß ihn diese Sache nichts anging und daß es eine unverzeihliche Taktlosigkeit und Indiskretion wäre, wenn er das Geheimnis dieser versteckten Tür und der mysteriösen Treppe dahinter ausspionieren wollte. Fünf Minuten kämpfte er heroisch gegen seine Neugier an, aber dann stand er vor dem so unverdächtig wirkenden Paneel, durch das das kleine Dienstmädchen verschwunden war. Ein kurzer Blick genügte, ihm den Platz der geheimen Tür zu verraten, – geheim allerdings nur für den, der nicht genau hinsah. Es war eine gewöhnliche Tür, fugenlos in die Täfelung eingesetzt. Weder Klinke noch Schloß zeigten sie an, aber ein unauffällig in das Holz eingelassener Griff war wie eine Aufforderung für den Daumen. Es wunderte ihn, daß er es nicht eher bemerkt hatte; jetzt, nachdem er die Tür entdeckt hatte, war sie ganz deutlich zu erkennen, beinahe so deutlich wie die Schranktür in der Bibliothek mit den fingierten Regalen und den vorgetäuschten Bänden. Er zog an dem Griff und schaute hinter die Tür. Die Treppe, deren Stufen nicht aus Stein, sondern aus alten Eichblöcken gemacht waren, stieg in Windungen auf und entzog sich damit dem Blick. Ein Fenster wie ein Schlitz in der Mauer ließ das Tageslicht ein; George stand hier am Fuß des mittleren Turms, und durch das kleine Fenster sah man über die Terrasse hinaus. Unten brüllten und planschten sie noch immer im Teich.

George schloß die Tür und setzte sich wieder in seinen Sessel. Aber seine Neugier war noch nicht befriedigt. Ja, diese unvollständige Befriedigung hatte seine Neugier nur noch gereizt. Wohin führt die Treppe? Was für einen Auftrag hatte das Mädchen gehabt? Das ging ihn nichts an, sagte er sich wieder, es war nicht seine Angelegenheit. Er versuchte zu lesen, aber seine Gedanken schweiften ab. Von der Uhr kamen melodische Glockenschläge: Viertel nach zwölf. Plötzlich entschlossen stand George auf, durchquerte die Halle, öffnete die verborgene Tür und begann, die Treppe hinaufzugehen. Er kam am ersten Fenster vorbei, folgte der Windung der Treppe und kam zu dem nächsten Fenster. Einen Augenblick blieb er stehen, um hinauszusehen. Das Herz schlug ihm so heftig, als ob er einer unbekannten Gefahr entgegenginge. Was er hier tat, so sagte er sich, war äußerst unfein und eines Gentlemans ganz und gar unwürdig. Dennoch ging er auf Zehenspitzen die Treppe weiter hinauf. Noch eine Windung, dann noch eine halbe, und dann stand er vor einer Tür. Lauschend blieb er stehen; er hörte keinen Laut. Er hielt das Auge ans Schlüsselloch, aber alles, was er sah, war ein Stück weiße, sonnenbeschienene Wand. Kühner geworden, drehte er den Türgriff und trat über die Schwelle. Versteinert von dem Anblick, der sich ihm bot, blieb er mit offenem Munde stehen.

In der Mitte eines freundlichen, sonnigen Zimmers – jetzt das Boudoir Priscillas, erläuterte Mr. Wimbush – stand ein kleiner runder Mahagonitisch. In seinem tiefen Glanz spiegelten sich Kristall, Porzellan und Silber, die ganze blinkende Apparatur eines luxuriösen Mahls. Das Gerippe eines kalten Huhns, eine Schale mit Obst, ein großer Schinken, klaffend aufgeschlitzt bis auf seinen Kern von zartestem Weiß und Rosa, die braune Kanonenkugel eines kalten Plumpuddings, eine schlanke Flasche Rheinwein und eine Karaffe Rotwein schienen miteinander um einen Platz auf der festlichen Tafel zu kämpfen. Und um diesen Tisch saßen im Kreise die ›drei reizenden Lapithmädchen‹ – und aßen!

Sie hatten bei dem plötzlichen Eintritt Georges die Köpfe zur Tür gewandt und saßen nun wie erstarrt da, Opfer der gleichen Verblüffung, die auch George hatte erstarren lassen. Georgiana, die direkt gegenüber der Tür saß, sah ihn aus aufgerissenen dunklen Augen an. Zwischen Daumen und Zeigefinger der rechten Hand – von der sie den kleinen Finger, elegant gekrümmt, abspreizte – hielt sie einen Schenkel des zerstückelten Huhns. Sie hatte den Mund schon geöffnet, aber der Bissen hatte seine Bestimmung nicht mehr erreicht; er blieb in der Schwebe, in gefrorener Bewegung. Auch ihre beiden Schwestern hatten sich nach dem Eindringling umgewandt. Caroline hielt noch immer Messer und Gabel in der Hand, und Emmelines Finger umklammerten den Stiel ihres Rotweinglases. Schweigend sahen sich George und die drei Schwestern eine kleine Ewigkeit lang an. Sie waren zu Statuen versteinert. Doch plötzlich kam Bewegung in das Bild. Georgiana ließ ihren Hühnerknochen fallen, und Carolines Besteck landete klappernd auf ihrem Teller. Die Bewegung pflanzte sich fort, sie wurde entschiedener; Emmeline sprang auf die Füße und stieß einen Schrei aus. Jetzt erreichte die Panik auch George; ein paar unverständliche Worte murmelnd, wandte er sich um, eilte hinaus und rannte die Wendeltreppe hinunter. Erst in der Halle machte er halt, und dort unten, allein in dem stillen Haus, begann er zu lachen.

Beim Lunch fiel es auf, daß die Schwestern diesmal ein wenig mehr als sonst aßen. Georgiana tändelte mit ein paar grünen Bohnen und einem Löffel voll Kalbsfußsülze. ›Ich fühle mich heute etwas kräftiger‹, sagte sie zu Lord Timpany, der sie zu ihrem besseren Appetit beglückwünschte, ›ein bißchen irdischer‹, fügte sie mit nervösem Lachen hinzu. Den Kopf hebend begegnete sie dem Blick Georges; Schamröte überzog ihr Gesicht, und schnell sah sie weg.

Am Nachmittag dieses Tages fanden sie sich für einen Augenblick im Garten allein.

›Sie erzählen es doch niemandem, George? Versprechen

Sie mir, es niemandem zu sagen‹, beschwor sie ihn. ›Wir würden zum Gespött werden. Außerdem ist Essen doch wirklich eine ungeistige Beschäftigung, finden Sie nicht? Versprechen Sie mir, es niemandem zu sagen?‹

›Nein‹, antwortete George brutal, ›ich werde es jedem erzählen, außer wenn ...‹

›Das ist Erpressung.‹

›Das ist mir gleich‹, erklärte George. ›Ich gebe Ihnen vierundzwanzig Stunden Bedenkzeit.‹

Natürlich war Lady Lapith enttäuscht, sie hatte auf Besseres gehofft – auf Timpany und eine Pairskrone. Aber schließlich war George nicht gar so schlecht. Die Heirat fand am Neujahrstag statt.«

»Mein armer Großvater!« bemerkte Mr. Wimbush, als er das Buch schloß und seinen Kneifer abnahm. »Immer wenn ich in der Zeitung etwas über die unterdrückten Minoritäten lese, muß ich an ihn denken.« Er zündete sich seine Zigarre wieder an. »Es war ein matriarchalisches Regime, ganz zentralistisch und ohne alle parlamentarischen Institutionen.«

Henry Wimbush schwieg. In der nun eingetretenen Stille hörte man wieder die geflüsterten Kommentare Ivors zu den Geisterskizzen. Priscilla, die eingenickt war, schreckte auf.

»Wie?« fragte sie, verwirrt wie jemand, der gerade wieder zu sich gekommen ist. »Was?«

Jenny hatte zufällig ihre Frage gehört. Sie nickte ihr mit einem beruhigenden Lächeln zu.

»Es ging um einen Schinken«, erklärte sie.

»Was ging um einen Schinken?«

»Was Henry uns vorgelesen hat.«

Sie schloß das rote Notizbuch, das sie auf ihren Knien hielt, und schob einen Gummiring darüber.

»Ich gehe jetzt schlafen«, verkündete sie und stand auf.
»Ich auch«, sagte Anne mit einem Gähnen. Aber sie brachte nicht die Energie auf, sich aus ihrem Sessel zu erheben.
Es war eine warme, drückende Nacht. Die Vorhänge vor den offenen Fenstern bewegten sich nicht. Ivor, der sich mit dem Porträt eines astralen Wesens fächelte, blickte in das Dunkel hinaus und holte tief Atem.
»Die Luft ist wie Wolle«, sagte er.
»Nach Mitternacht wird es etwas abkühlen«, erklärte Henry Wimbush. »Vielleicht«, fügte er vorsichtig hinzu.
»Ich kann heute nicht schlafen, ich weiß es.«
Priscilla wandte den Kopf in seine Richtung. Ihre monumentale Frisur wankte gefährlich bei der leisesten Bewegung. »Sie müssen sich nur Mühe geben«, sagte sie. »Wenn ich nicht schlafen kann, nehme ich meinen ganzen Willen zusammen und sage mir: ›Ich werde schlafen, ich schlafe!‹ Und zack! Weg bin ich. Das ist die Macht des Gedankens.«
»Aber funktioniert das auch in schwülen Nächten?« fragte Ivor. »Ich kann einfach in solch einer Nacht nicht schlafen.«
»Ich auch nicht«, versicherte Mary. »Nur im Freien.«
»Im Freien! Das ist eine großartige Idee!« Das Ende war, daß beide beschlossen, auf den Türmen zu schlafen, – Mary auf dem westlichen, Ivor auf dem östlichen. Beide Türme hatten ein flaches Bleidach, und durch die Dachluke konnte man eine Matratze hinaufbringen. Unter den Sternen, unter dem gebuckelten Mond, würden sie gewiß schlafen können. Die Matratzen wurden heraufgebracht, Bettücher und Decken ausgebreitet, und nach einer Stunde riefen sich die beiden an Schlaflosigkeit Lei-

denden ihr »Gute-Nacht!« über die trennende Kluft hinweg zu.

Aber der Zauber der Nacht im Freien zwang nicht mit der erwarteten Promptheit den Schlaf herbei. Selbst noch durch die Matratze hindurch konnte Mary nicht umhin zu merken, daß das Bleidach sehr hart war. Dazu kamen allerlei Geräusche: Eulen schrien unermüdlich, und auf einmal brachen alle Gänse des Gutshofs, aufgescheucht durch unbekannte Schrecknisse, in ein frenetisches Gegakker aus. Dann wollten die Sterne und der Buckelmond angeschaut werden, und wenn eine Sternschnuppe über den Himmel schwirrte, konnte man nicht anders – man wartete, hellwach, mit offenen Augen, auf die nächste. Die Zeit verging, der Mond stieg immer höher. Marys Müdigkeit war verflogen. Sie setzte sich auf und sah über die Brüstung. Ob wohl Ivor Schlaf gefunden hatte? Und wie um auf ihre unausgesprochene Frage zu antworten, tauchte hinter dem Schornstein am anderen Ende des Dachs eine weiße Gestalt lautlos hervor – eine Gestalt, die sich im Mondschein als die Ivors erkennen ließ. Beide Arme wie ein Seiltänzer seitlich ausgestreckt, begann er auf dem Firstbalken des Hauses zu gehen. Er schwankte entsetzlich, als er sich balancierend näherte. Sprachlos beobachtete ihn Mary. Vielleicht war er ein Schlafwandler! Wenn er jetzt plötzlich aufwachte! Wenn sie jetzt sprach oder sich auch nur bewegte, konnte das seinen Tod bedeuten. Sie wagte nicht mehr hinzusehen, sondern ließ sich in die Kissen zurücksinken. Mit angespannter Aufmerksamkeit lauschte sie. Es schien ihr eine unendliche lange Zeit, bis sie etwas hörte: Es war ein Trappeln auf den Dachziegeln, dem ein scharrendes Geräusch und ein geflüsterter Fluch folgten. Und plötzlich erschienen Kopf und Schultern Ivors über der Brüstung; es folgte erst das eine, dann das andere Bein. Er stand jetzt auf dem Bleidach. Mary tat so, als ob sie gerade aus dem Schlaf aufschreckte.

»Oh! Was tun Sie denn hier?«

»Ich konnte nicht schlafen, und deshalb kam ich herüber, um zu sehen, ob Sie auch nicht schlafen können. Es wird langweilig, so allein auf einem Turm. Finden Sie nicht?«

Gegen fünf wurde es hell. Langgestreckte schmale Wolken standen wie eine Barriere vorm östlichen Horizont; an den Rändern glühten sie in orangefarbenem Feuer. Der Himmel war fahl und schien Regen anzukünden. Mit dem Klageschrei einer in der Hölle schmachtenden Seele flog ein riesiger Pfau schwerfällig auf und ließ sich auf der Brüstung des Turms nieder. Plötzlich hellwach, fuhren Ivor und Mary hoch.

»Pack ihn!« rief Ivor und sprang auf. »Wir reißen ihm eine Feder aus.« Der erschreckte Pfau lief in sinnloser Verzweiflung auf der Brüstung auf und ab, verneigte sich, nickte, knickste und gluckste; bei jeder Drehung schwang seine lange Schleppe schwerfällig hin und her. Dann erhob er sich mit rauschendem Flügelschlagen in die Luft und segelte mit wiedergewonnener Würde majestätisch zur Erde zurück. Aber eine Trophäe hatte er zurücklassen müssen. Ivor hatte seine Feder, ein langwimpriges Pfauenauge, purpurrot und grün, blau und golden gefärbt. Er reichte sie Mary.

»Eine Engelsfeder«, sagte er.

Einen Augenblick betrachtete Mary die Feder mit ernster Aufmerksamkeit. Ihr roter Schlafanzug umhüllte sie so lose, daß er die Linien ihres Körpers verbarg; sie sah wie ein großes anheimelndes Spielzeug aus, wie etwas aus einem Stück, eine Art Teddybär – aber ein Teddybär mit einem Engelskopf, mit Rosenwangen und Haaren wie eine goldene Glocke. Ein Engelsgesicht und die Feder von

einem Engelsflügel... Irgendwie war die ganze Atmosphäre dieses Sonnenaufgangs ziemlich engelhaft.
»Es hat schon etwas Phantastisches, wenn man an die natürliche Zuchtwahl denkt«, sagte sie schließlich, von der Wunderfeder aufblickend.
»Phantastisch!« bestätigte Ivor. »Ich wähle dich, und du wählst mich. Was für ein Glück!«
Er legte den Arm um ihre Schulter, und zusammen blickten sie nach Osten. Schon das erste Sonnenlicht brachte etwas Wärme und Farbe in das bleiche Licht der Morgendämmerung. Ein rotvioletter und ein weißer Pyjama, sie waren ein junges bezauberndes Paar. Die höher steigende Sonne traf ihre Gesichter. Es war alles außerordentlich symbolisch, aber letzten Endes, wenn man es recht bedachte, gab es nichts in der Welt, was nicht symbolisch war. Das war eine wunderbare und tiefe Wahrheit.
»Ich muß jetzt auf meinen Turm zurück«, sagte Ivor schließlich.
»Jetzt schon?«
»Ich fürchte, ja. Das Schloßpersonal wird bald auf den Beinen sein.«
»Ivor...« Es folgte ein langer und stummer Abschied.
»Und jetzt«, sagte Ivor, »trete ich noch einmal in meiner Seiltänzernummer auf.«
Mary warf ihm die Arme um den Hals. »Das darfst du nicht, Ivor. Es ist zu gefährlich. Bitte!«
Am Ende mußte er ihren Bitten nachgeben. »Also gut, dann gehe ich durchs Haus und am anderen Ende wieder nach oben.«
Er verschwand durch die Dachluke in der Dunkelheit, die im Hause hinter den geschlossenen Fensterläden noch lauerte. Eine Minute später erschien er auf dem anderen Turm. Er winkte ihr zu und entschwand alsbald ihren

Blicken hinter der Brüstung. Von unten, aus dem Haus, drang das wespenhafte Summen eines Weckers. Er war gerade noch zur rechten Zeit auf seinen Turm zurückgekehrt.

ZWANZIGSTES KAPITEL

Ivor war abgereist. Sich rekelnd hinter der Windschutzscheibe seiner gelben Limousine, jagte er durch das ländliche England. Die dringlichsten gesellschaftlichen und amourösen Verabredungen riefen ihn über das ganze Königreich von einem Landgut zum andern, von Schloß zu Schloß, von einem elisabethanischen Rittergut zu einem georgianischen Landsitz. Heute in Somerset, morgen in Warwickshire, am Samstag in West Riding, am Dienstag morgen in Argyll – Ivor rastete nicht. Den ganzen Sommer über, von Anfang Juli bis Ende September, widmete er sich einem Märtyrer gleich seinen Verpflichtungen. Im Herbst kehrte er nach London zurück, um ein wenig Ferien zu machen. Crome war nur eine kleine Episode gewesen, eine platzende Luftblase auf dem Strom seines Lebens; schon gehörte sie der Vergangenheit an. Zum Tee wollte er in Gobley sein, wo ihn Zenobia lächelnd willkommen heißen würde. Und am Donnerstag früh – aber damit hatte es noch gute Weile. An den Donnerstag Morgen wollte er erst denken, wenn es Donnerstag Morgen war. Inzwischen handelte es sich um Gobley und um Zenobia.

In das Gästebuch von Crome hatte Ivor, wie es bei solchen Gelegenheiten seine Gewohnheit war, ein Gedicht geschrieben. Er hatte es zehn Minuten vor der Abreise meisterlich improvisiert. Denis und Mr. Scogan kamen zusammen vom Hoftor zurück, wo sie dem Scheidenden ein letztes Lebewohl zugerufen hatten, und bemerkten auf dem Schreibtisch in der Halle das aufgeschlagene Gästebuch; die Tinte, mit der Ivor seine Verse hineingeschrieben hatte, war kaum getrocknet. Mr. Scogan las laut vor:

Die Magie jener Könige aus uralter Zeit,
Die einen Zauber um die Schalen der Nacht webten,
Schlummert in der Seele aller Kreatur;
In der blauen See, auf akrokeraunischer Höhe,
In den aurikularen Flügeln des Augen zeigenden Falters
Und in den orgiastischen Visionen des Einsiedlers;
In allem, was singend fliegt und fliegend singt,
Im Regen, im Schmerz, in köstlicher Lust.
Doch weit größere Magie, weit mächtigerer Bann
Verhexten hier meine Seele.
Crome ruft mich mit der Stimme eines Abendläutens
Und spukt in mir wie eine Geister-Nekropole.
Es zerreißt mir das Herz. O grausames Geschick!
Fern von Crome muß meine Seele weinen, ihrer Heimat gedenkend.

»Sehr hübsch, sehr geschmackvoll, sehr taktvoll«, sagte Mr. Scogan, als er zu Ende gelesen hatte. »Das einzige, was mich stört, sind die *aurikularen,* also ohrförmigen Schmetterlingsflügel. Denis, Sie wissen doch aus erster Hand, wie die Phantasie eines Dichters arbeitet; vielleicht können Sie es mir erklären?«

»Nichts einfacher als dies«, antwortete Denis. »*Aurikular* ist ein schönes Wort, und Ivor wollte sagen, daß der Schmetterling *goldene* Flügel hat.«

»Das nenne ich eine lichtvolle Erklärung.«

»Leider ist es so, daß schöne Wörter nicht immer das bedeuten, was sie eigentlich bedeuten sollten. Neulich habe ich zum Beispiel ein ganzes Gedicht damit verdorben, daß das Wort *karminativ* nicht die vermutete Bedeutung hat. ›Karminativ‹ – klingt es nicht wunderbar?«

»Wunderbar«, stimmte ihm Mr. Scogan zu. »Und was bedeutet es?«

»Es ist ein Wort, das ich seit frühester Kindheit in mein Herz geschlossen habe. Wenn ich erkältet war, bekam ich eine nach Zimt schmeckende Medizin. Sie half nicht, war aber auch nicht unangenehm. Sie kam nur in Tropfen aus dem engen Flaschenhals, ein goldener Saft, feurig und scharf. Auf dem Etikett stand eine ganze Liste ihrer guten Eigenschaften, darunter fand sich der Hinweis, daß sie in hohem Grade *karminativ* wirke. Ich war in das Wort verliebt. ›Ist es nicht einfach karminativ?‹ fragte ich mich, wenn ich meine Dosis genommen hatte. Dieses Wort schien mir so wunderbar dieses Gefühl von innerer Wärme, von innerem Feuer zu beschreiben, eines – wie soll ich es ausdrücken? – physischen Wohlbehagens, das der Einnahme meiner Zimtmedizin folgte. Als ich später den Alkohol entdeckte, benannte mir karminativ ein ähnliches, doch edleres, geistigeres Feuer, das der Wein nicht nur im Körper, sondern auch in der Seele entfacht. Die *karminativen* Eigenschaften des Burgunders oder des Rums oder von altem Cognac, von Lacrimae Christi, von Marsala, Aleatico, Porter, Gin, Champagner, Rotwein, jungem Toskaner Wein – ich verglich und klassifizierte sie. Der Marsala war auf samtene, rosige Weise karminativ; Gin dagegen prickelte und erfrischte, während er zugleich wärmte. Ich hatte eine ganze Tabelle von karminativen Werten zusammengestellt. Und nun« – verzweifelt streckte Denis die Hände vor, mit gespreizten Fingern, die Innenseite nach oben gekehrt – »nun weiß ich, was *karminativ* wirklich bedeutet.«

»Und was bedeutet es?« Mr. Scogan wurde ein wenig ungeduldig.

»Karminativ«, sagte Denis und kostete verliebt die Silben, »karminativ ... Ich hatte eine vage Vorstellung, daß es etwas mit dem lateinischen *carmen, carminis* zu tun habe, noch vager dachte ich an *caro, caris* mit seinen Ableitungen wie Karneval und Inkarnat. Karminativ – das erinnerte an Gesang und an den rosigen, warmen Fleischton; es ließ an die Freuden des Karnevals und an die Maskenbälle von Venedig denken. Karminativ – die Wärme, das Leuchten, die innere Reife, das alles lag in diesem Wort. Statt dessen ...«

»Kommen Sie zur Sache, mein lieber Denis«, forderte Mr. Scogan. »Zur Sache!«

»Also, ich schrieb neulich ein Gedicht«, erklärte Denis, »ich schrieb ein Gedicht über die Wirkungen der Liebe.«

»Das haben andere vor Ihnen getan. Sie brauchen sich deswegen nicht zu schämen.«

»Ich brachte darin zum Ausdruck, daß die Wirkungen der Liebe oft denen des Weins gleichen und daß Eros uns so gut wie Bacchus berauschen kann. Die Liebe, zum Beispiel, sei ihrem Wesen nach karminativ, da sie uns ein Gefühl von Wärme, von innerem Feuer gebe.

Und Leidenschaft, karminativ wie Wein ...

schrieb ich. Nicht allein, daß ich den Vers recht wohlklingend fand, er war auch, wie ich mir schmeichelte, von einer ebenso treffenden wie gedrängten Ausdruckskraft.

Es lag alles in dem Wort *karminativ* – da war ein genauer, detaillierter Vordergrund und ein immenser Hintergrund vager Andeutungen und Anspielungen.

Und Leidenschaft, karminativ wie Wein . . .

Ich war nicht unzufrieden mit mir. Doch plötzlich fiel mir ein, daß ich eigentlich dieses Wort noch nie im Wörterbuch nachgeschlagen hatte. Es war sozusagen mit mir zusammen groß geworden, seit den Tagen der Zimtmedizin. Es war mir immer selbstverständlich gewesen. *Karminativ* – für mich war dieses Wort nicht nur voller Bedeutung, es war auch ein phantastisches und raffiniertes Kunstwerk; es war eine ganze Landschaft mit Figuren.

Und Leidenschaft, karminativ wie Wein . . .

Es war das erstemal, daß ich dieses Wort geschrieben hatte, und auf einmal fühlte ich das Bedürfnis, es mir durch die Autorität eines Lexikons bestätigen zu lassen. Ich hatte nur ein kleines englisch-deutsches Wörterbuch zur Hand. Ich schlug es bei C auf – ca, car, carm. Da war es: ›carminative: windtreibend.‹ *Windtreibend!*« wiederholte er. Mr. Scogan lachte. Denis schüttelte den Kopf. »Für mich war es nicht zum Lachen. Für mich war es das Ende eines Kapitels, für mich starb ein Stück Jugend, ging etwas Kostbares verloren. Es waren die Jahre der Kindheit und Unschuld, in denen ich geglaubt hatte, daß ›karminativ‹ – nun eben *karminativ* bedeutete. Und jetzt, während der ganzen mir noch verbleibenden Lebenszeit – vielleicht ein Tag, vielleicht zehn Jahre, vielleicht ein halbes Jahrhundert – weiß ich, daß ›karminativ‹ *windtreibend* bedeutet, *Blähungen beseitigend.*

Plus ne suis ce que j'ai été
Et ne le saurai jamais être.

Und diese Erkenntnis kann uns wohl melancholisch stimmen.«

»Karminativ«, sagte nachdenklich Mr. Scogan.

»Karminativ«, wiederholte Denis, und eine Weile schwiegen beide. »Ich weiß nicht, ob Sie sich vorstellen können, wie sehr ich Wörter liebe«, sagte Denis schließlich. »Sie sind wohl zu sehr nur mit den Dingen und mit Ideen und Menschen beschäftigt, um die ganze Schönheit eines Wortes zu verstehen. Sie reagieren nicht literarisch. Die Vorstellung von Mr. Gladstone, der vierunddreißig Reime auf den Namen Margot sucht, finden Sie vor allem anderen rührend. Die Briefumschläge Mallarmés mit den in Verse gebrachten Adressen lassen Sie kalt, falls Sie nicht gar mitleidig darauf herabsehen. Sie können nicht begreifen, daß die Verse

Apte à ne point te cabrer, hue!
Poste, et j'ajouterai, dia!
Si tu ne fuis onze-bis Rue
Balzac, chez cet Hérédia

ein kleines Wunder sind.«

»Sie haben recht«, sagte Mr. Scogan. »Ich kann es nicht begreifen.«

»Sie spüren nicht die Magie darin?«

»Nein.«

»Das ist der Test auf literarisches Gefühl«, sagte Denis, »das Gespür für Magie, das Gefühl, daß in Worten Macht steckt. Der technische oder verbale Teil der Literatur ist nichts weiter als eine Fortentwicklung der Magie. Das Wort ist die erste und grandioseste Erfindung des Menschen. Mit der Sprache schuf er ein ganz neues Universum. Kein Wunder, daß er Wörter liebte und ihnen

Macht zuschrieb! Mit bestimmten wohlklingenden Worten lockte der Zauberer Kaninchen aus dem leeren Hut und beschwor die Geister der Elemente. Ihre Nachkommen, die Literaten, setzen das Verfahren fort, indem sie ihre verbalen Formeln aneinanderfügen und angesichts des vollendeten Zaubers vor Entzücken und heiliger Scheu erzittern. Kaninchen aus dem leeren Zylinderhut? Nein, ihr Zauber ist von subtilerer Art, denn er weckt Emotionen in leeren Gemütern. Mit ihrer Kunst formuliert, werden die geistlosesten Aussagen ungeheuer bedeutsam. Ich gebe zum Beispiel die Feststellung zum besten: *Black ladders lack bladders.* Ein Satz, der augenscheinlich wahr ist und den eigens zu betonen kaum der Mühe wert wäre, wenn ich mich bei seiner Formulierung anderer Worte bedient hätte wie etwa: *Black fire-escapes have no bladders* oder *Les échelles noires manquent de vessie* oder *Schwarze Leitern haben keine Blase.* Aber da ich die Worte wähle: *Black ladders lack bladders* wird es, bei all seiner Selbstverständlichkeit, bedeutsam, unvergeßlich, bewegend. Die Erschaffung von etwas aus nichts durch die Gewalt des Wortes – was ist das wenn nicht Magie? Und, so möchte ich hinzufügen, was ist es wenn nicht Literatur? Die Hälfte der größten Dichtung der Welt ist einfach: ›Schwarze Leitern haben keine Blase‹, übersetzt in magische Bedeutsamkeit wie ›Black ladders lack bladders.‹ Aber Sie haben keinen Sinn für Worte. Sie tun mir leid.«

»Was Sie brauchen«, sagte Mr. Scogan nachdenklich, »ist ein intellektuelles Karminativum.«

EINUNDZWANZIGSTES KAPITEL

Auf vier steinernen Pilzen stand die kleine Scheune etwa einen dreiviertel Meter über der Wiese. Darunter wuchsen im ewig feuchten Dunkel lange Gräser in üppiger Fülle. Hier im Schatten, in der grünen Feuchte, hatte eine Familie weißer Enten Zuflucht vor der Nachmittagssonne gesucht. Einige standen da und glätteten sich das Gefieder mit den Schnäbeln, während andere, den länglichen Bauch an den Boden gepreßt, im kühlen Gras ruhten, als sei es Wasser. In unregelmäßigen Abständen brachen sie in ein geselliges Geschnatter aus, und ab und zu vollführten sie mit spitzem Schwanz ein brillantes Lisztsches Tremolo. Aber plötzlich wurde ihr heiterer Frieden aufgestört. Ein gewaltiger Stoß erschütterte den hölzernen Fußboden über ihnen; die ganze Scheune erbebte, und kleine Erdbrocken und Holzsplitter regneten auf sie herab. Unter lautem und beständigem Geschnatter stürzten die Enten unter dieser namenlosen Bedrohung hervor und endeten ihre Flucht nicht, bevor sie auf dem Wirtschaftshof in Sicherheit waren.

»Sie dürfen nicht die Nerven verlieren«, sagte Anne. »Da, hören Sie! Sie haben die Enten erschreckt. Die armen Tiere! Aber man braucht sich nicht zu wundern.« Sie saß seitlich auf einem niedrigen Holzstuhl. Ihr rechter Ellenbogen ruhte auf der Rückenlehne, und sie hatte ihre Wange in die Hand gestützt. Der lange schlanke Körper hing in Kurven von träger Anmut im Stuhl. Sie lächelte und sah Gombauld aus halbgeschlossenen Augen an.

»Verdammt nochmal!« sagte Gombauld und stampfte noch einmal mit dem Fuß auf. Er warf ihr hinter der

Staffelei mit dem halbvollendeten Porträt hervor einen zornigen Blick zu.
»Die armen Enten!« wiederholte Anne. Ihr Schnattern war in der Ferne nur noch schwach zu hören, bis es ganz verstummte.
»Sehen Sie nicht ein, daß Sie mir meine Zeit stehlen? Ich kann nicht arbeiten, wenn Sie sich in dieser Weise rekeln. Es lenkt mich ab.«
»Sie würden nicht soviel Zeit verlieren, wenn Sie weniger reden und mit den Füßen aufstampfen und dafür zur Abwechslung einmal malen wollten. Schließlich und endlich, warum rekele ich mich denn, wenn nicht, um gemalt zu werden?«
Gombauld ließ etwas wie ein Knurren hören. »Sie sind schrecklich«, sagte er voller Überzeugung. »Warum lassen Sie mich hierherkommen? Warum wollen Sie, daß ich Ihr Porträt male?«
»Aus dem einfachen Grunde, weil ich Sie gern habe – zumindest wenn Sie guter Laune sind – und weil ich glaube, daß Sie ein guter Maler sind.«
»Aus dem einfachen Grunde« – Gombauld äffte ihre Stimme nach – »daß Sie mich in sich verliebt machen wollen und, wenn ich es bin, das Vergnügen haben können, vor mir davonzulaufen.«
Lachend warf Anne den Kopf zurück. »Sie glauben also, es amüsiert mich, daß ich Ihren Annäherungsversuchen aus dem Wege gehen muß! Typisch Mann! Wenn ihr nur wüßtet, wie plump und scheußlich und lästig Männer sind, die mit einer Frau flirten wollen, die nicht mit ihnen flirten will! Wenn ihr euch nur einmal mit unseren Augen sehen könntet!«
Gombauld ergriff Palette und Pinsel und ging mit einer Art von Wut wieder an die Arbeit. »Wahrscheinlich wer-

den Sie als nächstes behaupten, daß nicht Sie angefangen haben, sondern ich, und daß Sie das unschuldige Opfer waren, das nur still saß und nichts unternahm, was ich als Aufforderung oder Verlockung hätte auffassen können.«

»Wieder typisch Mann!« sagte Anne. »Es ist immer die gleiche alte Geschichte von der Frau, die den Mann in Versuchung führt. Die Frau lockt, bezaubert, verführt, und der Mann, der edle arglose Mann, fällt ihr zum Opfer. Armer Gombauld! Sie werden mir doch nicht mit dieser alten Leier kommen wollen. Es ist so dumm, und ich habe Sie immer für einen Mann von Verstand gehalten.«

»Danke sehr.«

»Seien Sie doch ein bißchen objektiv«, fuhr Anne fort. »Begreifen Sie nicht, daß Sie nur Ihre eigenen Gefühle nach außen projizieren? Das tut ihr Männer immer; es ist so barbarisch naiv. Da reizt eine Frau eure Begierde, und da ihr sie heftig begehrt, beschuldigt ihr sie sogleich, sie wolle euch ködern, bewußt provozieren und verführen. Das ist die Mentalität von Wilden. Genauso gut könnten Sie sagen, daß eine Schüssel Erdbeeren mit Sahne Sie vorsätzlich zur Naschsucht verführe. In neunundneunzig von hundert Fällen ist die Frau so passiv und so unschuldig wie die Erdbeeren mit Sahne.«

»Dann kann ich nur sagen, daß dies der hundertste Fall sein muß«, sagte Gombauld, ohne aufzublicken.

Anne zuckte die Achseln und machte ihren Gefühlen mit einem Seufzer Luft. »Ich bin mir nicht klar darüber, ob Sie eher dumm oder ungezogen sind.«

Nachdem er eine Weile schweigend weitergemalt hatte, nahm Gombauld das Gespräch wieder auf. »Und dann ist da noch Denis. Mit ihm treiben Sie dasselbe Spiel. Warum können Sie diesen unglücklichen jungen Mann nicht in Ruhe lassen?«

In Anne stieg jäher Zorn auf. »Das mit Denis ist vollkommen unwahr«, sagte sie entrüstet. »Ich habe nicht im Traum daran gedacht, mit ihm, wie Sie es so hübsch ausdrücken, dasselbe Spiel zu treiben.« Als sie sich beruhigt hatte, fügte sie in ihrem gewohnten gurrenden Ton und mit ihrem aufreizenden Lächeln hinzu: »Sie sind ja auf einmal dem armen Denis gegenüber sehr fürsorglich geworden.«

»Allerdings«, erwiderte Gombauld so ernst, daß es irgendwie etwas zu feierlich wirkte. »Ich sehe es nicht gern, wenn ein junger Mensch ...«

»... auf den Weg ins Verderben getrieben wird«, vollendete sie den Satz für ihn. »Ich bewundere Ihre Gefühle und – glauben Sie mir – ich teile sie.«

Sie war merkwürdig gereizt durch die Bemerkungen Gombaulds über Denis. Dies war nun zufällig absolut unwahr. Gombauld mochte ein klein wenig Grund für seine Vorwürfe haben, aber Denis – nein, sie hatte niemals mit Denis geflirtet. Der arme Junge! Er war sehr nett. Sie verfiel in nachdenkliches Schweigen.

Gombauld arbeitete wütend weiter. Die Unrast eines unerfüllten Verlangens, die ihn vorher abgelenkt und an der Arbeit gehindert hatte, schien jetzt in fieberhafte Schaffenskraft umgeschlagen zu sein. Es würde, so war er überzeugt, ein diabolisches Porträt werden. Er malte sie in der Pose, die sie spontan bei der ersten Sitzung eingenommen hatte. Seitlich auf dem Stuhl sitzend, den Ellbogen auf die Rückenlehne stützend, doch mit Kopf und Schultern nach vorn gewandt, hatte sie bald eine Haltung lässiger Selbstvergessenheit angenommen. Er hatte die trägen Kurven ihres Körpers betont; die Linien, die er über die Leinwand zog, sackten ab, und die Grazie ihrer Gestalt schien überzugehen in eine Art von Erschlaffungszustand. Die auf dem Knie ruhende Hand war so leblos wie ein Handschuh. Jetzt arbeitete er an ihrem Gesicht. Es nahm auf der Leinwand Gestalt an, puppenhaft in seiner Regelmäßigkeit und Indolenz. Es war das Gesicht Annes – aber so, wie es sein würde, wenn es nicht von dem inneren Licht von Gedanken und Gefühl erhellt wäre. Es war die träge, ausdruckslose Maske, die manchmal ihr Gesicht war. Es war ein unheimlich ähnliches Porträt, und zugleich war es die boshafteste Lüge. Ja, es würde, wenn es fertig war, diabolisch sein; das glaubte er, und er war neugierig, was Anne davon halten würde.

ZWEIUNDZWANZIGSTES KAPITEL

Um seine Ruhe zu haben, hatte sich Denis an diesem Nachmittag früher als sonst in sein Zimmer zurückgezogen. Er wollte arbeiten, aber er war müde, und das erst vor kurzem eingenommene Mittagessen lastete ihm schwer auf Körper und Geist. Der *daemon meridianus*, der Mittagsdämon war über ihm. Er war gelähmt von jener hoffnungslos-stumpfsinnigen Melancholie, die sich nach der Mahlzeit einstellt und die die alten Mönche unter dem Namen *acedia* kannten und fürchteten. Er fühlte sich, mit Ernest Dowson zu sprechen, »ein wenig erschöpft«. Er war in der Stimmung, etwas recht Erlesenes, Zartes und Quietistisches zu schreiben, etwas Elegisches und zugleich auch – wie sollte er es ausdrücken? – etwas Unendliches. Er dachte an Anne und an Liebe ohne Hoffnung. Vielleicht war dies die ideale Art Liebe, die hoffnungslose, die heimliche, die theoretische Spielart der Liebe. In seiner satten und traurigen Stimmung fiel es ihm leicht, das zu glauben. Er begann zu schreiben. Ein eleganter Vierzeiler war ihm bereits aus der Feder geflossen:

Eine schwermütige Liebe, verstohlen wie der Mondstrahl,
Der alle Farben zum Ausbluten bringt
Und leise über eine kaum atmende
Brust oder Hüfte gleitet ...

als seine Aufmerksamkeit durch ein Geräusch von draußen abgelenkt wurde. Er sah vom Fenster aus hinunter. Da gingen sie zusammen, Anne und Gombauld, lachend, im Gespräch miteinander. Sie gingen über den Hof und verschwanden durch das Tor auf der rechten Seite der Mauer. Das war der Weg zur Wiese und zur Scheune; sie saß ihm also wieder Modell. Seine angenehm dämpfende Melancholie löste sich auf in einem Ausbruch heftiger Erregung. Zornig warf er den Vierzeiler in den Papierkorb und lief die Treppe hinunter. »Verstohlen wie der Mondstrahl« – was noch?

In der Halle traf er Mr. Scogan. Der Mann schien geradezu auf der Lauer zu liegen. Denis versuchte, ihm auszuweichen, doch vergebens. Mr. Scogans Auge funkelte wie das des *Ancient Mariner*.

»Nicht so eilig«, sagte er und streckte eine kleine Saurierhand mit spitzen Nägeln aus. »Nicht so schnell. Ich war gerade auf dem Wege zum Garten, um mich ein bißchen zu sonnen. Kommen Sie, wir gehen zusammen.«

Denis ergab sich. Mr. Scogan setzte seinen Hut auf, und

Arm in Arm verließen sie das Haus. Auf dem kurz geschnittenen Rasen der Terrasse spielten Henry Wimbush und Mary mit feierlicher Miene eine Partie Bowls. Die zwei Männer gingen die Eibenallee hinunter. Hier, dachte Denis, war Anne gefallen, hier hatte er sie geküßt, hier – und er errötete noch nachträglich aus Scham bei dieser Erinnerung – hier hatte er versucht, sie zu tragen, und hatte versagt. Das Leben war grausam!

»Der Fehler«, unterbrach Mr. Scogan plötzlich ein längeres Schweigen, »ist, daß ich meinen gesunden Verstand besitze! Das ist der Fehler bei mir, und das wird der Fehler bei Ihnen, mein lieber Denis, sein, wenn Sie alt genug geworden sind, vernünftig oder verrückt zu sein. In einer Welt der Vernünftigen wäre ich ein großer Mann, aber wie die Dinge liegen, bin ich in dieser kurios eingerichteten Welt gar nichts. Praktisch existiere ich überhaupt nicht. Ich bin einfach *Vox et praeterea nihil;* eine Stimme und weiter nichts.«

Denis antwortete ihm nicht, er dachte an anderes. Schließlich, so sagte er sich, sieht Gombauld besser aus als ich; er ist amüsanter und selbstsicherer; außerdem ist er schon jemand, während ich einstweilen nur potentiell existiere ...

»Alles, was in dieser Welt je zustande gebracht wurde, war das Werk Verrückter«, fuhr Mr. Scogan fort. Obwohl Denis versuchte, nicht zuzuhören, erzwang die Beharrlichkeit, mit der Mr. Scogan sprach, doch allmählich seine Aufmerksamkeit. »Menschen wie ich – und wie Sie es möglicherweise einmal sein werden – haben noch nie etwas vollbracht. Wir sind zu normal, wir sind nur vernünftig. Uns fehlt die Spur Menschlichkeit, die durch ihren Enthusiasmus unwiderstehliche Besessenheit. Natürlich hört man dem Philosophen zu, um sich von ihm ein wenig unterhalten zu lassen, wie man einem Musikanten und Jahrmarktskünstler zuhört. Doch dem Rat eines Weisen folgen? Niemals. Wann immer die Welt sich zwischen dem Mann der Vernunft und dem Mann des Wahnsinns zu entscheiden hatte, folgte sie ohne Zögern dem Wahnsinnigen. Denn er wendet sich ans Elementare – an Leidenschaften und Instinkte; der Philosoph dagegen ans Zutageliegende und Überflüssige – die Vernunft.«

Sie betraten den Garten. Am Ende einer der Alleen stand eine grüne Holzbank wie inmitten einer Bucht, die in einen duftenden Kontinent von Lavendelsträuchern eingebettet war. Mr. Scogan entschied sich für diesen Platz, obwohl er keinen Schatten bot und man statt Luft nur den heißen trockenen Duft atmete. Aber die pralle Sonne war sein Element.

»Nehmen Sie als ein Beispiel Luther und Erasmus.« Er holte seine Pfeife aus der Tasche und begann sie, während er sprach, zu füllen. »Da war also Erasmus, ein Mann der Vernunft, wenn es je einen gegeben hat. Zunächst hörte man auf ihn – auf diesen neuen Virtuosen des anmutigen, an Möglichkeiten reichen Instruments, des Intellekts; ja, man bewunderte und verehrte ihn. Aber brachte er sie auch dazu, sich zu verhalten, wie er es wünschte, nämlich vernünftig und anständig oder wenigstens nicht ganz so gemein wie üblich? Nein, das schaffte er nicht. Und nun erscheint Luther, voll ungestümer Leidenschaft, ein Besessener mit Überzeugungen auf einem Gebiet, auf dem es gar keine Überzeugungen geben kann. Er brüllte, und sogleich folgten ihm die Menschen. Auf Erasmus hörte man nicht mehr; er wurde wegen seiner Vernünftigkeit geschmäht. Luther war ernst, seriös, war Wirklichkeit – so wie der Weltkrieg. Erasmus war nur Vernunft und Anstand, und da er ein Weiser war, hatte er nicht die Macht, die Menschen zur Aktion zu bewegen. Europa aber folgte Luther auf dem Wege in die nächsten anderthalb Jahrhunderte mit Kriegen und blutigen Verfolgungen. Es ist eine traurige Geschichte.« Mr. Scogan entzündete ein Streichholz. In der grellen Sonne war die Flamme fast unsichtbar. Der Geruch von brennendem Tabak begann sich mit dem süßlich herben Lavendelduft zu mischen.

»Wenn Sie die Menschen zu vernünftigem Handeln bewegen wollen, brauchen Sie dazu die Methoden eines Wahnsinnigen. Die durchaus vernünftigen Lehren der Religionsstifter wurden mit Methoden der Verzückung und Schwärmerei durchgesetzt, die auf einen Mann von gesundem Verstand nur peinlich wirken können. Es ist beschämend zu sehen, wie ohnmächtig die reine Vernunft ist. Zum Beispiel sagt uns die Vernunft, daß wir die Zivilisation nur bewahren können, indem wir uns anständig und intelligent verhalten. Die Vernunft appelliert und argumentiert, aber unsere Regierungen bleiben bei ihren schlechten Gewohnheiten, während wir zu allem ja und amen sagen und gehorchen. Die einzige Hoffnung ist ein Kreuzzug der Besessenheit. Ich bin bereit, wenn er kommt, zusammen mit den Lautesten die Trommel zu schlagen, aber zugleich würde ich mich dessen auch ein wenig schämen. Doch es ist sinnlos«, Mr. Scogan zuckte, die Pfeife in der Hand, resigniert mit den Schultern, »es ist sinnlos, sich darüber zu beklagen, daß die Welt so ist, wie sie ist. Tatsache bleibt, daß die Vernunft ohne Beistand nichts ausrichtet. Wir brauchen die vernünftige Ausnützung der Kräfte der Unvernunft. Am Ende werden wir Männer der Vernunft doch noch an die Macht kommen.« Die Augen Mr. Scogans strahlten in unnatürlichem Glanz, als er die Pfeife aus dem Mund nahm und in ein lautes, trockenes und irgendwie satanisches Gelächter ausbrach.

»Aber ich will keine Macht«, sagte Denis. Schlaff und ein wenig unglücklich saß er an einem Ende der Bank und schützte mit der Hand seine Augen vor dem unerträglich grellen Licht. Mr. Scogan, kerzengerade am anderen Ende, lachte noch einmal.

»Jeder will Macht«, sagte er. »Macht in der einen oder anderen Form. Die Macht, nach der Sie verlangen, ist die literarische Macht. Manche Menschen erstreben die Macht, andere Menschen zu verfolgen. *Sie* denken bei Ihrem Machtstreben an die Verfolgung von Worten. Sie drehen und drechseln sie, formen und zwingen sie, Ihnen zu gehorchen. Aber ich schweife ab.«

»Wirklich?« fragte Denis zaghaft.

»Ja«, fuhr Mr. Scogan fort, ohne auf den Einwurf zu achten, »die Zeit wird kommen. Wir Männer der Intelligenz werden lernen, den Wahnsinn der Vernunft nutzbar zu machen. Wir dürfen die Welt nicht länger der Herrschaft des Zufalls überlassen. Wir dürfen es nicht mehr zulassen, daß gefährliche Wahnsinnige wie Luther, der in Dogmen vernarrt war, oder Napoleon, der in sich selbst vernarrt war, wieder einmal auftauchen und die Welt auf den Kopf stellen. In der Vergangenheit spielte das noch keine so große Rolle, aber der Mechanismus des modernen Lebens ist zu empfindlich. Noch ein paar Erschütterungen wie dieser Weltkrieg, noch ein oder zwei Luther, und das Ganze bricht zusammen. In Zukunft müssen die Männer der Vernunft dafür sorgen, daß der Wahnsinn in die richtige Bahn gelenkt wird, das heißt, daß er dazu verwendet wird, nützliche Arbeit zu leisten, so wie ein Sturzbach im Gebirge einen Dynamo treibt ...«

»... und ein Schweizer Hotel mit elektrischem Strom versorgt«, sagte Denis. »Sie sollten Ihren Vergleich zu Ende führen.«

Mr. Scogan überging die Unterbrechung. »Es gibt nur eins zu tun. Die Männer der Intelligenz müssen sich verbünden und verschwören, um den Schwach- und Wahnsinnigen, die uns jetzt regieren, die Macht zu entreißen. Sie müssen den Vernunftstaat gründen.«

Die Hitze, die die geistigen und physischen Fähigkeiten Denis' allmählich lähmte, schien Mr. Scogan zusätzlich Vitalität zu verleihen. Er sprach mit ständig wachsender Energie, seine Hände beschrieben entschiedene, rasche und präzise Gesten, und seine Augen leuchteten. Streng, trocken und unermüdlich dröhnte seine Stimme Denis mit der Beharrlichkeit eines mechanisch erzeugten Geräuschs in den Ohren.

»In dem Vernunftstaat«, hörte er Mr. Scogan sagen, »wird es eine Unterteilung in Gruppen geben, aber nicht Augenfarbe oder Schädelform werden kennzeichnend für diese Gruppen sein, sondern die geistigen und charakterlichen Eigenschaften ihrer Mitglieder. Geschulte Psychologen von einem Scharfsinn, den man heute nur als übermenschlich empfinden würde, werden jedes Kind testen und seiner Gruppe zuweisen. Ordnungsgemäß registriert und ausgewiesen, empfängt es die für seine Spezies geeignete Erziehung und wird, erwachsen, mit Funktionen betraut, wie sie die Menschen seiner Art auszuüben befähigt sind.«

»Wie viele Arten wird es denn geben?« fragte Denis.

»Eine ansehnliche Zahl, zweifellos«, antwortete Mr. Scogan. »Die Klassifizierung wird sehr sorgfältig und subtil zu handhaben sein. Aber auf Einzelheiten einzugehen ist dem Propheten nicht gegeben. Es ist auch nicht seine Aufgabe. Ich will nur die drei großen Gruppen nennen, in die die Untertanen des Vernunftstaates einzuteilen sind.«

Er hielt inne, räusperte sich und hüstelte ein paarmal, womit er in Denis die Vorstellung von einem Tisch mit einem Glas und einer Wasserkaraffe hervorrief, nicht zu vergessen den langen weißen Zeigestock für die Lichtbilder, der quer über der Tischecke lag.

»Die drei Hauptarten«, fuhr Mr. Scogan fort, »werden die folgenden sein: die führenden Männer der Intelligenz, die Männer des Glaubens und die Herde. Unter den Intelligenzen wird man alle diejenigen finden, die fähig sind zu denken, und die sich ein gewisses Maß an Freiheit – und wie begrenzt ist dieses Maß selbst bei den Intelligentesten! – von der geistigen Sklaverei ihrer Zeit zu sichern wissen. Eine ausgewählte Gruppe von Intelligenzen, die sich speziell für die Probleme des praktischen Lebens interessieren, stellt die Regierung des Vernunftstaates. Sie wiederum benutzt als ihr Machtinstrument die zweite Hauptgruppe der Menschheit – die Männer des Glaubens oder, wie ich sie genannt habe, die Wahnsinnigen, die ohne Vernunft, aber mit Leidenschaft an etwas glauben und die bereit sind, für diesen Glauben und ihre Ziele zu sterben. Diesen Wilden wird es nicht länger erlaubt sein, mit ihrem gewaltigen Vorrat an guten wie bösen Möglichkeiten auf eine beliebige Situation unberechenbar zu reagieren. Es wird keinen Cesare Borgia mehr geben, keinen neuen Luther, keinen Mohammed, keine Joanna Southcott und keinen Anthony Comstock mehr. Der altmodische Mann des Glaubens und der Ideale, dieses Geschöpf des dummen Zufalls, das Menschen zu Tränen und Buße bewegen, sie aber ebensogut dazu bringen kann, sich gegenseitig umzubringen, wird abgelöst durch einen neuen Typ des ›Wahnsinnigen‹, äußerlich noch immer der gleiche, übersprudelnd von scheinbar spontaner Begeisterung, doch in Wahrheit durchaus anders funktionierend. Der neue ›Gläubige‹ setzt seine Leidenschaft, Sehnsucht und Begeisterung für die Verbreitung einer vernünftigen Idee ein. Nichtsahnend wird er das Werkzeug einer höheren Intelligenz.«

Mr. Scogan lachte boshaft in sich hinein. Er schien sich im Namen der Vernunft an den Enthusiasten rächen zu wollen. »Von frühester Kindheit an, das heißt, sobald die Psychologen ihnen ihren Platz innerhalb der Gruppenordnung angewiesen haben, genießen die ›Gläubigen‹ eine besondere, von den ›Intelligenzen‹ beaufsichtigte Erziehung. Geformt in einem langen Prozeß psychologischer Beeinflussung, werden sie in die Welt hinausgehen und mit hochherziger Besessenheit die kalter Überlegung ihrer Oberen entsprungenen Projekte predigen und in die Tat umsetzen. Sobald diese Pläne verwirklicht sind, oder wenn Ideen, ein Jahrzehnt zuvor noch sinnvoll, dies nicht länger sind, werden die ›Intelligenzen‹ einer neuen Generation von ›Besessenen‹ eine neue ewige Wahrheit einimpfen. Die Hauptaufgabe dieser ›Gläubigen‹ wird es sein, die breite Masse zu bewegen und zu lenken, diese dritte Hauptgruppe, aus den ungezählten Millionen bestehend, denen es sowohl an Intelligenz als auch an verwertbarem Enthusiasmus fehlt. Immer wenn eine besondere Anstrengung der Herde erforderlich wird, wenn man es um der Solidarität willen für nötig hält, die Herzen der Menschen zu entflammen und sie im Zeichen einer Idee, eines begeisternden Ziels, zu einen, wird man die ›Gläubigen‹ mit einem einfachen und überzeugenden Glaubensbekenntnis als die Missionare des neuen Glaubens aussenden. In gewöhnlichen Zeiten dagegen, wenn das überhitzte geistige Klima eines Kreuzzuges nur von

Schaden wäre, werden sich die ›Gläubigen‹ still und gewissenhaft dem großen Werk der Erziehung widmen. Bei der Erziehung der großen Herde wird man die fast unbegrenzte Beeinflußbarkeit der Massen wissenschaftlich ausnutzen. Von frühester Kindheit an wird ihnen systematisch eingeprägt werden, daß es außer in der Arbeit und im Gehorsam kein Glück gibt. Man wird sie davon überzeugen, daß sie glücklich, daß sie unerhört wichtig sind und daß alles, was sie tun, edel und bedeutend ist. Für diese niedere Spezies wird die Erde wieder zum Mittelpunkt des Universums erklärt und dem Menschen der absolute Vorrang auf der Erde zuerkannt. Wie beneide ich das Schicksal der einfachen Leute im Vernunftstaat! Sie arbeiten nicht mehr als acht Stunden am Tage, gehorchen ihren Vorgesetzten und sind von ihrer Vorzüglichkeit, ihrer Bedeutung und ihrer Unsterblichkeit überzeugt – und sie sind dabei über alle Maßen glücklich, glücklicher, als es je eine menschliche Rasse war. Sie gehen in einem angenehmen Rauschzustand durchs Leben, aus dem sie nie erwachen. Die Männer des Glaubens aber werden die Mundschenken bei diesem ein Leben lang währenden Bacchanal sein, die immer wieder den Becher mit dem Trank füllen, den die ›Intelligenzen‹ in nüchterner und trauriger Abgeschiedenheit hinter den Kulissen zur Berauschung ihrer Untertanen brauen.«

»Und wo wird mein Platz in diesem Vernunftstaat sein?« erkundigte sich Denis schläfrig unter dem Schattenschirm seiner Hand hervor.

Mr. Scogan musterte ihn einen Augenblick schweigend. »Es ist nicht leicht zu sagen, wo Sie da hineinpassen«, sagte er schließlich. »Für manuelle Tätigkeit sind Sie nicht geeignet; um zur großen Herde zu gehören, sind Sie zu unabhängig und unbeeinflußbar; von den Eigenschaften, die für einen Mann des Glaubens erforderlich sind, besitzen Sie keine. Was aber die ›Führenden Intelligenzen‹ betrifft, so müssen sie wunderbar klar, unbarmherzig und durchdringend sein.« Er schüttelte den Kopf. »Nein, ich sehe keinen Platz für Sie, außer der Gaskammer.«

Tief gekränkt stieß Denis ein ebenso falsches wie lautes homerisches Gelächter aus. »Ich hole mir hier einen Sonnenstich«, erklärte er und stand auf.

Mr. Scogan folgte ihm. Langsam gingen sie den schmalen Weg hinab und streiften im Vorbeigehen die blauen Lavendelblüten. Denis riß einen Zweig ab und roch daran. Dann pflückte er ein paar dunkle Rosmarinblätter, die wie Weihrauch in einer Katakombe rochen. Sie kamen an einem Beet von abgeblühtem Schlafmohn vorbei; die runden reifen Samenkapseln waren braun und trocken – wie polynesische Trophäen, dachte Denis, abgetrennte Köpfe, auf Pfähle gesteckt. Ihm gefiel der Vergleich so gut, daß er ihn Mr. Scogan mitteilte.

»Wie polynesische Trophäen ...« Laut ausgesprochen schien ihm der Vergleich nicht mehr ganz so reizvoll und bedeutend wie zuvor, als er ihm in den Sinn gekommen war.

Sie schwiegen. Gleich einer heranbrandenden Welle schwoll das Surren der Mähmaschinen von den Feldern hinter dem Garten her an und ebbte wieder ab zu einem immer weiter entfernten Summen.

»Es ist eine erfreuliche Vorstellung«, bemerkte Mr. Scogan, während sie langsam weitergingen, »daß sich eine große Zahl von Menschen auf dem Felde mit der Ernte plagt, damit wir über Polynesien sprechen können. Wie für alle guten Dinge in dieser Welt, muß auch für Muße und Kultur ein Preis gezahlt werden. Glücklicherweise müssen ihn nicht die bezahlen, die über Muße und Kultur verfügen. Dafür wollen wir gebührend dankbar sein, mein lieber Denis, ja, gebührend dankbar«, wiederholte er, während er seine Pfeife ausklopfte.

Denis hörte ihm nicht mehr zu. Er hatte plötzlich an Anne denken müssen. Sie war mit Gombauld zusammen, mit ihm allein in seinem Atelier. Der Gedanke war ihm unerträglich.

»Wollen wir einmal bei Gombauld hereinschauen?« schlug er wie beiläufig vor. »Es wäre amüsant zu sehen, was er gerade macht.«

Innerlich lachte er bei der Vorstellung, wie wütend Gombauld sein würde, wenn er sie beide kommen sah.

DREIUNDZWANZIGSTES KAPITEL

Gombauld war bei ihrem Erscheinen keineswegs so wütend, wie Denis es erwartet – und gehofft hatte. Er war sogar eher erfreut als ärgerlich, als die beiden Gesichter – das eine braun und spitz, das andere rund und blaß – im Türrahmen erschienen. Der seiner Gereiztheit entsprungene Arbeitseifer war verflogen und hatte wieder den Gefühlen Platz gemacht, aus denen er entstanden war. Schon im nächsten Augenblick hätte er wieder die Geduld verloren – und Anne hätte die ihre zu seiner Erbitterung behalten. Ja, er war ausgesprochen froh, als er die beiden kommen sah.

»Herein, nur herein«, rief er ihnen freundlich zu.

Gefolgt von Mr. Scogan, kletterte Denis die kleine Leiter

hinauf und trat über die Schwelle. Argwöhnisch blickte er von Gombauld auf dessen Modell, aber der Ausdruck ihrer Gesichter verriet ihm nichts anderes, als daß sie sich über den Besuch zu freuen schienen. Waren sie wirklich froh, oder war diese Freude nur eine listige Täuschung? Mr. Scogan betrachtete indessen das Porträt.

»Ausgezeichnet«, stellte er zustimmend fest, »vorzüglich. Fast zu gut getroffen, wenn das möglich ist. Ja, es ist entschieden zu echt. Aber es überrascht mich, daß Sie so psychologisch arbeiten.« Er wies auf das Gesicht und folgte mit dem ausgestreckten Finger den trägen Kurven der Gestalt auf der Leinwand. »Ich glaubte, Sie gehörten zu denen, die es ausschließlich mit ausgewogenen Massen und gegeneinandergesetzten Flächen halten.«

Gombauld lachte. »Das hier ist ein kleiner Seitensprung«, sagte er.

»Ich bedaure«, sagte Mr. Scogan, »aber was mich betrifft, so habe ich immer – ohne das leiseste Kunstverständnis zu besitzen – eine Vorliebe für den Kubismus gehabt. Ich sehe gern ein Bild, aus dem die Natur vollkommen verbannt ist, ein Bild, das ausschließlich ein Erzeugnis des menschlichen Geistes ist. Es schenkt mir das gleiche Vergnügen wie ein schlüssiger Gedankengang oder ein mathematisches Problem oder eine bedeutende technische Leistung. Die Natur oder alles, was mich an sie erinnert, stört mich; sie ist zu groß, zu verwickelt, vor allem vollkommen witzlos und unverständlich. Ich kenne mich aus in den Werken des menschlichen Geistes; wenn ich mich entschließe, meine Gedanken darauf zu konzentrieren, kann ich alles verstehen, was von Menschen getan oder gedacht worden ist. Deswegen fahre ich, wenn ich es irgendwie einrichten kann, immer mit der U-Bahn und nie mit dem Bus. Denn im Bus kann man selbst in London nicht umhin, ein paar Werke Gottes zu sehen – zum Beispiel den Himmel und hin und wieder einen Baum oder die Blumen in einem Fensterkasten. Aber nehmen Sie die U-Bahn und Sie sehen nichts außer Werken des menschlichen Geistes – Eisen, zu geometrischen Formen gefügt, gerade Betonstrecken, gekachelte Wände. Alles Menschenwerk, das Produkt eines freundlichen und verständlichen Geistes. Und was sind alle Philosophien und Religionen anderes als geistige U-Bahntunnel, durch das Universum gebohrt! Durch einen solchen engen Tunnel, in dem alles erkennbar menschlich ist, reist man sicher und bequem und kann vergessen, daß um ihn herum, über und unter ihm sich überall endlos und unerforscht die tote Erde erstreckt. Da lobe ich mir die U-Bahn und den Kubismus, da halte ich es mit den Ideen, so ordentlich und sauber, so einfach und gut gemacht. Und der Himmel bewahre mich vor der Natur, vor allem, was groß und verwickelt und unklar ist. Ich habe nicht den Mut und vor allem nicht die Zeit, in diesem Labyrinth umherzuirren.«

Während Mr. Scogan so dozierte, war Denis bis zur anderen Seite des kleinen quadratischen Raums gegangen, wo Anne noch immer in anmutig-träger Pose auf dem niedrigen Stuhl saß.

»Nun?« fragte er, mit fast grimmigem Blick. Wonach wollte er sie eigentlich fragen? Er wußte es selbst kaum.

Anne blickte auf und wiederholte nur statt aller Antwort: »Nun?«, nur in einem anderen, heiteren Ton.

Denis wußte im Augenblick nichts weiter zu sagen. Zwei oder drei Bilder standen in der Ecke hinter Annes Stuhl, mit der bemalten Seite zur Wand. Er zog sie hervor und betrachtete sie.

»Darf ich sie auch sehen?« bat Anne.

Er stellte sie in einer Reihe an die Wand. Anne mußte

sich, um sie zu sehen, auf dem Stuhl umdrehen. Da war das große Bild von dem Mann, der vom Pferd gestürzt war; da ein Stilleben und da eine kleine Landschaft. Die Hände auf die Stuhllehne gestützt, beugte sich Denis über Anne. Hinter der Staffelei auf der Seite gegenüber hörte man noch immer die Stimme Mr. Scogans. Eine lange Weile sahen sie sich schweigend die Bilder an; oder, besser gesagt, Anne sah sie an, während Denis hauptsächlich Augen nur für Anne hatte.

»Mir gefällt das Bild mit dem Mann und dem Pferd gut«, sagte sie schließlich. »Ihnen auch?« Mit einem fragenden Lächeln sah sie zu ihm auf.

Denis nickte, und dann sagte er, mit merkwürdiger, wie erstickter Stimme, als koste es ihn eine große Anstrengung, die Worte herauszubringen: »Ich liebe Sie.«

Dies war eine Bemerkung, die Anne schon recht oft zu hören bekommen hatte, und im allgemeinen hatte sie sie mit Gleichmut aufgenommen. Doch bei dieser Gelegenheit rief sie in ihr – vielleicht, weil sie so unerwartet gekommen war, vielleicht auch aus irgendeinem anderen Grunde – einen Zustand von Rührung und Überraschung hervor.

»Mein armer Denis«, brachte sie schließlich mit einem Lachen hervor. Aber sie war dabei errötet.

VIERUNDZWANZIGSTES KAPITEL

Es war Mittag. Als Denis aus seinem Zimmer herunterkam – er hatte den erfolglosen Versuch unternommen, irgend etwas über nichts Bestimmtes zu schreiben –, fand er den Salon leer. Schon war er im Begriff, in den Garten zu gehen, als sein Blick auf einen ihm wohlbekannten und doch so geheimnisvollen Gegenstand fiel: auf das große rote Notizbuch, in dem er Jenny so oft still und emsig hatte kritzeln sehen. Sie hatte es auf der Fensterbank liegenlassen. Die Versuchung war groß. Er nahm das Buch in die Hand und streifte das Gummiband ab, mit dem es diskret verschlossen war.

»Geheim! Nicht öffnen!« stand in großen Buchstaben auf dem Deckel. Er zog die Augenbrauen hoch. Derlei schrieb man in sein Lateinbuch, als man noch in der Schule war.

Dieses Buch, das ist mir lieb,
Wer es stiehlt, der ist ein Dieb!

Sonderbar kindlich, mußte er denken und lächelte in sich hinein. Er schlug das Buch auf. Doch was er da sah, ließ ihn wie unter einem Schlag zusammenzucken.

Denis war selbst sein schärfster Kritiker; jedenfalls hatte er das bis jetzt geglaubt. Er sah sich gern als einen Mann, der sich selbst unbarmherzig vivisezierte und der alle Zuckungen und Regungen seiner Seele gleichsam mit der Sonde untersuchte; er kannte keine Nachsicht mit sich selbst, und niemand kannte besser als er die eigenen Schwächen und Torheiten. Ja, in gewisser Weise glaubte er, daß außer ihm sie niemand kannte. Irgendwie war es ihm unvorstellbar, daß andere Menschen ihn so sehen

könnten, wie er sie, die anderen, sah; unvorstellbar, daß sie unter sich in derselben freimütig-kritischen und, um ehrlich zu sein, leise boshaften Weise von ihm sprachen, in der er gewohnt war, über sie zu sprechen. In seinen Augen hatte er seine Schwächen, aber sie zu sehen war allein sein Privileg. Für alle andern war er gewiß ein Inbegriff kristallener Makellosigkeit. Dies war ein Axiom.
Aber als er das rote Notizbuch aufschlug, stürzte das makellose Bild, das er von sich hatte, zu Boden und zersplitterte für immer. Er war also nicht sein schärfster Kritiker gewesen, und das war eine schmerzliche Entdeckung.
Das Resultat der verstohlenen Kritzeleien Jennys lag vor ihm. Da war eine Karikatur von ihm, lesend (das Buch hielt er verkehrt herum). Im Hintergrund ein tanzendes Paar, als Gombauld und Anne zu erkennen. Darunter stand: »Die Fabel vom Mauerblümchen und den sauren Trauben«. Fasziniert und empört zugleich vertiefte sich Denis in die Zeichnung. Sie war ein Meisterwerk. Ein stummer und böser Rouveyre sprach aus jeder dieser grausam klaren Linien. Der Ausdruck seines Gesichts, die angenommene Zurückhaltung und Überlegenheit, nur durch einen schwächlichen Neid gedämpft, seine Haltung, von einer angestrengt-gelehrtenhaften Würde, die doch Lügen gestraft wurde durch eine gewisse, seine Nervosität verratende Stellung der einwärts gebogenen Füße – das alles war schrecklich. Aber das Schrecklichste war, daß es so treffend war dank dieser meisterhaften Sicherheit, mit der sie seine physischen Besonderheiten wiedergegeben und subtil übertrieben hatte.
Denis blätterte weiter. Da waren noch mehr Karikaturen – von Priscilla und Mr. Barbecue-Smith; von Henry Wimbush, Anne und Gombauld; von Mr. Scogan, dem Jenny entschieden etwas mehr als nur einen »undurchsich-

tigen Charakter« mitgegeben hatte – er machte einen geradezu diabolischen Eindruck –, und schließlich von Mary und Ivor. Aber er warf kaum einen Blick auf sie. Er brannte nur darauf, das Schlimmste über sich zu erfahren. So blätterte er die Seiten um, bei keiner länger verweilend, die nicht ihn selbst zeigte. Sieben volle Seiten waren ihm gewidmet.

»Geheim! Nicht öffnen!« Er hatte das strenge Gebot mißachtet und nur bekommen, was er verdiente. Nachdenklich schlug er das Buch wieder zu und streifte das Gummiband darüber. Trauriger, aber um eine Erfahrung bereichert, ging er auf die Terrasse. Damit also verbrachte Jenny ihre Mußestunden in der Abgeschiedenheit ihres elfenbeinernen Turms. Und er hatte sie für ein schlichtes Gemüt, für ein unkritisches Geschöpf gehalten! Aber der Narr, so schien ihm, war er gewesen. Gegen Jenny empfand er keinen Groll. Nein, um Jenny selbst ging es nicht, sondern um das, was sie und ihr rotes Skizzenbuch bedeuteten, was sie repräsentierten und konkret versinnbildlichten. Sie vertraten die ganze weite bewußte Welt der Menschen außerhalb seines Ichs; sie symbolisierten etwas, woran er in seiner intellektuellen Einsamkeit nicht gern glaubte. Er konnte auf dem Piccadilly Circus stehen und beobachten, wie sich die Menge langsam fortbewegte, und doch glauben, unter all diesen Tausenden das einzige voll bewußte, intelligente Individuum zu sein. Irgendwie hielt er es für unmöglich, daß andere Menschen auf ihre Weise genauso kompliziert beschaffene und vollkommene Wesen sein könnten, wie er es auf seine Weise war. Unmöglich – und doch machte er immer wieder seine schmerzlichen Entdeckungen über die äußere Welt und die unleugbare Realität ihrer Bewußtheit und Intelligenz. Das rote Skizzenbuch war eine solche Entdeckung, gleich-

sam eine Fußspur im Sand. Sie räumte jeden Zweifel darüber aus, ob die äußere Welt tatsächlich existiere.
Auf der Brüstung der Terrasse sitzend, grübelte er über diese unangenehme Wahrheit nach. Sie beschäftigte ihn auch noch, als er sinnend zum Teich hinunterging. Ein Pfau und seine Henne schleppten ihren schäbigen Staat über den unteren Rasen. Was für abscheuliche Vögel! Ihre dicken, am Ansatz widerlich feisten Hälse verjüngten sich nach oben, aufsteigend zu der grauenhaften Hohlheit der hirnlosen Köpfe mit den flachen Augen und scharfen Schnäbeln. Die Fabeldichter hatten gut daran getan, fand er, wenn sie ihre Traktate über die menschliche Moral am Beispiel der Tiere erläuterten. Tiere gleichen Menschen mit der ganzen Wahrheit einer Karikatur. (Das rote Skizzenbuch!) Er warf ein Stück Holz nach den langsam schreitenden Vögeln. Sie liefen darauf zu, im Glauben, es wäre etwas zu essen.
Er ging weiter. Der tiefe Schatten einer Stechpalme verschluckte ihn. Wie ein großer Polyp aus Holz streckte sie ihre langen Arme nach allen Richtungen aus.

> Unter den weit ausgreifenden Zweigen
> der Stechpalme ...

Er versuchte sich zu erinnern, von wem das Gedicht war, aber er kam nicht darauf.

> Der Schmied, der ist ein starker Mann,
> Mit Armen wie aus Gummi.

Ganz wie seine eigenen. Er müßte wohl einen Anlauf nehmen und seine gymnastischen Übungen wieder etwas regelmäßiger durchführen.

Er tauchte aus dem Schatten auf in hellen Sonnenschein. Vor ihm lag der Teich; in seinem bronzenen Spiegel gab er das Blau und die verschiedenen Grüntöne dieses Sommertags wieder. Beim Anblick des Teichs mußte er an die nackten Arme Annes denken und an ihren sich glatt an den Körper schmiegenden Badeanzug, und er meinte zu sehen, wie sie die Knie und Füße bewegte.

Und Klein-Luce mit den weißen Beinen,
Und der munter hüpfende Berber . . .

Ach, diese Späne und Splitter von dem, was andere gemacht hatten! Würde er jemals seinen Kopf sein eigen nennen dürfen? Gab es darin wirklich etwas, was wahrhaft er selbst war, oder war alles nur Bildungsgut und Lesefrucht?

Langsam ging er um das Ufer des Teichs herum. In einer von Eiben umstandenen Einbuchtung des Parks bemerkte er Mary, die dort sinnend mit dem Rücken an den Sockel einer Statue gelehnt saß, einer Statue übrigens, die eine erheiternd komische Version der Mediceischen Venus war, wohl von einem namenlosen Steinmetzen des Seicento ausgeführt.

»Hallo, Mary«, grüßte er, da er zu nahe an ihr vorbeikam, um grußlos weiterzugehen.

Mary blickte auf. Ihr »Hallo« klang melancholisch und nicht sehr interessiert.

In dieser aus der dunklen Baumgruppe herausgehauenen Parknische erschien Denis die Atmosphäre angenehm elegisch. Er setzte sich neben Mary in den Schatten der schamhaften Göttin. Beide schwiegen.

Heute morgen hatte Mary beim Frühstück auf ihrem Teller eine Ansichtskarte von Gobley Great Park vorgefunden. Ein imposantes georgianisches Gebäude mit einer Fassade von sechzehn Fenstern; Blumenbeete im Vordergrund; riesige glatte Rasenflächen, die rechts und links aus dem Bild zurückzuweichen schienen. Noch zehn schwere Jahre, und Gobley wird, wie alle übrigen Herrensitze, verlassen und halbverfallen sein. Fünfzig Jahre später, und die alten Wahrzeichen werden aus der Landschaft verschwunden sein. Sie werden genauso verschwunden sein wie vor ihnen die Klöster. Doch nicht diese Erwägungen bewegten im Augenblick das Herz Marys.

Auf der Rückseite der Karte standen gleich neben der Adresse vier Verse in der kühnen großartigen Handschrift Ivors.

»Sei gegrüßt, Gefährtin des Mondes! Sonnenbraut, lebe wohl!
Wie das glänzende Gefieder beim Flug des Engels sich mausert,
So schlafen in der geheimsten Zelle meines Herzens
Erinnerungen an den Morgen, Erinnerungen an die Nacht.«

Es folgte eine Nachschrift von drei Zeilen: »Würden Sie so gut sein und eins der Mädchen bitten, mir das Päckchen mit meinen Rasierklingen nachzuschicken? Ich habe sie in der Waschtischschublade liegenlassen. Besten Dank! – Ivor.«

Sitzend unter der Venus mit der berühmten Gebärde, dachte Mary über das Leben und die Liebe nach. Die Befreiung von ihren Verdrängungen, weit entfernt, ihr den erhofften Seelenfrieden zu schenken, hatte ihr nur Unruhe und Sorgen gebracht und einen neuen, noch unerprobten Schmerz. Ivor, Ivor ... Sie konnte nicht mehr ohne ihn sein. Andererseits zeigten die Verse auf der Rückseite der Ansichtskarte deutlich, daß Ivor sehr gut ohne sie auskam. Er war jetzt in Gobley; und dort war Zenobia. Mary kannte Zenobia und sie erinnerte sich an die letzte Strophe jenes Liedes, das er neulich nachts im Garten gesungen hatte:

Le lendemain, Phillis peu sage
Aurait donné moutons et chien
Pour un baiser que le volage
A Lisette donnait pour rien.

Mary kamen die Tränen bei dieser Erinnerung. Noch nie in ihrem Leben war sie so unglücklich gewesen.
Denis brach zuerst das Schweigen. »Das Individuum«, begann er in sanftem, melancholisch-philosophischem Ton, »ist keine autarke, sich selbst genügende Welt. Es gibt Zeiten, wo es mit anderen Individuen in Kontakt kommt, wo es von der Existenz anderer Welten außer ihm Kenntnis nehmen muß.«
Mit dieser sehr abstrakten Verallgemeinerung hatte er den Boden vorbereiten wollen für vertrauliche Mitteilungen persönlicher Art. Es war die Eröffnung eines Gesprächs, das zu den Karikaturen Jennys führen sollte.
»Gewiß«, stimmte ihm Mary zu, und nun für ihren Teil verallgemeinernd fügte sie hinzu: »Wenn ein Individuum mit einem anderen in einen intimen Kontakt kommt, muß es fast unvermeidlich Leid erdulden oder zufügen.«
»Man ist leicht vom Schauspiel der eigenen Persönlichkeit so fasziniert«, fuhr Denis fort, »daß man vergißt, daß sich dieses Schauspiel auch den anderen bietet.«
Mary hörte ihm nicht zu. »Die Schwierigkeit«, fuhr sie

fort, »macht sich akut bemerkbar im sexuellen Bereich. Wenn ein Individuum, wie es natürlich ist, den Kontakt mit einem anderen sucht, muß es damit rechnen, daß es Leid erdulden oder zuzufügen hat. Doch andererseits, wenn es solche Kontakte vermeidet, riskiert es, das nicht weniger schwere Leid auf sich zu nehmen, das die Folge unnatürlicher Verdrängung ist. Sie sehen, es ist ein Dilemma.«

»Wenn ich an meinen eigenen Fall denke«, sagte Denis, diesmal mit einem entschiedenen Schritt in die gewünschte Richtung, »so verblüfft es mich, wie wenig ich von der Mentalität anderer Menschen weiß, im allgemeinen – und im besonderen, soweit es ihre Meinung über mich betrifft. Unsere Herzen und Seelen sind wie versiegelte Bücher, die nur gelegentlich für die Augen der äußeren Welt aufgeschlagen werden.« Er machte eine Handbewegung, die ein wenig an das Abstreifen eines Gummibands erinnerte.

»Es ist ein furchtbares Problem«, sagte Mary nachdenklich. »Man braucht die persönliche Erfahrung, um ganz zu begreifen, wie furchtbar es ist.«

»Ganz recht.« Denis nickte zustimmend. »Man muß eine unmittelbare persönliche Erfahrung gemacht haben.« Er neigte sich zu ihr und senkte ein wenig die Stimme. »Heute morgen zum Beispiel ...«, begann er, kam aber mit seinem Bericht nicht weiter. Der tiefe Ton des Gongs, durch die Entfernung zu einem freundlichen Brummen abgemildert, schwebte vom Haus herab. Automatisch erhob sich Mary, und Denis, den es ein wenig kränkte, daß sie eine so krasse Sorge um ihre Ernährung an den Tag legte und ein so geringes Interesse an seinen geistig-seelischen Erlebnissen, folgte ihr. Sie legten den Weg zum Haus hinauf schweigend zurück.

FÜNFUNDZWANZIGSTES KAPITEL

»Ich hoffe, es ist Ihnen allen klar«, bemerkte Henry Wimbush bei Tisch, »daß der nächste Montag ein Bankfeiertag ist und von Ihnen allen erwartet wird, daß Sie beim Basar helfen.«

»Du lieber Himmel! Der Basar!« Anne ließ einen Aufschrei hören. »Ich habe es total vergessen. Ein wahrer Alpdruck! Könntest du nicht einmal damit Schluß machen, Onkel Henry?«

Mr. Wimbush seufzte und schüttelte den Kopf. »Ich fürchte, ich kann es nicht. Ich hätte schon vor Jahren gern damit Schluß gemacht. Aber die Nächstenliebe hat ein Recht auf unsere Wohltätigkeit.«

»Was wir brauchen, ist nicht Wohltätigkeit, sondern Gerechtigkeit«, murrte Anne rebellisch.

»Außerdem ist unser Wohltätigkeitsbasar eine Institution geworden«, fuhr Mr. Wimbush fort. »Laß mich nachrechnen – ja, es sind jetzt wohl zweiundzwanzig Jahre her, daß wir damit angefangen haben. Damals war es noch eine bescheidene Angelegenheit. Heute ...« Er machte eine ausladende Bewegung mit der Hand und verstummte.

Daß Mr. Wimbush den Basar noch immer duldete, sprach sehr für seinen Gemeinsinn. Ursprünglich ein besserer Gemeinde-Basar der Dorfkirche, hatte sich die jährliche *Charity Fair* von Crome zu einem richtigen lauten Jahrmarkt großen Stils entwickelt, mit Karussells, Kokosnußwerfern und diversen Schaubuden. Es war das Bartholomäusfest, und aus den benachbarten Dörfern, aber auch aus der Kreisstadt, strömte man zu der Feiertagsbelustigung in den Park. Ein ansehnlicher Gewinn kam dabei dem Krankenhaus zugute, und allein dieser Umstand vermochte Mr. Wimbush davon abzuhalten, dem Ärgernis, das alljährlich seinen Park und Garten entweihte, ein Ende zu setzen.

»Ich habe bereits alle Anordnungen getroffen«, fuhr Henry Wimbush fort. »Ein paar von den größeren Zelten werden schon morgen aufgestellt. Die Schaukeln und das Karussell kommen am Sonntag.«

»Also kein Entweichen möglich«, stellte Anne fest, an die Gesellschaft gewandt. »Ihr werdet alle etwas tun müssen. Als besondere Vergünstigung dürft ihr euch eure Sklaverei selbst aussuchen. Mein Amt ist wie üblich das Teezelt, Tante Priscilla . . .«

»Liebes Kind«, unterbrach Mrs. Wimbush sie, »ich habe an Wichtigeres zu denken als an den Basar. Aber ihr könnt beruhigt sein, ich werde mein Bestes tun, um die Leute aus dem Dorf zum Geldausgeben zu ermuntern.«

»Das ist prächtig«, sagte Anne. »Tante Priscilla nimmt sich der Dorfleute an. Was willst du machen, Mary?«

»Ich werde nichts tun, wobei ich herumstehen und zusehen muß, wie andere Leute essen.«

»Dann kümmere du dich um die Kinderspiele.«

»Einverstanden. Ich werde mich um die Kinder kümmern.«

»Und Mr. Scogan?«

Mr. Scogan dachte nach. »Darf ich die Karten legen?« fragte er schließlich. »Ich glaube, daß ich ein guter Kartenschläger wäre.«

»Aber in diesem Anzug können Sie nicht wahrsagen!«

»Nein?« Mr. Scogan sah an sich herunter.

»Sie müßten sich verkleiden. Hätten Sie dann noch Lust?«

»Ich bin bereit, mich der Lächerlichkeit preiszugeben.«

»Gut«, sagte Anne. Sie wandte sich an Gombauld: »Und Sie müssen den Schnellzeichner machen. ›*Ihr Porträt in fünf Minuten für einen Schilling!*‹«

»Schade, daß ich nicht Ivor bin«, sagte Gombauld mit einem Lachen. »Dann könnte ich für einen Aufschlag von einem halben Schilling noch ein Bild von der Aura des Modells zugeben.«

Mary errötete. »Es ist nichts damit gewonnen«, bemerkte sie mit Strenge, »wenn man leichtfertig über ernste Dinge spricht. Und schließlich, was auch Ihre persönliche Meinung sein mag, ist die Parapsychologie ein sehr ernstes Thema.«

»Und was macht Denis?«

Denis drückte seine Ablehnung durch eine Geste aus. »Ich bin für solche Dinge ganz unbegabt«, sagte er. »Ich könnte höchstens mit einem Abzeichen im Knopfloch herumgehen und den Leuten den Weg zum Teezelt zeigen und aufpassen, daß sie nicht über den Rasen laufen.«

»Nein«, sagte Anne. »Das genügt nicht. Etwas mehr müssen Sie schon tun.«

»Aber was? Alle guten Rollen sind vergeben, und ich kann nur Zahlen stammeln.«

»Also gut, dann stammeln Sie«, sagte Anne. »Sie müssen ein Gedicht zu diesem Anlaß schreiben: eine ›*Ode auf einen Bankfeiertag*.‹ Wir drucken sie auf Onkel Henrys Presse und verkaufen sie zu zwei Pence das Stück.«

»Sechs Pence«, protestierte Denis. »Es wird sechs Pence wert sein.«

Anne schüttelte den Kopf. »Zwei Pence«, wiederholte sie energisch. »Niemand wird dafür mehr als zwei Pence zahlen.«

»Und jetzt Jenny«, sagte Mr. Wimbush. »Jenny«, er erhob die Stimme, »was wollen Sie tun?«

Denis war nahe daran vorzuschlagen, sie solle Karikaturen für einen halben Schilling das Stück zeichnen, hielt es dann aber für gescheiter, so zu tun, als wisse er nichts von ihrem Talent. Seine Gedanken kehrten zu dem roten Skizzenbuch zurück. War es möglich, daß er wirklich so aussah?

»Was ich tun will?« wiederholte Jenny die Frage, »was ich tun will?« Sie runzelte einen Augenblick nachdenklich die Stirn, aber bald erhellte sich ihre Miene. Sie lächelte. »Als junges Mädchen habe ich Trommeln gelernt.«

»Trommeln?«

Jenny nickte und wie zum Beweis ihrer Behauptung bewegte sie ihr Besteck wie ein Paar Trommelschlegel über dem Teller. »Wenn sich vielleicht eine Gelegenheit bietet, die Trommel zu schlagen ...«, begann sie.

»Aber selbstverständlich«, versicherte Anne, »soviel Gelegenheiten, wie Sie wollen. Wir merken Sie also endgültig als Trommlerin vor. So, das wäre es«, fügte sie abschließend hinzu.

»Und es könnte nicht besser sein«, sagte Gombauld. »Ich freue mich schon auf unseren Bankfeiertag. Er müßte ganz lustig werden.«

»Das müßte er eigentlich«, stimmte Mr. Scogan zu. »Aber Sie können sich darauf verlassen: Es wird nicht lustig werden. Noch kein Feiertag war nicht eine Enttäuschung.«

»Na, hören Sie«, protestierte Gombauld. »Meine Ferien in Crome sind keine Enttäuschung.«

»Tatsächlich nicht?« Anne wandte ihm das Gesicht zu: eine Maske treuherziger Naivität.

»Nein, keine Enttäuschung«, antwortete er.

»Das höre ich mit Vergnügen.«

»Es liegt in der Natur der Dinge«, fuhr Mr. Scogan fort. »Unsere Feiertage müssen einfach eine Enttäuschung sein. Überlegen Sie doch einmal. Was ist ein Feiertag? Der ideale Feiertag, die platonische Idee von Feiern und Ferien ist doch wohl der absolute, vollkommene Wechsel. Sie stimmen meiner Definition zu?« Mr. Scogan ließ den Blick von einem Gesicht zum andern rund um den Tisch wandern; seine scharfe Nase stieß dabei ruckweise in jede Himmelsrichtung. Da er kein Anzeichen von Widerspruch bemerkte, fuhr er fort: »Ein vollkommener und absoluter Wechsel unseres Lebens – schön und gut. Aber ist dieser Wechsel nicht gerade das, was wir nie erleben können – weil es die Natur der Dinge verbietet?« Wieder ließ er rasch seinen Blick kreisen. »Natürlich können wir es nicht. Wie können wir als Exemplare des Homo sapiens, als Mitglieder einer Gesellschaft wie der unsrigen, hoffen, jemals einen absoluten Wandel zu erleben? Uns bindet die schreckliche Begrenzung unserer menschlichen Fähigkeiten, die Anschauungen, die uns die Gesellschaft dank unserer Beeinflußbarkeit aufzwingen kann, ja unsere eigene Persönlichkeit. Für uns kommt der vollkommene Feier- oder Ferientag nicht in Frage. Einige mögen mannhaft darum ringen; doch wir schaffen es nie, wenn ich mich einmal bildlich ausdrücken darf, über Southend hinauszukommen.«

»Sie haben eine deprimierende Art, die Dinge darzustellen«, sagte Anne.

»Das ist meine Absicht«, erwiderte Mr. Scogan und er fuhr, die Finger der rechten Hand spreizend, fort: »Nehmen Sie mich als Beispiel. Wie kann ich feiern? Die Natur hat mich mit Leidenschaften und mit Fähigkeiten aufs kärglichste bedacht. Nun ist der Umfang der menschlichen Möglichkeiten ohnehin trostlos begrenzt. Von den zehn Oktaven, die das menschliche Instrument ausmachen, kann ich vielleicht zwei greifen. So mag ich eine passable Intelligenz haben, aber gar kein ästhetisches Gefühl; so verstehe ich etwas von Mathematik, bin aber bar jeden religiösen Gefühls; und wenn ich von Natur aus der Fleischeslust ergeben bin, so habe ich andererseits kaum Ambitionen und überhaupt keinen Erwerbssinn. Meine Erziehung hat meinen Horizont noch mehr eingeengt. In der Gesellschaft groß geworden, bin ich von ihren Gesetzen durchdrungen, und ich wäre nicht nur zu feige, mich von ihnen freizumachen, sondern würde schon den bloßen Versuch dazu als schmerzlich empfinden. Mit einem Wort, ich habe nicht nur ein Gewissen, sondern auch Angst vor dem Zuchthaus. Ich weiß es aus Erfahrung. Wie oft habe ich versucht, Urlaub zu machen, loszukommen von mir selbst, von meinem langweiligen Charakter, meiner unerträglichen geistigen Umwelt!« Mr. Scogan stieß einen Seufzer aus. »Aber immer ohne Erfolg«, fügte er hinzu, »ohne jeden Erfolg. In meiner Jugend rang ich – und mit welchem Ernst! – um das religiöse und das ästhetische Erlebnis. Hier, so sagte ich mir, warten auf dich zwei ungeheuer wichtige und erregende Erlebnisse. Dein Leben würde reicher, wärmer, heller, überhaupt amüsanter werden, wenn du sie haben könntest. Ich versuchte es. Ich las die Werke der Mystiker. Aber ich sah in ihnen nur das erbärmlichste Gewäsch – als was es allerdings jedem erscheinen muß, der nicht von den gleichen Gefühlen bewegt ist wie der Autor im Augenblick des Schreibens. Denn auf das Gefühl kommt es an. Das geschriebene Werk ist nur der Versuch, Emotionales auszudrücken, das sich eigentlich, wenigstens im Sinne von Intellekt und Logik, gar nicht ausdrücken läßt. Der Mystiker objektiviert ein starkes inneres Gefühl zu einer Kosmologie. Für andere Mystiker ist diese Kosmologie das Symbol für solch inneres Gefühlserlebnis. Für den Ungläubigen hingegen hat sie keinerlei symbolhafte Bedeutung und erscheint ihm deshalb nur als grotesk. Das ist die traurige Wahrheit. Aber ich schweife ab.« Mr. Scogan rief sich selbst zur Ordnung. »Soviel über das religiöse Gefühl. Was das ästhetische betrifft, so habe ich mir sogar noch mehr Mühe gegeben, es zu pflegen. Ich habe mir in ganz Europa alle Kunstwerke angesehen, auf die es ankommt. Es gab eine Zeit, in der ich, wie ich glauben möchte, mehr über Taddeo da Poggibonsi und den geheimnisvollen *Amico* Taddeos wußte als selbst Henry. Heute – ich gestehe es gern – habe ich das meiste von dem vergessen, was ich mir damals so mühevoll aneignete. Aber ohne mich rühmen zu wollen, kann ich versichern, daß es gewaltig war. Ich behaupte natürlich nicht, etwas über Negerplastik oder das späte Seicento in Italien zu wissen, aber über alle Perioden, die vor 1900 Mode waren, bin ich – oder war ich – allwissend. Ich wiederhole: allwissend. Aber hat dieser Umstand mein Kunstverständnis allgemein vertieft? Nein. Einem Bild gegenüber, dessen ganze bekannte oder mutmaßliche Geschichte ich Ihnen erzählen könnte – der Zeitpunkt seiner Entstehung, der Charakter des Malers, die das Werk mitformenden Einflüsse –, empfand ich nichts von der merkwürdigen Erregung und Hochgestimmtheit, die, wie die versichern, die sie empfinden, das echte ästhetische Erlebnis ausmachen. Das einzige, was ich empfand, war ein gewisses Interesse am Gegenstand des Bildes, oder, noch öfter, wenn es ein abgedroschenes religiöses Motiv war, nur ein großer innerer Überdruß. Trotzdem mußte ich mir zehn Jahre lang Bilder ansehen, ehe ich mir ehrlich eingestand, daß ich mich dabei schlichthin langweilte. Seitdem habe ich alle Versuche aufgegeben, Urlaub von mir selbst zu nehmen. Ich pflege weiter mein altes schales Alltags-Ich in demselben Geist der Resignation, mit dem ein Bankbeamter seinen täglichen Dienst von zehn bis sechs Uhr versieht. Ferien, du lieber Gott! Sie tun mir leid, Gombauld, wenn Sie sich noch immer auf einen Feiertag freuen.«

Gombauld zuckte die Achseln. »Vielleicht sind meine Anforderungen nicht so hoch wie Ihre. Aber persönlich gesprochen war für mich der Krieg ein so gründlicher Urlaub von allem gewöhnlichen Anstand und gesundem Menschenverstand, von allen alltäglichen Gefühlen und Beschäftigungen, wie man ihn sich nur wünschen kann.«

Nachdenklich stimmte ihm Mr. Scogan zu. »Ja, der Krieg war bestimmt eine Art von Ferien. Er war ein Schritt über Southend hinaus; er war Weston-super-mare, ja, fast schon Ilfracombe.«

SECHSUNDZWANZIGSTES KAPITEL

Gleich hinter dem Garten, auf der grünen Rasenfläche des Parks, war eine kleine Zelt- und Budenstadt aus dem Boden geschossen. In den Zeltstraßen drängte sich die Menge, die Männer meistens in Schwarz – im guten Anzug für den Sonntag und die Beerdigung –, die Frauen in hellen Musselinkleidern. Hier und da hingen bunte Fahnen schlaff herab. Mitten in der Zeltstadt funkelte in der Sonne rot und golden und kristallen das Karussell. Der Mann mit den Luftballons zwängte sich durch die Menge, und über seinem Kopf strebten die Ballons wie eine große umgekehrte Traube von vielfarbigen Beeren nach oben.

Mit einer sensengleichen Bewegung durchschnitten die wie ein Boot geformten Schaukeln die Luft, und aus dem Schornstein der Maschine, die das Karussell antrieb, stieg eine dünne, fast senkrechte Säule von schwarzem Rauch.
Denis war auf einen der von Sir Ferdinando angelegten Türme gestiegen und beobachtete von dort aus die Szene; er hatte die Ellenbogen auf die Brüstung gestützt und spürte unter den Füßen die von der Sonne durchglühten bleiernen Dachplatten. Von der Dampforgel tönte bombastische Musik herauf. Das Klirren der automatisch gegeneinander schlagenden Tschinellen hämmerte mit einer unerbittlichen Präzision den Rhythmus durchdringend gellender Melodien. Die Harmonien klangen wie ein in Musik gesetztes Klirren von Glas und Blech. Im tiefen Baß tönte gewaltig die Trompete wie die Posaune des Jüngsten Gerichts, und zwar mit solcher Beharrlichkeit und Resonanz, daß sie sich mit ihrem steten Wechsel von Tonika und Dominante gleichsam von der übrigen Musik löste und ihre eigene Melodie spielte, – ein lautes monotones Auf- und Abwippen.
Denis neigte sich über diesen Abgrund wirbelnden Lärms. Wenn er sich jetzt über die Brüstung hinabstürzte, würde ihn gewiß der Lärm über Wasser halten, in der Schwebe, tänzelnd wie der Ball auf dem sich brechenden Kamm des Springbrunnens. Noch ein Vergleich fiel ihm ein, diesmal in metrischer Form.

»Meine Seele ist ein dünnes weißes Blatt Pergament
Straff gespannt über einen brodelnden Kessel.«

Das war schlecht. Aber ihm gefiel die Vorstellung von etwas Dünnem, Ausgespanntem, das von unten her aufgebläht wurde.

»Meine Seele ist ein dünnes Zelt aus Seidendarm . . .«

Oder besser:

»Meine Seele ist eine bleiche, zarte Membrane ...« So war es gut: eine dünne, zarte Membrane. Es hatte die anatomisch richtige Qualität. Straff gespannt, bebend im Sturm des lärmenden Lebens. Doch jetzt war es Zeit, daß er aus der heiter-gelassenen Sphäre der Worte hinabstieg in den Strudel der Wirklichkeit. Er ging langsam hinunter. »Meine Seele ist eine dünne, zarte Membrane ...«

Auf der Terrasse standen ein paar distinguierte Gäste in einer Gruppe zusammen. Da war der alte Lord Moleyn, der wie die Karikatur eines englischen Lords in einem französischen Witzblatt aussah: eine lange Gestalt, mit einer langen Nase und lang herabhängenden Schnurrbartenden, mit langen Zähnen wie aus altem Elfenbein; weiter unten kamen ein absurd kurzer Covercoat und darunter diese langen, langen Beine in perlgrauen Hosen, – Beine, die in den Knien nachgaben, so daß sie ein wenig schlotterten, wenn er ging. Neben ihm stand, klein und gedrungen, Mr. Callamay, der ehrwürdige konservative Staatsmann mit dem Gesicht einer römischen Büste und kurzem weißen Haar. Die jungen Mädchen rissen sich nicht darum, mit Mr. Callamay allein im Auto zu sitzen; und bei dem alten Lord Moley fragte man sich, warum er nicht im vergoldeten Exil der Insel Capri lebte wie so mancher andere vornehme Herr, der es aus dem einen oder anderen Grunde unmöglich fand, in England zu leben. Sie waren im Gespräch mit Anne; beide lachten, bei dem einen klang es tief, bei dem andern wie eine Hupe.

Der schwarzseidene Ballon, der einen schwarzweißgestreiften Fallschirm hinter sich herzog, war, wie sich herausstellte, die alte Mrs. Budge aus dem großen Haus auf der anderen Seite des Tals. Sie war von kurzer, gedrungener Gestalt, und die Stangen ihres schwarzweißen Sonnenschirms bedrohten die Augen Priscillas, die sich leicht

über sie beugte – eine massige Gestalt ganz in Purpurrot, auf dem Haupt eine königinnenhafte Toque mit nikkenden schwarzen Federn, die an den Prunk eines Pariser Begräbnisses der ersten Klasse erinnerten.
Denis beobachtete sie diskret vom Fenster des Damenzimmers aus. Seine Augen hatten plötzlich den Blick der Unschuld, der Kindlichkeit, der Unbefangenheit. Diese Gestalten erschienen ihm als unvorstellbar grotesk. Und doch waren sie wirklich, funktionierten selbständig, hatten ihr eigenes Bewußtsein und ihre eigenen Gedanken. Noch mehr: Er glich ihnen. War es zu glauben? Aber das rote Skizzenbuch war ein überzeugender Beweis.
Es wäre nur höflich, wenn er zu den Damen hinunterginge und sie begrüßte. Doch im Augenblick hatte Denis keine Lust zu sprechen; er hätte es gar nicht gekonnt. Seine Seele war eine zarte, vibrierende, bleiche Membrane. Er wollte ihre Empfänglichkeit so lange wie möglich jungfräulich und unberührt erhalten. Vorsichtig schlich er durch eine Seitentür hinaus und ging zum Park hinunter. Seine Seele flatterte, als er sich dem Lärm und Gedränge des Basars näherte. Einen Augenblick zögerte er am Rande, dann trat er näher und war schon verschlungen.
Hunderte von Menschen und jeder mit seinem eigenen Gesicht und alle wirklich, lebendig und ein Wesen für sich: der Gedanke hatte etwas Beängstigendes. Er zahlte zwei Pence und sah die »Tätowierte Frau«, noch einmal zwei Pence, und diesmal war es die »Größte Ratte der Welt«. Als er aus dem Rattenzelt wieder auftauchte, konnte er gerade noch sehen, wie sich ein mit Wasserstoff gefüllter Ballon selbständig machte. Ein Kind schrie ihm nach, doch unbeirrt stieg der Ballon höher und höher, eine rötlich opalisierende vollkommene Kugel. Denis folgte ihm mit den Blicken, bis er im blendenden Sonnenschein

entschwand. Wenn er ihm doch seine Seele nachschicken könnte!
Seufzend steckte er sich seine Rosette, die ihn als Festordner auswies, ins Knopfloch und begann, sich ziellos, aber offiziell durch die Menge zu drängen.

SIEBENUNDZWANZIGSTES KAPITEL

Man hatte Mr. Scogan in einer kleinen Zeltbaracke postiert. Mit schwarzem Rock und rotem Mieder, um die schwarze Perücke ein buntes Halstuch gewunden, sah er, spitznäsig, braun und runzelig, wie die alte Zigeunerin aus *Frith's Derby Day* aus. Ein an den Vorhang vorm Eingang geheftetes Plakat kündete an, daß sich im Zelt Sesostris, die Zauberin von Ekbatana, befand. Hinter einem Tisch sitzend, empfing Mr. Scogan seine Kunden in geheimnisvollem Schweigen, und mit ausgestrecktem Zeigefinger bedeutete er ihnen, ihm gegenüber Platz zu nehmen und ihm ihre Hände zu zeigen. Er musterte sodann die ihm entgegengehaltene Handfläche mit Hilfe seiner Hornbrille sowie eines Vergrößerungsglases. Zuweilen murmelte er wie im Selbstgespräch so etwas wie »Furchtbar!« oder »Gott sei uns gnädig!«, bei welchen Bemerkungen er andeutungsweise ein Kreuz schlug. Seine Besucher, die lachend hereingekommen waren, wurden unversehens ernst. Sie begannen, die Hexe ernst zu nehmen. Sie war eine Frau von furchteinflößendem Äußeren; ob wohl doch etwas an diesen Dingen daran war? Wer weiß,

dachten sie, als sie sahen, wie die alte Hexe den Kopf schüttelte beim Anblick ihrer Hände ... Und mit klopfendem Herzen erwarteten sie den Spruch des Orakels. Nach langer stummer Musterung hob Mr. Scogan dann den Blick von der Hand und stellte mit heiserer Flüsterstimme so schreckenerregende Fragen wie: »Hat Ihnen einmal ein rothaariger junger Mann mit einem Hammer auf den Kopf geschlagen?« Falls, wie kaum anders zu erwarten, die Antwort negativ ausfiel, nickte Mr. Scogan nur wiederholt mit dem Kopf und erklärte: »Das habe ich befürchtet. So steht Ihnen also noch alles bevor, obwohl es jetzt nicht mehr lange auf sich warten lassen wird.« Zuweilen aber murmelte er nur nach langer Prüfung der Handlinien: »Wo es ein Segen ist, nichts zu wissen, wäre es Torheit, weise sein zu wollen« und weigerte sich strikt, Näheres von einer Zukunft preiszugeben, die zu grauenhaft war, als daß man ihr ohne zu verzweifeln ins Auge sehen konnte. Sesostris' Auftritt war ein ausgesprochener Horror-Erfolg. Die Leute standen Schlange vor dem Zelt der Hexe und warteten auf das Privileg, ihren Urteilsspruch zu hören.
Auf seinem Rundgang fiel Denis die Menge der Wartenden vor dem Heiligtum des Orakels auf. Er verspürte einen lebhaften Wunsch, Mr. Scogan dabei zu beobachten, wie er seine Rolle spielte. Das Zelt war schlecht und flüchtig aufgebaut. Zwischen den Wänden und dem – in der Mitte durchsackenden – Dach gab es klaffende Schlitze und Risse. Denis ging in das Teezelt und lieh sich dort eine hölzerne Bank und einen kleinen Union Jack aus. Damit eilte er zum Zelt Sesostris' zurück. Er stellte die Bank an die Außenwand und kletterte hinauf, um dann die Flagge an die Spitze einer der Zeltstangen zu binden. Durch die Risse im Zeltdach konnte er das Innere

fast ganz überblicken. Das mit einem Kopftuch umwundene Haupt Mr. Scogans war genau unter ihm; sein furchterregendes Flüstern drang deutlich zu ihm herauf. Denis sah und hörte der Hexe zu, wie sie Unheil weissagte: finanzielle Einbußen, den Tod durch Schlagfluß oder den Untergang durch Luftbombardements im nächsten Krieg.

»Kommt noch ein Krieg?« fragte die alte Dame, der er dieses Ende vorausgesagt hatte.

»Schon bald«, erklärte Mr. Scogan mit einer Miene ruhiger Zuversicht.

Auf die alte Dame folgte ein junges Mädchen in einem Kleid aus weißem Musselin, das mit rosa Bändern geschmückt war. Ihr Hut war so breit, daß Denis ihr Gesicht nicht erkennen konnte; aber von ihrer Gestalt und der Rundung ihrer Arme schloß er auf Jugend und ein angenehmes Äußeres. Mr. Scogan blickte auf ihre Hand, um alsdann zu flüstern: »Sie sind noch Jungfrau.«

Die junge Dame kicherte: »O Gott!«

»Aber Sie werden es nicht mehr lange bleiben«, fügte Mr. Scogan düster hinzu. Wieder kicherte die junge Dame. »Das Schicksal, das sich für die kleinen Dinge nicht weniger als für die großen interessiert, hat es auf Ihrer Hand angekündigt.« Er nahm die Lupe zu Hilfe und begann noch einmal, die weiße Handfläche zu prüfen. »Sehr interessant«, sagte er wie im Selbstgespräch, »sehr interessant. Es ist sonnenklar.« Dann schwieg er.

»Was ist sonnenklar?« fragte das junge Mädchen.

»Ich glaube, ich sollte Ihnen das lieber nicht sagen.« Mr. Scogan schüttelte den Kopf, und die pendelnden Messingohrringe, die er an seinen Ohrläppchen befestigt hatte, klirrten.

»Bitte, bitte!« drängte sie.

Doch die Hexe schien ihre Bitte zu überhören. »Aber was dann kommt, ist ganz und gar nicht klar. Die Parzen sagen nicht, ob Sie sich verheiraten und vier Kinder bekommen werden, oder ob Sie zum Film gehen und keins bekommen. Nur über den einen und allerdings ziemlich entscheidenden Punkt äußern sie sich unmißverständlich.«

»Was für ein Punkt? Bitte, sagen Sie es mir doch!« Die Gestalt im weißen Musselin beugte sich eifrig vor.

Mr. Scogan seufzte. »Also gut, wenn Sie es durchaus wissen wollen, muß ich es Ihnen sagen. Aber falls Sie etwas Bedenkliches zu hören bekommen, dann schreiben Sie es Ihrer eigenen Neugier zu. Hören Sie also!« Er hob den spitzen, krallenbewehrten Zeigefinger. »Dies haben die Parzen geschrieben: Am nächsten Sonntag werden Sie um sechs Uhr nachmittags auf den Stufen des zweiten Zaunübergangs sitzen, der sich auf dem Weg von der Kirche zur unteren Straße befindet. Sie werden dann auf diesem Wege einen näher kommenden Mann bemerken.« Mr. Scogan betrachtete noch einmal ihre Handfläche, wie um seine Erinnerung an die Einzelheiten der Szene aufzufrischen. »Einen Mann«, wiederholte er, »klein, mit einer schmalen gebogenen Nase, der nicht ausgesprochen schön und auch nicht gerade jung ist, aber faszinierend.« Den Zischlaut zerdehnend, verweilte er ein wenig bei dem letzten Wort. »Er wird Sie fragen: ›Können Sie mir den Weg ins Paradies zeigen?‹, und Sie werden antworten: ›Ja, ich will ihn Ihnen zeigen‹, und dann werden Sie mit ihm in das kleine Haselnußgehölz gehen. Was dort geschehen wird, kann ich nicht lesen!« Er schwieg.

»Ist das wirklich wahr?« fragte das Mädchen im weißen Musselin.

Die Hexe zuckte die Achseln. »Ich sage Ihnen nur das,

was ich aus Ihrer Hand lese. Guten Tag! Es macht sechs Pence. Ja, ich kann herausgeben. Danke sehr. Guten Tag!«

Denis stieg von der Bank hinunter; locker und schief an die Zeltstange gebunden, hing der Union Jack schlaff in der von keinem Windhauch bewegten Luft. Wenn ich doch so etwas machen könnte! dachte er, als er die Bank ins Teezelt zurücktrug.

Anne saß hinter einem langen Tisch und füllte dicke weiße Becher aus einer Teemaschine. Ein säuberlich aufgeschichteter Stapel bedruckter Blätter lag vor ihr auf dem Tisch. Denis nahm das oberste Blatt in die Hand und betrachtete es mit Wohlwollen. Es war sein Gedicht, von dem man fünfhundert Exemplare gedruckt hatte, und er fand, daß die im Quartformat gedruckten Blätter recht ansprechend aussahen.

»Haben Sie schon viel verkauft?« fragte er in beiläufigem Ton.

Unzufrieden legte Anne den Kopf auf die Seite. »Erst drei, leider. Aber ich schenke jedem eins, der mehr als einen Schilling für den Tee zahlt. So findet es jedenfalls Verbreitung.«

Denis gab keine Antwort, sondern schlenderte langsam weiter. Er blickte auf das Blatt in seiner Hand und las sich im Gehen selbst die Verse vor:

Es ist der Tag der Karussells und Schaukeln,
Gewichtestemmer, Wurfringspiele, Kokosnüsse,
Der Rutschbahn und der Jahrmarktsbuden –
Nennst du ihn Feiertag, nennst du ihn Ferientag?

Doch Pappnasen rochen an den künstlichen Rosen
Sanftgerundeter Wangen im Karneval von Venedig,

Und Masken durften über Dinge lachen,
Wo das unverhüllte Gesicht errötet wäre,
Lachen ohne Furcht vor Tadel.

Ein Feiertag? – Doch Galba zeigte uns auf luftiger Straße
Den Zug der Elefanten;
Jumbo betrat das gespannte Seil,
Und in der Arena stachen die Bewaffneten zu
Zum Vergnügen, voller Lust,
Die tristen Gebote zu brechen,
Die aus dem Werktag ein Gefängnis machen,
Wo alles sich plagt und alles gehorcht.
Lobe den Feiertag! Doch du weißt nicht, wie man frei ist.

Der russische Schnee, gesprenkelt von leuchtendem Blut,
Rosen mit Blättern von verblassendem Rot,
Die im jungfräulichen Schnee verschwanden;
Und die Menschen wurden befreit von ihren alten Fesseln.
Das alte Gesetz, der alte Brauch, der alte Glaube,
Das alte Recht und das alte Unrecht verbluteten da.
Die eisige Luft nahm ihren Atem auf,
Ein wenig Rauch, der sich verlor;
Und wo sie lagen
Blühten rundherum Rosen aus dem Schnee.
Das Blut war nur noch eine schöne, leuchtend rote Blume.
Singe den Feiertag! Unterm Baum der Unschuld und der Freiheit
Tanzen Pappnase und Rote Kokarde im magischen Schatten;
Trunken, lustig und stark,
Singen sie lachend ihr Feiertagslied:
»Frei, frei . . .!«
Aber die Nymphe Echo antwortet

Leise den lachenden Tänzern: »Frei«;
Und leise ist ihr Lachen und noch leiser
Lacht und flüstert es in den Schluchten: »Frei«,
Schwindet, erstirbt: »Frei«, und das Lachen verstummt ...

Lobe den Feiertag! Singe den Feiertag!

Sorgfältig faltete er das Blatt zusammen und steckte es in die Tasche. Das Ding war nicht ganz schlecht. O nein, entschieden nicht. Doch wie unangenehm die Menge roch! Er zündete sich eine Zigarette an. Kühe rochen besser. Er ging durch das Tor in der Parkmauer in den Garten hinunter. Der Swimmingpool war zum Zentrum eines angeregten Treibens geworden.
»Der zweite Durchgang in der Meisterschaft der jungen Damen.« Das war die höfliche Stimme Henry Wimbushs, der von einer Gruppe von geschmeidigen, robbengleichen Gestalten in schwarzen Badeanzügen umgeben war. Seine graue Melone, glatt, rund und unbewegt inmitten der bewegten See, war eine Insel aristokratischer Ruhe.
Er hielt sich den schildpattgerahmten Kneifer ein paar Zentimeter vor die Augen und las von einer Liste laut eine Reihe von Namen ab:
»Miß Dolly Miles, Miß Rebecca Balister, Miß Doris Gabell ...«
Fünf junge Mädchen stellten sich am Rand des Beckens auf. Von ihren Ehrenplätzen auf der anderen Seite des Swimmingpools aus sahen der alte Lord Moleyn und Mr. Callamay mit lebhaftem Interesse herüber.
Henry Wimbush hob die Hand. Erwartungsvolles Schweigen herrschte. »Wenn ich sage ›Los!‹, dann springen Sie«, erklärte er. »Los!« Ein fast gleichzeitiges klatschendes Eintauchen folgte.

Denis drängte sich durch die Zuschauer. Jemand zog ihn am Ärmel. Er drehte sich um. Es war die alte Mrs. Budge.

»Welch eine Freude, Sie wiederzusehen, Mr. Stone«, sagte sie mit ihrer tiefen heiseren Stimme. Sie mußte beim Sprechen ein wenig nach Luft schnappen, wie ein kurzatmiges Schoßhündchen. Mrs. Budge war es, die aus dem Sammeln von Pfirsichkernen ihren persönlichen Rüstungsbeitrag gemacht hatte, nachdem sie aus dem *Daily Mirror* erfahren hatte, daß die Regierung dringend Pfirsichkerne benötigte – wozu, hatte sie nie in Erfahrung gebracht. In ihrem ummauerten Garten standen sechsunddreißig Pfirsichbäume. Außerdem besaß sie vier Treibhäuser, in denen Pfirsichbäume gezüchtet wurden, so daß sie praktisch das ganze Jahr Pfirsiche essen konnte. 1916 aß sie 4200 dieser Früchte und schickte die Kerne der Regierung. 1917 wurden drei ihrer Gärtner eingezogen, zudem war es ein schlechtes Jahr für Spalierobst: Zwei Umstände, denen es zuzuschreiben war, daß sie in dieser für unser nationales Schicksal so entscheidenden Periode nur 2900 Pfirsiche essen konnte. Dafür brachte 1918 einen Ausgleich, denn vom 1. Januar bis zum Tage des Waffenstillstands verzehrte sie 3300 Pfirsiche. Nach dem Waffenstillstand ließ sie in ihren Anstrengungen nach; seitdem aß sie nicht mehr als zwei oder drei Früchte am Tage. Sie beklagte sich, daß ihre Konstitution nicht mehr die beste sei, aber jedenfalls hatte sie sie für eine gute Sache ruiniert.

Denis beantwortete ihren Gruß mit einem höflichen, doch unartikulierten Gemurmel.

»Es ist eine Freude zuzusehen, wie gut sich die jungen Leute unterhalten«, fuhr Mrs. Budge fort. »Übrigens auch die alten. Sehen Sie nur Lord Moleyn und Mr. Callamay. Ist es nicht köstlich zu beobachten, wieviel Spaß sie daran haben?«

Denis blickte hinüber. Er war sich nicht klar, ob es wirklich so köstlich war. Warum sahen sie nicht lieber beim Sackhüpfen zu? Im Augenblick beglückwünschten die beiden alten Herren die Siegerin des Wettschwimmens. Man konnte meinen, die Höflichkeit ginge über das notwendige Maß hinaus, denn schließlich hatte das junge Mädchen nur eine Vorentscheidung gewonnen.

»Ein reizendes junges Ding, nicht wahr?« bemerkte Mrs. Budge mit heiserer Stimme und schnappte nach Luft.

»Ja.« Denis nickte zustimmend. Sechzehn, schlank, aber für die Ehe reif, dachte er und merkte sich die Wendung vor für späteren Gebrauch; er fand sie gut. Der alte Mr. Callamay hatte seine Brille aufgesetzt, um der Siegerin zu gratulieren, und Lord Moleyn beugte sich, auf seinen Spazierstock gestützt, vor und zeigte seine langen Elfenbeinzähne in einem gierigen Lächeln.

»Eine hervorragende Leistung, ganz hervorragend!« erklärte Mr. Callamay mit tiefer Stimme.

Die Siegerin wand sich vor Verlegenheit. Sie versteckte die Hände auf dem Rücken und rieb nervös einen Fuß an dem andern. Ihr nasser Badeanzug glänzte – ein Torso aus blankem schwarzem Marmor.

»Ganz vorzüglich in der Tat«, sagte Lord Moleyn. Seine Stimme schien hinter den Zähnen hervorzukommen; es war eine zähnefletschende Stimme, – so wie wenn ein Hund plötzlich zu sprechen begänne. Er lächelte wieder. Mr. Callamay rückte an seiner Brille.

»Wenn ich sage ›Los!‹, dann springen Sie. Los!«

Klatsch! Die dritte Runde hatte begonnen.

»Wissen Sie, daß ich nie Schwimmen gelernt habe?« sagte Mrs. Budge.

»Nein, wirklich?«
»Aber ich konnte mich immer über Wasser halten.«
Denis stellte sich vor, wie sie auf einer großen grünen Dünung immer auf und ab trieb. Eine aufgepumpte schwarze Schwimmblase; nein, das war nicht gut, ganz und gar nicht gut. Eine neue Siegerin wurde beglückwünscht. Sie war gräßlich dick, kurz und fett. Die vorige, langgliedrig und harmonisch gebaut, von den Knien bis zu den Brüsten eine einzige Folge von Kurven, war eine Eva von Cranach; diese aber war ein schlechter Rubens.

»... los ... los ... los!« Die ruhige, höfliche Stimme Henry Wimbushs gab wieder das Signal. Ein neuer Trupp junger Damen sprang ins Wasser.

Des Gesprächs mit Mrs. Budge allmählich überdrüssig werdend, erinnerte sich Denis zur rechten Zeit, daß ihn seine Pflichten als Festordner auch anderswohin riefen. Er drängte sich durch die Reihen der Zuschauer und entfernte sich auf dem freien Weg hinter ihnen. Er dachte gerade wieder, daß seine Seele eine bleiche, empfindliche Membrane sei, als ihn eine dünne zischende Stimme zusammenfahren ließ, die anscheinend gerade über seinem Kopf nur das eine Wort »Skandalös!« aussprach.

Wie elektrisiert blickte er nach oben. Der Weg führte hier an einer Wand von gestutzten Eiben vorbei. Hinter der Hecke stieg das Gelände steil an bis zum Fuß der Terrasse und zum Haus; von dort oben konnte man leicht über die dunkle Barriere hinwegschauen. Aufblickend bemerkte Denis zwei Köpfe, unmittelbar über ihm knapp die Hecke überragend. Er erkannte die eiserne Maske Mr. Bodihams und das bleiche Gesicht seiner Frau. Sie blickten über seinen Kopf und die Köpfe der Zuschauer hinweg auf die Schwimmerinnen im Becken. »Skandalös!« wiederholte Mrs. Bodiham mit leisem Zischen.

Der Geistliche wandte seine eiserne Maske zum kobaltblauen Himmel. »Wie lange noch?« fragte er wie im Selbstgespräch. »Wie lange noch?« Er senkte den Blick und bemerkte das neugierig nach oben gewandte Gesicht Denis. Eine abrupte Bewegung, und die Bodihams verschwanden hinter der Hecke.

Denis setzte seinen Spaziergang fort. Er kam am Karussell vorbei und ging durch die überfüllten Straßen der Zeltstadt. Die Membrane seiner Seele flatterte wild im Lärm und Gelächter. Auf einer mit einem Seil abgegrenzten Fläche leitete Mary die Kinderspiele. Es wimmelte um sie von kleinen Wesen mit schrillen, blechernen Stimmen; andere hingen an den Röcken und Hosen ihrer Eltern. Das Gesicht Marys glänzte erhitzt. Mit einem gewaltigen Aufwand an Energie startete sie ein Dreibein-Wettlaufen. Voller Bewunderung sah ihr Denis zu.

Er trat hinter ihr hervor und berührte sie am Arm. »Sie sind wunderbar«, sagte er. »Ich habe noch nie eine solche Energieentfaltung gesehen.«

Sie wandte ihm ihr ehrliches Gesicht zu, das rund und rot wie die Abendsonne war; die goldene Glocke ihres Haars schwang lautlos, als sie den Kopf bewegte, und kam dann zitternd zur Ruhe.

»Wissen Sie, Denis«, sagte sie, ein wenig atemlos, mit leiser ernsthafter Stimme, »wissen Sie, daß da eine Frau ist, die in einunddreißig Monaten drei Kinder bekommen hat?«

»Was Sie nicht sagen!« Denis rechnete im Kopf ein bißchen nach.

»Es ist entsetzlich. Ich habe ihr von der Malthusischen Theorie gesprochen. Man müßte doch wirklich...«

Aber ein plötzliches Wiederanschwellen des gellenden Geschreis kündete an, daß einer das Rennen gewonnen

hatte. Sogleich war Mary wieder der Mittelpunkt eines alles bedrohenden Strudels geworden. Zeit, fand Denis, weiterzugehen; er könnte sonst, wenn er zu lange blieb, um irgendeine Hilfeleistung gebeten werden.
Er wandte sich wieder der Zeltstadt zu. Der Gedanke an Tee ließ ihn allmählich nicht mehr los. Tee, Tee, Tee. Aber das Teezelt war schrecklich überfüllt. Mit einem ungewöhnlich grimmigen Ausdruck ihres geröteten Gesichts hantierte Anne heftig mit der Teemaschine; unaufhörlich sprudelte die braune Flüssigkeit in die bereitgehaltenen Tassen. Eine majestätische Gestalt, die königinnenhafte Toque auf dem Haupt, stand Priscilla am anderen Ende des Zelts und suchte den Dorfbewohnern die Befangenheit zu nehmen. In einer plötzlichen Stille hörte er ihr tiefes joviales Lachen und ihre männliche Stimme. Nein, dies war nicht der rechte Ort für jemanden, der Tee trinken wollte. Unentschlossen blieb er am Eingang des Zelts stehen. Auf einmal kam ihm ein großartiger Gedanke: wie, wenn er jetzt ins Haus ginge, ganz unauffällig, ohne daß ihn jemand beobachtete, und auf Zehenspitzen das Speisezimmer beträte und dort die beiden Türen des Buffets geräuschlos öffnete – ah, dann! In der Kühle würde er Flaschen und einen Siphon finden; eine Flasche kristallklaren Gin und ein Quart Soda, und jetzt die Becher, die so berauschen wie sie anregen . . .
Im nächsten Augenblick schritt er rasch die schattige Eibenallee hinunter. Im Haus war es wunderbar still und kühl. Das wohlgefüllte Glas behutsam balancierend, ging er in die Bibliothek. Dort machte er es sich mit einem Band Sainte-Beuve in einem Sessel bequem; das Glas stellte er neben sich auf den Tisch. Nichts, fand er, war so gut wie eine *Causerie du Lundi,* um ein geplagtes Gemüt zu beruhigen und zu besänftigen. Diese empfindliche

Membrane, über die er verfügte, war durch die Emotionen dieses Nachmittags gar zu sehr mißhandelt worden. Sie bedurfte dringend der Ruhe.

ACHTUNDZWANZIGSTES KAPITEL

Gegen Abend kehrte auf dem Basar Ruhe ein. Es war die Stunde, da der Tanz beginnen sollte. Auf einer Seite der Zeltstadt hatte man einen Platz mit Seilen abgegrenzt und rundherum an den Pfosten Azetylenlampen aufgehängt, die ein grelles weißes Licht verbreiteten. In einer Ecke saß die Kapelle, und nach ihrem Kratzen und Blasen trampelten hundert oder hundertfünfzig tanzende Paare auf dem dürren Grasboden herum und rissen mit ihren Schuhen Löcher in den Rasen. Rund um diesen fast taghell beleuchteten, von Lärm und hektischer Bewegung erfüllten Platz war die Nacht von geradezu unnatürlicher Dunkelheit. Streifen von Licht fielen in das Dunkel, und hier und da überquerten eine einsame Gestalt oder ein sich eng umschlungen haltendes verliebtes Paar den hellen Streifen; für einen Augenblick traten sie unvermutet ins Sichtbare, um ebenso geschwind und überraschend wieder zu verschwinden.

Denis stand am Eingang des Tanzplatzes und beobachtete die sich wiegende und schlurfende Masse. Der langsam kreisende Strudel brachte ihm die Paare immer wieder vors Auge; es war, als ob sie an ihm vorbeidefilierten. Da war Priscilla, noch immer mit der königlichen Toque auf

dem Kopf, noch immer darauf bedacht, den Dörflern ihre Befangenheit zu nehmen – diesmal indem sie mit einem ihrer Pächter tanzte. Und da war Lord Moleyn, der zum Essen geblieben war, einem schlecht organisierten Picknick, das an diesem Feiertag das Dinner ersetzte; mit einer erschreckten Dorfschönheit tanzte er einen schlenkrigen Onestep, wobei seine gekrümmten Knie gefährlicher denn je schlotterten. Mit einer anderen trottete Mr. Scogan herum. Mary tanzte in den Armen eines jungen Bauern von heldischen Proportionen; sie blickte zu ihm auf und sprach, wie Denis erkennen konnte, sehr ernsthaft zu ihm. Worüber wohl? Denis hätte es gern gewußt. Vielleicht über die Theorie der Geburtenbeschränkung. Zwischen den Mitgliedern der Tanzkapelle sitzend, vollbrachte Jenny am Schlagzeug wahre Wunder an Virtuosität. Sie lächelte vor sich hin, mit leuchtenden Augen. Ein ganzes sonst zurückgedrängtes Leben schien hier zum Ausdruck zu kommen in dem lauten Knattern, den langen Wirbeln und den mächtigen Paukenschlägen. Während er ihr zusah, erinnerte er sich schmerzlich des roten Skizzenbuches, und er überlegte sich, was für eine Figur er wohl jetzt abgab. Aber bei dem Anblick von Anne und Gombauld, die gerade an ihm vorüberglitten – Anne mit fast geschlossenen Augen, wie schlafend –, gleichsam schwebend auf den Flügeln der Bewegung und der Musik, vergaß er diese Sorge. *Und schuf sie einen Mann und ein Weib.* Da waren sie, Anne und Gombauld, und hundert Paare mehr – alle bewegten sich harmonisch im Tanzschritt nach der Melodie von *Und schuf sie einen Mann und ein Weib.* Aber Denis stand abseits; ihm allein fehlte sein ergänzendes Gegenüber; alle außer ihm . . .
Jemand tippte ihm auf die Schulter, er blickte auf. Es war Henry Wimbush.

»Ich habe Ihnen noch nie unsere eichenen Abflußrohre gezeigt«, sagte er. »Ein paar von denen, die wir ausgegraben haben, liegen hier ganz in der Nähe. Wollen Sie sie einmal sehen?«

Denis erhob sich, und zusammen gingen sie in die Dunkelheit. Die Musik hinter ihnen wurde leiser. Zumal die höheren Töne wurden bald unhörbar. Nur Jennys Trommeln und das gleichmäßige Sägen der Baßgeige hämmerte weiter in ihren Ohren, ohne Melodie, ohne Bedeutung. Henry Wimbush machte halt.

»Hier ist es«, sagte er und ließ den trüben Schein seiner Taschenlampe über zwei oder drei geschwärzte Stücke von zu Rohren ausgehöhlten Holzstämmen gleiten, die wie verloren in einer kleinen Mulde lagen.

»Sehr interessant«, sagte Denis mit ziemlich lauer Begeisterung.

Sie ließen sich auf dem Gras nieder. Ein schwacher weißer Schein, der hinter einem Gürtel von Bäumen aufleuchtete, zeigte die Lage des Tanzplatzes an. Die Musik war ein gedämpftes rhythmisches Pulsieren.

»Ich will froh sein, wenn diese Veranstaltung endlich vorbei ist«, sagte Henry Wimbush.

»Das glaube ich gern.«

»Ich weiß nicht, wie es kommt«, fuhr Mr. Wimbush fort, »aber das Schauspiel meiner Mitmenschen im Zustand festlicher Erregung erweckt in mir oft eher einen gewissen Überdruß, als daß es mich fröhlich stimmt oder gar mitreißt. Die Wahrheit ist, sie interessieren mich nicht mehr. Ich kann mit ihnen nichts anfangen. Verstehen Sie mich? Ich habe zum Beispiel nie viel Interesse für Briefmarkensammlungen aufgebracht. Die Malerei der frühen Meister oder Bücher aus dem siebzehnten Jahrhundert – ja. Das ist meine Welt. Aber Briefmarken, nein. Ich weiß überhaupt nichts über Briefmarken; sie sagen mir nichts. Sie interessieren mich nicht und wecken keinerlei Emotionen in mir. Und mehr oder weniger geht es mir genauso mit den Menschen, leider. Da fühle ich mich bei diesen Holzrohren wohler.« Er wies mit einer Kopfbewegung auf die ausgehöhlten Baumstämme. »Die Schwierigkeit bei Menschen und Ereignissen der Gegenwart besteht darin, daß man nichts über sie weiß. Was weiß ich von den Leuten, die ich um mich herum sehe? Nichts. Und was sie von mir halten oder von sonst etwas auf der Welt, oder was sie selbst in den nächsten fünf Minuten tun werden – das sind alles Dinge, die ich nicht erraten kann. Wie kann ich wissen, ob Sie sich nicht im nächsten Augenblick auf mich stürzen und mich zu ermorden versuchen?«

»Ich bitte Sie ...«

»Zwar ist das wenige, das ich über Ihre Vergangenheit weiß, durchaus beruhigend. Aber ich weiß nichts über Ihre Gegenwart, und weder Sie noch ich wissen etwas über Ihre Zukunft. Es ist schrecklich, aber im Umgang mit lebenden Menschen hat man es mit unbekannten und unerkennbaren Größen zu tun. Man kann lediglich hoffen, durch eine lange Serie der unangenehmsten und langweiligsten menschlichen Kontakte etwas über sie herauszubekommen, was obendrein eine entsetzliche Zeitverschwendung mit sich bringt. Nicht anders verhält es sich mit den aktuellen Ereignissen. Wie kann ich darüber anders etwas in Erfahrung bringen als durch jahrelanges und erschöpfendes Studium an der Quelle selbst – auch das wieder mit einer endlosen Zahl unangenehmster persönlicher Kontakte verbunden? Nein, da lobe ich mir die Vergangenheit. Sie ist unveränderlich; alles ist schwarz auf weiß vorhanden, und man kann es in aller Bequemlichkeit und auf nicht unwürdige Weise erfahren, vor allem privat – durch Lesen. Durch Lektüre weiß ich sehr viel über Cesare Borgia, Franz von Assisi, Samuel Johnson; ein paar Wochen haben mir genügt, um diese interessanten Charaktere gründlich kennenzulernen, und dabei habe ich mir den ermüdenden und abstoßenden Prozeß erspart, sie durch persönlichen Kontakt kennenzulernen, wozu ich gezwungen wäre, wenn sie heute lebten. Wie heiter und köstlich würde das Leben sein, wenn man sich von all diesen persönlichen Kontakten freimachen könnte! Vielleicht wenn in der Zukunft die Maschinen ein Stadium der Vollkommenheit erreicht haben – denn ich gestehe, daß ich wie Godwin und Shelley an die Möglichkeit der Perfektionierung glaube, so auch an die Vervollkommungsfähigkeit der Maschine –, nun, dann vielleicht wird es für Menschen meiner Art möglich sein, in der würdigen Zurückgezogenheit zu leben, die wir uns wünschen, umgeben von den zarten Aufmerksamkeiten stummer, elegant entworfener Maschinen und dabei vollkommen sicher vor menschlicher Zudringlichkeit. Eine wunderbare Vorstellung!«

»Wunderbar«, stimmte ihm Denis zu. »Aber wie steht es um die wünschenswerten menschlichen Beziehungen wie Liebe und Freundschaft?«

Henry Wimbush, nun eine schwarze Silhouette gegen das nächtliche Dunkel, schüttelte den Kopf. »Auch die Freuden dieser Beziehungen werden stark übertrieben«, ließ sich die höfliche, gleichmäßige Stimme vernehmen. »Ich habe meine Zweifel, ob sie es mit den Freuden der stillen Lektüre und Kontemplation aufnehmen können. Menschliche Kontakte wurden in der Vergangenheit nur deshalb so hoch geschätzt, weil die Fähigkeit des Lesens noch nicht allgemeine Verbreitung gefunden hatte, überdies Bücher eine Seltenheit waren und ihre Herstellung noch Schwierigkeiten machte. Sie müssen bedenken, daß die Welt gerade jetzt erst mit dem Lesen und Schreiben völlig vertraut wird. Da das Lesen jetzt immer mehr zur allgemeinen Gewohnheit wird, werden auch immer mehr Menschen dahinterkommen, daß Bücher ihnen alles Vergnügen des geselligen Lebens schenken, ihnen aber seine unerträgliche Langeweile ersparen. Wenn sich die Menschen heute vergnügen wollen, dann suchen sie instinktiv die Menge und den Lärm; in der Zukunft aber werden sie ebenso selbstverständlich die Einsamkeit und die Stille suchen. Das eigentliche Studienobjekt des Menschen sind Bücher.«

»Manchmal glaube ich das auch«, sagte Denis und überlegte, ob Anne und Gombauld wohl noch immer miteinander tanzten.

»Statt dessen« – Mr. Wimbush seufzte – »muß ich mich jetzt einmal darum kümmern, ob auf dem Tanzplatz alles in Ordnung ist.« Sie standen auf und gingen langsam auf den weißen Lichtschein zu. »Wenn all diese Leute schon gestorben wären«, fuhr Henry Wimbush fort, »dann wäre das hier ein sehr schönes Fest. Nichts könnte unterhaltender sein, als in einem gutgeschriebenen Buch über einen Tanz im Freien zu lesen, der vor hundert Jahren stattgefunden hat. Wie reizend, würde man sagen, wie charmant und amüsant! Aber wenn der Ball heute stattfindet und man auch noch selbst dafür die Verantwortung trägt, dann sieht man die Sache in ihrem wahren Licht. Das Ganze stellt sich als das heraus, was wir hier sehen.« Er zeigte in die Richtung der Azetylenlampen. »In meiner Jugend«, fuhr er nach einer Weile fort, »war ich zufällig in eine Reihe der tollsten Liebesaffären verwickelt. Ein Romanschriftsteller hätte damit ein Vermögen verdienen können, und selbst wenn ich Ihnen in meiner nüchternen Sprache einen Bericht über diese Abenteuer geben müßte, würde Sie die Romantik meiner Geschichte wohl verblüffen. Aber ich kann Ihnen versichern, daß diese romantischen Abenteuer in dem Augenblick, in dem ich sie bestand, für mich nicht aufregender oder weniger aufregend waren als ein beliebiges anderes Ereignis meines damaligen Lebens. Wenn ich in Toledo nachts auf einer Strickleiter zum Fenster im zweiten Stock eines alten Hauses kletterte, so erschien mir das die natürlichste Sache der Welt, so selbstverständlich, wie wenn jemand am Montag morgen in Surbiton den Zug um 8.52 Uhr nimmt, um pünktlich in sein Büro in der City zu kommen. Abenteuer und romantische Liebe gewinnen ihre abenteuerlichen und romantischen Eigenschaften erst aus zweiter Hand. Solange man sie erlebt, sind sie ein Stück Leben wie irgendein anderer Tag des Lebens. Erst in der Literatur werden sie so faszinierend, wie es dieser trostlose Ball wäre, wenn wir heute seine Dreihundertjahrfeier begehen könnten.«

Sie waren bis zu der Tanzfläche gekommen und blieben, blinzelnd im grellen Licht, am Eingang stehen. »Ja, wäre es nur so!« fügte Henry Wimbush hinzu.

Anne und Gombauld tanzten noch immer miteinander.

NEUNUNDZWANZIGSTES KAPITEL

Es war nach zehn Uhr. Die Tanzpaare hatten sich bereits zerstreut, und die letzten Lichter wurden gelöscht. Morgen würde man die Zelte abbrechen und das abgebaute Karussell in Lastwagen verpacken und abtransportieren. Eine Rasenfläche mit niedergetretenem Gras, ein schäbiger brauner Fleck im weiten Grün des Parks, das würde alles sein, was noch an den Tag erinnerte. Das Fest von Crome war vorbei.

Zwei Menschen standen am Rande des Swimming-pools.

»Nein, nein, nein«, sagte Anne in atemlosem Flüstern, den Oberkörper zurückgebeugt und den Kopf von einer Seite auf die andere werfend, um den Küssen Gombaulds auszuweichen. »Bitte nicht. Nicht!« Sie hatte die Stimme erhoben, sie klang befehlend.

Gombauld lockerte ein wenig den Druck seiner Umarmung. »Warum nicht?« fragte er. »Ich will aber.«

Mit einer plötzlichen Anstrengung riß sich Anne los. »Das werden Sie nicht«, erwiderte sie. »Sie haben auf die unfairste Weise versucht, die Situation auszunutzen.«

»Die Situation auszunutzen?« wiederholte Gombauld aufrichtig überrascht.

»Ja, auf die unfairste Weise. Sie überfallen mich, nachdem ich zwei Stunden lang getanzt habe und von der Bewegung noch wie betrunken bin, wenn ich den Kopf verloren und meinen Verstand nicht mehr habe, sondern nur noch einen rhythmisch zuckenden Körper! Es ist genauso gemein, wie jemanden zu verführen, den man unter Drogen oder Alkohol gesetzt hat.«

Gombauld lachte ärgerlich. »Nennen Sie mich doch gleich einen Mädchenhändler, nun sagen Sie es schon!«

»Glücklicherweise bin ich wieder völlig nüchtern«, sagte Anne, »und wenn Sie mich noch einmal küssen wollen, werde ich Ihnen eine Ohrfeige geben. Wollen wir einen Gang um den Teich machen? Es ist eine wunderbare Nacht.«

Statt aller Antwort ließ Gombauld ein ärgerliches Brummen hören. Langsam gingen sie Seite an Seite weiter.

»Was ich an der Malerei von Degas liebe ...«, begann Anne im Ton distanzierter Konversation.

»Zum Teufel mit Degas!« sagte Gombauld. Fast brüllte er es.

Von seinem Beobachtungsposten auf der Terrasse aus, wo er sich wie ein Verzweifelter über die Brüstung lehnte, hatte Denis die beiden gesehen: zwei blasse Gestalten, vom Mondschein umspielt, weit unten am Rande des Schwimmbeckens. Er hatte beobachtet, wie die Umarmung begonnen hatte, die endlos und leidenschaftlich zu werden versprach. Bei diesem Anblick hatte er die Flucht ergriffen. Es war zu viel, er hielt es nicht aus. Er hatte das Gefühl, im nächsten Augenblick nicht mehr die Tränen zurückhalten zu können.

Wie blind stürzte er ins Haus und stieß dabei fast mit Mr. Scogan zusammen, der in der Halle auf und ab ging und seine letzte Pfeife vor dem Schlafengehen rauchte.

»Hallo!« Mr. Scogan hielt Denis am Arm fest. Benommen und offenbar kaum im klaren darüber, was er tat oder wo er war, stand Denis einen Augenblick wie ein Schlafwandler da.

»Was haben Sie?« fragte Mr. Scogan. »Sie machen einen ganz verstörten Eindruck. Sie sind unglücklich, deprimiert?«

Denis schüttelte wortlos den Kopf.

»Machen sich wohl Sorgen um den Kosmos?« Mr. Scogan tätschelte ihm den Arm. »Das Gefühl kenne ich. Die Symptome sind sehr schmerzhaft: ›Was ist der Sinn von alledem? Es ist alles eitel. Wozu weiterfunktionieren, wenn man dazu verurteilt ist, am Ende doch, wie alles andere auch, ausgelöscht zu werden?‹ O ja, ich weiß genau, wie Ihnen zumute ist. Es tut sehr weh, wenn man dem Schmerz ein Recht auf sich gibt. Doch warum sollte man das tun? Natürlich weiß jeder, daß dies alles letztlich keinen Sinn hat. Aber was macht das aus?«

In diesem Augenblick erwachte plötzlich der Schlafwandler. »Was?« fragte er und betrachtete Mr. Scogan verständnislos und stirnrunzelnd. »Wie?« Dann riß er sich los und stürzte, immer zwei Stufen auf einmal nehmend, die Treppe hinauf.

Mr. Scogan folgte ihm im Laufschritt bis zum Fuß der Treppe und rief ihm nach: »Es macht überhaupt nichts aus, nicht das geringste. Das Leben ist trotzdem eine lustige Sache, immer, unter allen Umständen – unter allen Umständen«, wiederholte er laut. Fast war es ein Schrei. Aber Denis war schon längst außer Hörweite, und selbst wenn er es nicht gewesen wäre: An diesem Abend war er gegen alle Tröstungen der Philosophie immun. Mr. Scogan steckte sich wieder die Pfeife zwischen die Zähne und nahm sein sinnendes Auf- und Abgehen wieder auf. Unter allen möglichen Umständen, wiederholte er bei sich. Erstens war es grammatisch nicht korrekt; war es aber wenigstens wahr? Und trägt das Leben wirklich seinen Lohn in sich selbst? Das war die Frage. Als seine Pfeife bis zum stinkenden Ende ausgebrannt war, trank er einen Gin und ging zu Bett. Nach zehn Minuten schlief er fest wie ein Kind.

Denis hatte sich ganz mechanisch ausgezogen und sich in seinem geblümten seidenen Pyjama, auf den er mit Recht so stolz war, bäuchlings aufs Bett geworfen. Die Zeit verging. Als er endlich wieder aufblickte, war die Kerze, die er angezündet auf den Nachttisch gestellt hatte, fast bis auf den Leuchter heruntergebrannt. Er blickte auf seine Uhr, es war fast halb zwei. Sein Kopf schmerzte, und seine trockenen, von keinem Schlaf erquickten Augen taten ihm wie von innen her brennend weh, und in seinen Ohren pochte das Blut wie Trommelschläge. Er stand auf und öffnete die Tür. Auf Zehenspitzen schlich er lautlos über den Korridor, um dann die zu den oberen Stockwerken führende Treppe hinaufzugehen. Als er bis zu den Dienstbotenzimmern unter dem Dach gekommen war, blieb er einen Augenblick unschlüssig stehen, wandte sich nach rechts und öffnete eine kleine Tür am Ende des Korridors. Sie führte in eine Rumpelkammer, einen stockfinsteren schrankartigen Raum, in dem es heiß und stickig war und nach Staub und Leder roch. Vorsichtig tappend tastete er sich durch das Dunkel. Von diesem Raum aus führte eine Leiter zu dem Bleidach des westlichen Turms. Er fand die Leiter und stieg sie Sprosse um Sprosse hinauf. Geräuschlos hob er die Falltür über seinem Kopf hoch und sah den mondhellen Himmel und sog die frische, kühle Nachtluft ein. Im nächsten Augenblick stand er auf dem Bleidach und schaute in die Landschaft, die undeutlich und farblos blieb, um dann auf die gut zwanzig Meter senkrecht unter ihm liegende Terrasse zu blikken.

Warum war er bis zu dieser einsamen Höhe hinaufgeklettert? Um den Mond anzuschauen? Oder um Selbstmord zu begehen? Noch wußte er es selbst kaum. Der Tod – die Tränen kamen ihm in die Augen, wenn er an ihn dachte. Sein Unglück bekam jetzt etwas Feierliches; er fühlte sich wie emporgehoben, wie getragen von einer merkwürdigen Erregung. In dieser Gemütsverfassung wäre er zu jeder Torheit fähig gewesen. Er trat an die Brüstung auf der gegenüberliegenden Seite. Hier ging es in einer ununterbrochenen Senkrechten steil in die Tiefe. Mit einem geschickten Sprung könnte man vielleicht die schmale Terrasse vermeiden und gleich zehn Meter tiefer auf den von der Sonne ausgedörrten Erdboden stürzen. Zögernd blieb er an der Ecke des Turmdachs stehen und blickte abwechselnd in den dunklen Abgrund unter ihm und hinauf zu den wenigen Sternen, die jetzt am Himmel standen, und dem abnehmenden Mond. Er machte eine Handbewegung und murmelte etwas vor sich hin, an das er sich später nicht mehr erinnern konnte. Aber der Umstand, daß er seinen Gefühlen laut Ausdruck gab, verlieh seiner Äußerung eine schreckliche und eigentümliche Bedeutsamkeit. Dann sah er wieder in die Tiefe hinab.

»Was in aller Welt machen Sie da, Denis?« fragte eine Stimme aus größter Nähe hinter ihm.

Denis entfuhr ein Schrei der Überraschung, des Erschrekkens, und es fehlte nicht viel, daß er tatsächlich über die Brüstung gestürzt wäre. Er war bleich, und sein Herz klopfte zum Zerspringen, als er sich ermannte und in die Richtung sah, aus der die Stimme gekommen war.

»Ist Ihnen schlecht?«

In dem tiefen Schatten unter der Balustrade an der Ostseite des Turms erkannte er einen Gegenstand von länglicher Form, den er zuvor nicht wahrgenommen hatte. Es war eine Matratze, und jemand lag darauf. Seit jener denkwürdigen ersten Nacht auf dem Turm hatte Mary jede Nacht hier oben geschlafen. Es war gewissermaßen ein Treuebekenntnis.

»Ich bekam es mit der Angst zu tun«, fuhr sie fort, »als ich aufwachte und Sie mit den Armen fuchteln sah und schnattern hörte. Was um Himmelswillen haben Sie getan?«

Denis brach in ein melodramatisches Lachen aus. »Ja, was habe ich da getan!« Wenn sie nicht aufgewacht wäre, läge er jetzt zerschmettert am Fuße des Turms; er war überzeugt davon.

»Sie hatten es doch hoffentlich nicht auf mich abgesehen?« fragte Mary, die gar zu rasch aus der Situation ihre Schlußfolgerungen zog.

»Ich wußte gar nicht, daß Sie hier waren«, sagte Denis, und diesmal klang sein Lachen noch bitterer und unnatürlicher.

»Denis, was haben Sie?«

Er setzte sich auf den Rand der Matratze, und statt aller Antwort lachte er nur weiter auf diese gräßlich-künstliche Weise.

Eine Stunde später lag er mit dem Kopf auf den Knien Marys, und mit einer liebevollen Besorgtheit, die rein mütterlich war, strich sie ihm durch das wirre Haar. Er hatte ihr alles erzählt, einfach alles: seine hoffnungslose Liebe, seine Eifersucht, seine Verzweiflung, seinen Selbstmordversuch – nur dank ihrem Eingreifen wie durch göttliche Fügung vereitelt. Und er hatte ihr feierlich versprochen, nie mehr an Selbstentleibung zu denken. Eine Art traurig-heiterer Gelassenheit hatte sich seiner bemächtigt. Marys reichlich gespendete Sympathie war Balsam für seine Seele gewesen. Aber nicht nur in empfangener Sympathie fand Denis seine Seelenruhe und fast so etwas wie Glück, sondern auch in der Erwiderung der Sympathie. Denn wenn er Mary alles über sein Unglück erzählt hatte, so Mary ihm in Erwiderung auf seine Beichte gleichfalls alles – oder doch so gut wie alles – über das ihre.

»Arme Mary!« Sie tat ihm sehr leid. Freilich hätte sie eigentlich ahnen können, daß Ivor nicht gerade ein Monument an Beständigkeit war.
»Aber man muß«, so schloß sie, »gute Miene zum bösen Spiel machen.« Sie hätte gern geweint, aber sie wollte keine Schwäche zeigen. Beide schwiegen.
»Glauben Sie«, fragte Denis zögernd, »glauben Sie wirklich, daß sie ... daß Gombauld ...«
»Davon bin ich überzeugt«, erwiderte Mary mit Entschiedenheit. Darauf folgte wieder eine längere Pause.
»Ich weiß nicht, wie ich mich verhalten soll«, sagte er schließlich, völlig niedergeschlagen.
»Am besten, Sie reisen ab«, riet ihm Mary. »Es ist das Sicherste und auch das Vernünftigste.«
»Aber ich hatte ausgemacht, noch drei Wochen zu bleiben.«
»Sie müssen sich eine Ausrede einfallen lassen.«
»Ich glaube, Sie haben recht.«
»Ich weiß, daß ich recht habe«, sagte Mary, die ihre ganze Selbstsicherheit zurückgewonnen hatte. »So kann es doch mit Ihnen nicht weitergehen, nicht wahr?«
»Nein, so kann es mit mir nicht weitergehen«, sprach er ihr nach.
Ungemein praktisch, wie Mary war, entwarf sie sogleich einen Aktionsplan. In der Dunkelheit hörte man plötzlich die Kirchuhr schlagen. Drei Uhr.
»Sie müssen sofort zu Bett gehen«, bestimmte sie. »Ich hatte keine Ahnung, daß es so spät ist.«
Denis kletterte die Leiter hinunter und stieg dann behutsam die knarrenden Treppenstufen hinab. In seinem Zimmer war es dunkel; längst war die Kerze heruntergetropft und erloschen. Er ging ins Bett und schlief beinahe im Augenblick ein.

DREISSIGSTES KAPITEL

Denis war geweckt worden, aber trotz der aufgezogenen Vorhänge war er wieder in jenen halbschlafartigen Zustand zurückgefallen, in dem der Schlaf fast zu einem bewußt genossenen sinnlichen Vergnügen wird. In diesem Zustand hätte er gut noch eine Stunde verweilen können, wäre er nicht durch heftiges Klopfen an der Tür gestört worden.

»Herein«, brummte er, ohne die Augen zu öffnen. Die Tür wurde aufgeklinkt, eine Hand packte ihn an der Schulter und schüttelte ihn kräftig.

»Stehen Sie auf!«

Als er unter Schmerzen die Augen aufmachte, sah er über sich gebeugt Mary, mit einem Gesicht von strahlendem Ernst.

»Stehen Sie auf! Sie müssen Ihr Telegramm aufgeben. Haben Sie es vergessen?«

»O Gott, ja!« Er warf die Decke von sich, und sein Quälgeist zog sich zurück.

So schnell er konnte, zog Denis sich an und lief die Straße ins Dorf hinunter. Er strahlte vor Zufriedenheit, als er zurückkam. Er hatte ein langes Telegramm gesandt, auf das er in ein paar Stunden eine Antwort erwartete, die ihn auf der Stelle in dringender Angelegenheit nach London zurückrufen sollte. Dies war eine Tat, die er vollbracht, ein entscheidender Schritt, den er vollzogen hatte – und entscheidende Schritte unternahm er nur sehr selten. Er war mit sich zufrieden und erschien mit gutem Appetit zum Frühstück.

»Guten Morgen«, sagte Mr. Scogan. »Ich hoffe, es geht Ihnen wieder besser.«

»Besser?«

»Gestern abend trugen Sie die Last der ganzen Welt auf Ihren Schultern.«

Denis versuchte, über seine Verlegenheit mit einem Lachen hinwegzutäuschen. »Sah ich so aus?« fragte er leichthin.

»Wenn ich keine schlimmeren Sorgen hätte, wäre ich ein glücklicher Mensch«, erklärte Mr. Scogan.

»Man ist nur glücklich, wenn man handelt«, verkündete Denis und dachte an sein Telegramm.

Er sah aus dem Fenster. Hoch am blauen Himmel segelten große Wolken von barock ausladender Pracht. Der Wind raschelte in den Bäumen, und die zitternden Blätter blitzten und glitzerten wie Metall in der Sonne. Alles hier erschien ihm auf eine wunderbare Weise schön. Wenn er daran dachte, daß er bald all diese Schönheit verlassen sollte, empfand er einen plötzlichen Schmerz; aber er tröstete sich mit der Vorstellung, daß er nun einmal ein Mann des entschlossenen Handelns war.

»Ein Mann der Tat«, sagte er laut und ging an die Anrichte, wo er sich mit einer appetitlichen Mischung von Fisch und Speck bediente.

Nach dem Frühstück zog er sich auf die Terrasse zurück. Sobald er dort Platz genommen hatte, verschanzte er sich hinter dem gewaltigen Bollwerk der *Times* vor einem möglichen Überfall durch Mr. Scogan, der den unbefriedigten Wunsch erkennen ließ, weiter über die Geschicke der Welt zu sprechen. In Sicherheit hinter den raschelnden Zeitungsseiten dachte er nach. Im Licht dieses strahlenden Morgens erschienen ihm die Emotionen der vergangenen Nacht ein wenig ferngerückt. Und *wenn* er nun gesehen hatte, wie sie sich im Mondschein umarmten? Vielleicht bedeutete es am Ende nicht sehr viel. Und selbst wenn –

warum sollte er nicht hierbleiben? Er fühlte sich stark genug, um zu bleiben, stark genug, Distanz zu wahren, sich nicht zu engagieren, nur ein guter Bekannter zu sein. Und selbst wenn er nicht diese Stärke aufbrachte ...

»Wann glauben Sie, daß das Telegramm eintrifft?« fragte ihn plötzlich Mary über den Rand der Zeitung hinweg.

Schuldbewußt schreckte er auf. »Ich habe keine Ahnung.«

»Ich überlegte nur gerade«, sagte Mary. »Es gibt nämlich um 3.27 Uhr eine sehr gute Verbindung, und es wäre doch schön, wenn Sie den Zug noch erreichten, nicht wahr?«

»Das wäre großartig«, pflichtete er ihr halbherzig bei. Ihm war zumute, als ob er Vorkehrungen für sein eigenes Begräbnis träfe. Der Zug verläßt Waterloo Station um 3.27 Uhr. Man bittet, von Blumenspenden Abstand zu nehmen ... Mary war fort. Er wollte verdammt sein, wenn er sich so im Eiltempo in die Nekropole abschieben ließe. Er war verdammt. Als er Mr. Scogans ansichtig wurde, der mit sehnsüchtigem Blick aus einem Fenster des Salons sah, hißte er blitzartig wieder die *Times*. Eine ganze Weile hielt er die Zeitung so; als er sie endlich sinken ließ, um wieder einen vorsichtigen Blick auf seine Umgebung zu wagen, da hatte er plötzlich, zu seiner größten Überraschung, das lächelnde Gesicht Annes vor sich, – ihr leises, amüsiert-boshaftes Lächeln. Da stand sie vor ihm, die Frau, die ein Baum war, und die geschmeidige Grazie ihrer Bewegung war in einer Pose erstarrt, die selbst Bewegung zu sein schien.

»Wie lange stehen Sie schon da?« fragte er, nachdem er sie zur Genüge angestarrt hatte.

»Ich glaube, ungefähr eine halbe Stunde«, sagte sie leicht-

hin. »Sie waren so vertieft in Ihre Zeitung – bis über die Ohren –, und da wollte ich Sie nicht stören.«
»Sie sehen heute morgen bezaubernd aus«, erklärte Denis. Es war das erstemal in seinem Leben, daß er den Mut zu einer persönlichen Bemerkung dieser Art aufbrachte.
Anne hob die Hand, wie um einen Schlag abzuwehren. »Bitte, nicht schlagen!« Sie setzte sich neben ihn auf die Bank. Er war ein netter Junge, fand sie, ganz entzükkend; und die wilde Hartnäckigkeit Gombaulds wurde ja allmählich wirklich recht lästig. »Warum tragen Sie keine weiße Hose?« fragte sie. »Ich sehe Sie so gern in weißen Hosen.«
»Sie sind in der Wäsche«, erwiderte Denis ziemlich kurz angebunden. Die Geschichte mit den weißen Hosen lag auf der falschen Linie. Er überlegte gerade, wie er die Unterhaltung wieder auf die rechte Bahn lenken könnte, als Mr. Scogan plötzlich aus dem Haus stürzte, mit automatenhafter Geschwindigkeit die Terrasse überquerte und erst vor der Bank haltmachte, auf der sie beide saßen.
»Um unser interessantes Gespräch über den Kosmos fortzusetzen«, begann er. »Ich komme immer mehr zu der Überzeugung, daß die verschiedenen Teile des Ganzen von Grund auf nicht zusammenpassen ... Aber würde es Ihnen etwas ausmachen, Denis, ein bißchen nach rechts zu rücken?« Er zwängte sich zwischen die beiden auf die Bank. »Und wenn Sie, meine liebe Anne, um eine Kleinigkeit nach links rücken wollten ... Danke sehr. Nicht zusammenpassen, sagte ich, glaube ich, gerade.«
»Ja, das sagten Sie gerade«, bestätigte Anne. Denis war sprachlos.
Sie nahmen nach dem Lunch ihren Kaffee in der Bibliothek, als das Telegramm kam. Denis errötete schuldbe-

wußt, als er den orangefarbenen Umschlag vom Tablett nahm und aufriß. *Sofort zurückkommen. Dringende Familienangelegenheiten.* Es war zu lächerlich. Als ob er überhaupt Familienangelegenheiten hätte! Wäre es nicht das beste, den Wisch einfach zusammenzuknüllen und, ohne ein Wort darüber zu verlieren, in die Tasche zu stekken? Er blickte auf. Mary hatte die großen blauen Porzellanaugen ernst, durchdringend auf ihn gerichtet. Er errötete tiefer denn je und wußte vor Ratlosigkeit nicht was tun.

»Was steht in Ihrem Telegramm?« fragte Mary mit bedeutungsvoller Betonung.

Er verlor den Kopf. »Ich fürchte, es bedeutet, daß ich sofort nach London zurück muß«, erklärte er mit einem grimmigen Blick auf das Telegramm.

»Aber das ist doch absurd, unmöglich«, ereiferte sich Anne. Sie hatte im Gespräch mit Gombauld am Fenster gestanden; aber bei den Worten Denis' kam sie mit schwingenden Schritten auf ihn zu.

»Es ist dringend«, wiederholte er verzweifelt.

»Aber Sie sind doch nur so kurze Zeit hier gewesen«, protestierte Anne.

»Ich weiß«, sagte er. Es klang sehr kläglich. Wenn sie ihn doch nur verstehen könnte! Von Frauen erwartete man, daß sie Intuition besaßen.

»Wenn er abreisen muß, läßt es sich nicht ändern«, erklärte Mary mit Entschiedenheit.

»Ja, ich muß.« Er sah auf das Telegramm, als erwarte er von ihm eine Inspiration. »Sie verstehen, es ist eine dringende Familienangelegenheit«, erklärte er.

Animiert erhob sich Priscilla. »Gestern nacht habe ich es ganz deutlich vorausgeahnt«, sagte sie. »Es war ein entschiedenes Vorgefühl.«

»Gewiß der reine Zufall«, sagte Mary und ließ Mrs. Wimbush gar nicht weiter zu Wort kommen. »Sie haben um 3.27 Uhr eine sehr gute Verbindung.« Sie blickte auf die Uhr auf dem Kaminsims. »Es bleibt Ihnen noch genügend Zeit zum Packen.«

»Ich werde sofort das Auto bestellen.« Henry Wimbush läutete. Das Begräbnis war bereits in vollem Gange. Es war furchtbar.

»Ich bin sehr unglücklich, daß Sie abreisen müssen«, sagte Anne.

Denis wandte ihr das Gesicht zu; sie sah wirklich unglücklich aus. Hoffnungslos und fatalistisch überließ er sich seinem Schicksal. Das also kam dabei heraus, wenn man aktiv wurde und entschlossen handelte. Hätte er doch nur den Dingen ihren Lauf gelassen! Hätte er doch ...

»Ich werde das Gespräch mit Ihnen vermissen«, sagte Mr. Scogan.

Mary sah wieder auf die Uhr. »Vielleicht sollten Sie jetzt lieber packen gehen«, schlug sie vor.

Gehorsam verließ Denis die Bibliothek. Nie wieder, so versprach er sich, wollte er entschlossen handeln. Camlet, West Bowlby, Knipswich über Timpany, Spavin Delawarr und dann all die anderen Stationen. Am Schluß London. Der bloße Gedanke an die Fahrt hatte etwas Erschreckendes. Und was, um alles in der Welt, wollte er in London tun, wenn er schließlich wieder dort war? Verdrossen stieg er die Treppe hinauf. Es wurde Zeit, daß er sich in seinen Sarg legte.

Der Wagen hielt vor der Tür – der Leichenwagen. Die ganze Gesellschaft hatte sich zum Abschied von ihm versammelt. Auf Wiedersehen, auf Wiedersehen! Mechanisch klopfte er an das Barometer, das draußen unter dem Vordach hing, und der Zeiger rückte merklich nach links.

Plötzlich erhellte ein Lächeln seine düstere Miene.
»›Es sinkt, ich bin bereit zu scheiden‹«, sagte er, mit seinem exquisiten Sinn für passende Zitate, in den Worten Landors. Rasch blickte er in die Runde, von einem Gesicht zum andern. Niemand hatte die Anspielung bemerkt. Er kletterte in den Leichenwagen.

»... und als ich darin [in *Crome Yellow*] eine Schilderung unseres Lebens in Garsington fand, ganz entstellt, lächerlich gemacht und verspottet, war ich empört. Da waren Szenen vom Gutshof mit den Aussprüchen von Landarbeitern, die in Wirklichkeit so viel Witz und Lebensweisheit verrieten, hier aber flach und gekünstelt wirkten und um all ihren Mutterwitz gebracht worden waren. Es fanden sich seitenlange Auszüge aus einer Sammlung von Predigten unseres Pfarrers, die er hier dem Gelächter preisgab. Und da waren die langen Gespräche, die Aldous mit Mark Gertler und Bertie Russell geführt hatte, aber auch sie waren wie in eine andere Tonart übertragen und ins Lächerliche gezogen worden; und jedes Porträt, das in dem Buch vorkam, war auf traurige, grausame Weise entstellt. Da erschien der arme Asquith, als ehemaliger Premierminister, der nun, ein läppischer alter Mann, jedem hübschen Mädchen über den Rasen stolpernd nachlief. Ich war bestürzt und hatte dabei das Gefühl, daß ich, indem ich es Aldous ermöglicht hatte, diese Leute zu treffen, irgendwie für seine bösen Karikaturen verantwortlich war, und daß nicht nur er sich schmählich benommen, sondern mit seinem unwürdigen Verhalten mich mitschuldig gemacht hatte und man glauben konnte, ich sei mit seinem Spott stillschweigend einverstanden. Ich schrieb ihm, was ich bei alledem empfand, und hier ist seine Antwort.«

Aber bevor wir die Antwort des Autors, gegen den hier so schwere Vorwürfe erhoben werden, wiedergeben, ein paar erläuternde Worte ...

»Unser Leben in Garsington« – es war das Leben in Crome, wie es uns soeben in *Crome Yellow* satirisch geschildert wurde, und die Schreiberin der von dem Gefühl gerechter Empörung und tiefer Verletzung kündenden Zeilen, die wir zitierten – es ist Lady Ottoline Morrell, die wir als Priscilla Wimbush kennengelernt haben, wenn auch – wir hörten es – in Gestalt einer garstigen Karikatur. Übrigens war dies nicht die einzige Enttäuschung, die Lady Ottoline von ihren literarischen Gästen zuteil wurde. Nicht lange zuvor hatte sie noch Ärgeres mit D. H. Lawrence erlebt, der in seinem Roman *Women in Love* ein so skandalöses Bild von ihr zeichnete, daß Philip Morrell ihm nach Einsicht in das Manuskript mit einem Verleumdungsprozeß drohte. Dies mit dem Erfolg, daß Lawrence den Schauplatz von Garsington ein wenig änderte und einige der anstößigsten Szenen strich. Sie sollten sich nicht wiedersehen, und erst wenige Jahre vor dem Tode von Lawrence söhnte sich Lady Ottoline brieflich mit ihm aus. Unter der Satire Huxleys litt sie, wie sie schreibt, fast noch mehr, denn »er hatte so lange bei uns gelebt, daß er allmählich so gut wie zur Familie gehörte, und er wußte sehr wohl, daß es Menschen wie Philip und mir nicht gleichgültig ist, was ihre Freunde tun. Er muß gewußt haben, daß er, wenn er in diesem Ton über unser Leben schrieb, uns tief verletzte.« Und sie vergißt nicht, auf einen anderen, politischen Aspekt zu verweisen: »*Crome Yellow* erregte großes Aufsehen, und alle, denen wir als Pazifisten und Arbeitgeber von *Conscientious Objectors* [Kriegsdienstverweigerern aus Gewissensgründen] verdächtig waren, klatschten frohlockend in die Hände und wiesen darauf hin, wie unmoralisch und verworfen das Leben war, das in Garsington geführt wurde. ›Huxley muß es doch wissen‹, sagten sie, ›er hat schließlich da gelebt.‹ Aber an diese Folgen dachte Aldous nicht.«

In der Tat hatten die Morrells Kriegsdienstverweigerer aufgenommen und sie mit leichter landwirtschaftlicher Arbeit beschäftigt, womit sie der Auflage der Regierung genügten. Auch Aldous Huxley hatte bei den Morrells »für seinen Unterhalt« ein wenig in der Landwirtschaft mitgeholfen, wenn er auch kein Kriegsdienstverweigerer war, da sein Augenleiden ihn ohnehin vom Wehrdienst dispensierte. Er war schon 1915, als einundzwanzigjähriger Oxfordstudent, nach Garsington gekommen, noch bevor sein erstes Buch, der Versband *The Burning Wheel*, erschienen war. Er hatte in Garsington unter anderen Bertrand Russell und Lytton Strachey kennengelernt, D. H. Lawrence, der sein Freund wurde und dem er in *Kontrapunkt des Lebens* in der Figur des Mark Rampion ein Denkmal setzte – und kein satirisches. In Garsington traf er Katherine Mansfield und John Middleton Murry, Virginia Woolf, den Maler Mark Gertler, die Dichter T. S. Eliot und Siegfried Sassoon, den Premierminister Asquith und schließlich Maria Nys, ein Flüchtlingsmädchen aus Belgien. Sie wurde seine Frau.

Doch zurück zu dem Brief, mit dem der junge Huxley auf die Vorwürfe Lady Ottolines antwortete.

155 Westbourne Terrace. W. 2.
3. XII. 21.

Liebste Ottoline,

Ihr Brief hat mich bestürzt. Ich kann nicht begreifen, wie jemand mein kleines Marionettenspiel für die Schilderung eines tatsächlich existierenden Milieus halten kann – was es so offenkundig nicht ist. Ebensogut könnten Sie Shaw vorwerfen, er hätte Garsington als Modell für *Haus Herzenstod* benutzt, oder Peacock beschuldigen, es in *Nightmare Abbey* und *Gryll Grange* prophetisch vorweggenommen zu haben. Ich habe mich der Landhaus-Konvention bedient, weil sie ein einfaches Mittel ist, ein phantastisches Symposium zusammenzustellen. Zugegeben, es war mein Fehler, daß ich einige architektonische Einzelheiten von Garsington benutzte. Ich hätte den Schauplatz nach China verlegen sollen – dann hätte niemand bezweifeln können, daß es sich um ein Marionettenspiel handelte. Denn schließlich und endlich sind Romanfiguren nichts anderes als Marionetten mit Stimmen, um Ideen und die Parodie von Ideen zu äußern. Die Karikatur meiner selbst als ganz junger Mensch ist die einzige Annäherung an eine wirkliche Person; alle andern sind Puppen oder Marionetten ...

Mein Fehler, ich wiederhole es, bestand darin, daß ich den Schauplatz von Garsington entlieh. Es tut mir leid – aber keinen Augenblick kam es mir in den Sinn, daß ein Mensch so wenig Phantasie haben könnte – vielleicht auch so viel –, aus einer Ideenkomödie eine authentische Schilderung vom Leben des Ortes, an den die Handlung verlegt wurde, herauszulesen. Fragen Sie sich selbst ehrlich: Besteht da irgendeine Ähnlichkeit? Was den Vorwurf betrifft, ich hätte Ihre Freunde mit Mißachtung behandelt – was kann ich darauf antworten? Meine einzige Mißachtung bestand darin, daß ich nicht über sie schrieb, sondern über eine Reihe vollkommen phantastischer Marionetten mit typischen Eigenschaften und der Fähigkeit zu sprechen.

Wenn ich wieder einmal eine Ideenkomödie mit Marionetten schreibe, werde ich die Handlung an einen Ort verlegen, der tausend Meilen von England entfernt ist.

Das wird hoffentlich solche Mißverständnisse unmöglich machen. Denn es ist absurd und dazu höchst schmerzlich und bedrückend, daß eine lange und geschätzte Freundschaft zu zerbrechen droht, weil der Schauplatz eines Puppenspiels an einen zum Teil als real erkennbaren Ort verlegt worden ist. Aber ich stellte mir beim Schreiben nicht vor, daß man von der Realität des Schauplatzes auf die Realität der Menschen schließen würde; man muß wohl die Bäume für Porträts halten und den Wind für ihre Stimme, wenn man wirkliche Menschen in einer Sammlung von Marionetten sehen will, die nicht nur keinem meiner Bekannten ähnlich sind, sondern, mit meiner vollen Absicht, überhaupt keinem Menschen aus Fleisch und Blut gleichen.

Dieser Vorfall beweist mir nur wieder einmal etwas, was ich schon in dem Buch sagte: Wir sind alle Parallelen, die sich nur im Unendlichen treffen. Wirkliches Verstehen ist unmöglich ...«

Soweit der Autor. Kein Schlüsselroman also, sondern ein Ideenroman oder, wie er es nennt, eine Ideenkomödie, ein Spiel mit Marionetten, mit typischen und nicht individuellen Eigenschaften, doch ausgerüstet mit einer bemerkenswerten Gabe, Meinungen zu vertreten und Ideen vorzutragen, Figuren, die mit Menschen aus Fleisch und Blut nicht zu verwechseln seien.

Um dem Vorwurf, einen Schlüsselroman geschrieben zu haben, glaubwürdig zu begegnen, scheut Huxley nicht vor einer Selbstdenunziation zurück: Keine echten Menschen habe er gestaltet, sondern Marionetten mit Spruchbändern. Uns will scheinen, daß seine Kunst ihn Lügen straft, seine Kunst – und der Leser, seit mehr als fünfzig Jahren. Denn diese »Marionetten« leben!

Aber wie wirkte dieser Brief auf Lady Ottoline? Hier ih-

re Bemerkungen dazu, die wir, wie das übrige, ihren Memoiren* entnehmen:
»Es war ein merkwürdig unaufrichtiger Brief, eine so dürftige und irreführende Verteidigung, daß es schwerfiel zu glauben, er halte sie selbst für wahr ... Das Haus und der Garten, die er in *Crome Yellow* beschreibt, sind nicht Garsington, sondern Beckley Park, ein pittoresker Backsteinbau mit drei Türmen, der unserem Freund Percy Feilding gehörte, zu dem wir Aldous einmal zum Tee mitgenommen hatten. Alle architektonischen Einzelheiten von Beckley Park sind hier genau wiedergegeben worden. Mit Garsington haben sie so wenig Ähnlichkeit, daß, wenn die Ähnlichkeit nur im Schauplatz bestünde, niemand in *Crome Yellow* eine Schilderung unseres Lebens hätte sehen können.«
Doch leider, so fährt Lady Ottoline fort, waren die Figuren des Romans unmittelbar dem Kreis entnommen, den er in Garsington gekannt hatte, und für jeden Kundigen war es klar, daß dieses Buch auf grausame Weise das Leben dort karikierte.
Es kam zum Bruch zwischen Huxley und Lady Ottoline, den freilich die Zeit bis zu einem gewissen Grade wieder heilte.

Was uns heute beim Lesen dieses kleinen Romans bewegt, ist gewiß nicht mehr die Frage, ob der an die ausgestorbene Gattung der Vogeleidechsen aus dem Tertiär erinnernde Mr. Scogan ein Porträt des Philosophen Bertrand Russell war oder ob der Maler Gombauld Mark Gertler – wer kennt ihn heute? – darstellen sollte. Aber das, worüber die Figuren des Buches hier sprechen, mit Witz und

* *Ottoline at Garsington, Memoirs of Lady Ottoline Morrell 1915 bis 1918*, hrsg. von Robert Gathorne-Hardy, London 1974.

Spott und einer gewinnenden Wohlgelauntheit, ist uns merkwürdig vertraut. Ich meine, einen jungen Leser müßte es überraschen, daß noch ganz im Schatten des Ersten Weltkriegs und noch bevor die berühmten zwanziger Jahre unseres Jahrhunderts begonnen hatten, über noch immer so aktuelle Themen gesprochen wurde wie zum Beispiel die Benachteiligung der Frau in unserer Gesellschaft, die Geburtenbeschränkung und die Unmöglichkeit, in unserer Zeit noch gegenständlich zu malen. Man erkennt, worauf wir anspielen: auf Mary, diesen entzückenden Blaustrumpf, die alles über »Komplexe«, »Verdrängungen« und deren Schädlichkeit weiß und die Einsichten der Psychoanalyse methodisch in die Praxis umzusetzen unternimmt, bis sie sich ganz altmodisch und romantisch verliebt.

Was kommt da alles zur Sprache! Da wird vor dem Surrealistischen Manifest Bretons vom automatischen Schreiben, von der Aktivierung des Unbewußten gesprochen. Oder im Politischen und Sozialen: Mr. Scogan, als wahrsagende Hexe verkleidet, sagt den Zweiten Weltkrieg voraus. Der Faschismus wird als europäische Gefahr vorausgesehen. Wirklich voraus? Sagen wir, gesehen. Denn das ist für uns das Erstaunliche an diesem ersten Roman des jungen Huxley: daß wir die Empfindlichkeit des Autors für alle Ideen und Erscheinungen, die die Zeit bewegten und noch lange bewegen würden, schon hier wie in einer Keimzelle zu erkennen vermögen.

Ein erster Roman auch sonst, kann wohl behauptet werden. Ein Roman der Intellektuellen. Man diskutiert in ihm, noch nicht so glänzend, so bedeutend wie später im *Kontrapunkt des Lebens*, in den *Falschmünzern* von André Gide, dem *Zauberberg* von Thomas Mann. Aber einen Anfang in der Reihe der Intellektuellen- und Ideen-

romane unseres Jahrhunderts dürfen wir in diesem Jugendwerk vielleicht doch sehen.
Und noch etwas ist da, was uns eigentümlich modern anmutet – der sozusagen linguistische Einschlag in diesem kleinen Roman, die Beschäftigung mit der Sprache, ihre Spiegelung und Bewußtmachung. Natürlich, der passive Held des Buches ist ja ein junger Dichter, die vom Autor erwähnte Selbstkarikatur, und schon auf den ersten Seiten finden wir ihn auf der Suche nach einem passenden Wort, nach dem rechten und schönen Wort. Und später gesteht er, welch komischen Streich ihm seine Verliebtheit in das schönklingende fremde Wort spielte; beredt läßt er sich aus über den Anteil von Magie in der Sprache.
Aber nicht nur der Dichter hat es in *Crome Yellow* mit der Sprache zu tun. Da ist der sich selbst hypnotisierende Verfasser literarischer Produkte, die wir heute unter der Rubrik Lebenshilfe einreihen würden; da ist Henry Wimbush, der Hausherr, der soeben eine Familienchronik beendet hat und seinen Gästen daraus vorliest – und es sind vielleicht die gelungensten »Nummern« der geistvollen kleinen Revue, als die der Roman auch betrachtet werden kann –, und schließlich die Predigten des von düsterem Fanatismus beseelten Pfarrers, der im Weltkrieg den Endzustand der Welt vor der Zweiten Ankunft des Herrn sah – und den nun der sommerliche Frieden aufs ärgerlichste Lügen straft.
Das kleine Werk ist voller Zitate und Anspielungen; das gehört zu der Gattung, die der Autor für dieses Jahrhundert neu begründet hat. Gewiß ironisiert er diesen Zug, aber unverkennbar bleibt auch die jugendliche Lust am scherzhaften Umgang mit der »Bildung«, auch an der halben Mystifikation des Lesers, wenn er uns etwa ein Bild beschreibt, an dem Gombauld in der Scheune malt

– und das akkurat die *Bekehrung des heiligen Paulus* von Caravaggio ist.

Nein, es sagt uns nicht mehr sehr viel, wer in diesem Buche wer ist, und ob das Porträt trifft oder verzerrt. Aber merkwürdigerweise haben diese Figuren ein Eigenleben entwickelt, und was sie fühlen und denken, mutet uns ganz gegenwärtig an. Vielleicht weil es eine Ebene gibt, auf der die »Gegenwart« ein halbes Jahrhundert und länger dauert.

Herbert Schlüter

ANMERKUNGEN

S. 37 Lucina: römische Göttin der Geburt

S. 57 »Die Predigt im Buch, Den Stein im Bach«: bei Shakespeare: »Das Buch im Bach, Die Predigt im Stein«

S. 75 *Seems not now ...*

Es wuchtet einsam auf, titanisch schlicht,
Als ob es unterm Herz der Erde nahm
Gestalt an, und aus seinem lebenden Stein
Bracht es der Berg gewölbt gehöhlt ans Licht.
(übertragen von Alfred Wolfenstein)

S. 76 Das Wortspiel mit *Privy Counsel* (einmal für »Ratschläge für die Anlage von Aborten« und dann für »Geheimen Kronrat«) ist deutsch kaum wiederzugeben.

S. 125, 126, 129 *Phillis plus avare ...*

Phyllis, mehr geizig als zärtlich,
und da sie bei einer Weigerung nichts gewann als Verdruß,
forderte eines Tages von Silvandre
dreißig Schafe für einen Kuß.

Am nächsten Tag, ein neues Geschäft:
Für den Schäfer war der Handel gut,
denn er erhielt von der Schäferin
dreißig Küsse für ein Schaf.

Schon tags darauf wollte Phyllis, nun zärtlicher geworden,
den Schäfer nicht kränken
und war nur allzu glücklich
ihm dreißig Schafe für einen Kuß zu schenken.

Doch am nächsten Tage hätte Phyllis, klug geworden,
ihm Schafe und Hund gegeben
für einen Kuß, den der Flatterhafte
Lisette umsonst gegeben hatte.

S. 164 *Plus ne suis ...*

Ich bin nicht mehr, was ich war,
und werde es nie mehr sein

S. 185 *Apte à ne ...*

Laß dir nicht einfallen, dich zu bäumen
noch zu säumen, Postillion!
Bring im Eilgalopp dies
Hérédia, Rue Balzac onze-bis!

S. 187 André-Louis Marie Rouveyre, 1879 in Paris geboren, geistvoll satirischer Zeichner. Bekannt geworden durch drei Mappen weiblicher Akte, *Le Gynécée, Phèdre, Mort de l'amour.*

S. 197 »... ich kann nur Zahlen stammeln«: Anspielung auf die Verse von Alexander Pope: *As yet a child, nor yet a fool to fame / I lisped in numbers, for the numbers came (»Epistle to Dr. Arbuthnot«).*

S. 201 Southend, Weston-super-mare, Ilfracombe: englische Badeorte

S. 216 »... die Becher, die so berauschen wie sie anregen«: Anspielung auf die Verse William Cowpers: »... *and the cups, / That cheer but not inebriate«* – »Tassen [nämlich mit Tee gefüllte], die anregen, ohne zu berauschen« *(»The Task«,* Buch IV, *»The Winter Evening«).*

S. 222 »Das eigentliche Studienobjekt des Menschen sind Bücher«: bei Pope: »Das eigentliche Studienobjekt des Menschen ist der Mensch *(»Essay on Man«).*

S. 237 »Es sinkt, ich bin bereit zu scheiden«: bei Landor (Walter Savage Landor, 1775–1864) ist das Feuer des Lebens gemeint, das herabbrennt.

Aldous Huxley

Affe und Wesen

Ein Roman aus der Zeit nach dem Atomkrieg.
Aus dem Englischen von Herbert Schlüter. 151 Seiten. Serie Piper 337

Cynthia

Erzählungen. Aus dem Englischen von Herbert Schlüter, Herberth E. Herlitschka und Theo Schumacher. 203 Seiten. Serie Piper 509

Eiland

Roman. Aus dem Englischen von Marlys Herlitschka.
344 Seiten. Serie Piper 358

Die ewige Philosophie

Texte aus drei Jahrtausenden.
Aus dem Englischen von H. R. Conrad. 414 Seiten. Serie Piper 563

Geblendet in Gaza

Roman. Aus dem Englischen von Herberth E. Herlitschka.
541 Seiten. Serie Piper 794

Das Genie und die Göttin

Roman. Aus dem Englischen von Herberth E. Herlitschka.
123 Seiten. Serie Piper 1142

Glücklich bis ans Ende ihrer Tage

Erzählungen. Aus dem Englischen von Herberth E. Herlitschka und Herbert Schlüter.
163 Seiten. Serie Piper 423

Der kleine Mexikaner

Erzählungen. Aus dem Englischen von Herberth E. Herlitschka und Herbert Schlüter.
180 Seiten. Serie Piper 456

Kontrapunkt des Lebens

Roman. Aus dem Englischen von Herberth E. Herlitschka.
623 Seiten. Serie Piper 946

Aldous Huxley

Die Kunst des Sehens

Was wir für unsere Augen tun können.
Aus dem Englischen übertragen und mit einem Nachwort von Christoph Graf.
167 Seiten. Serie Piper 216

Moksha

Auf der Suche nach der Wunderdroge.
Herausgegeben von Michael Horowitz und Cynthia Palmer.
Autorisierte Übersetzung aus dem Englischen von Kyra Stromberg.
312 Seiten. Serie Piper 287

Nach vielen Sommern

Roman. Aus dem Englischen von Herberth E. Herlitschka.
298 Seiten. Serie Piper 496

Narrenreigen

Roman. Aus dem Englischen von Herbert Schlüter.
295 Seiten. Serie Piper 310

Die Pforten der Wahrnehmung – Himmel und Hölle

Erfahrungen mit Drogen.
Aus dem Englischen von Herberth E. Herlitschka.
134 Seiten. Serie Piper 6

Schöne neue Welt – Dreißig Jahre danach

Roman der Zukunft – Wiedersehen mit der Schönen neuen Welt.
Aus dem Englischen von Herberth E. Herlitschka.
369 Seiten. Geb.

Wiedersehen mit der Schönen neuen Welt

Aus dem Englischen von Herberth E. Herlitschka.
128 Seiten. Serie Piper 670

Zeit muß enden

Roman. Aus dem Englischen von Herberth E. Herlitschka.
385 Seiten. Serie Piper 1046

»Am Tag an dem E. M. Forster starb« und andere Erzählungen

Englisches Lesebuch
Herausgegeben von Ingrid Nowel.
405 Seiten. Serie Piper 1218

Erst gegen Ende des 19. Jahrhunderts begannen Schriftsteller wie Stevenson, Wells und Moore das ursprünglich amerikanische Genre der Short Story auch für Großbritannien zu entdecken. Kipling und Conrad, frühe Meister dieser Gattung, gefolgt von Huxley, D. H. Lawrence, E. Waugh, G. Greene, W. S. Maugham und V. Woolf – um nur einige zu nennen – führen die Reihe der Autoren an, die hier versammelt sind und für die englische Short Story des 20. Jahrhunderts als repräsentativ gelten dürfen. Die Auswahl verwebt typisch englische Sujets, etwa Gespenstergeschichten und Kriminalstories, zu einem farbigen und anregenden Panorama englischer Erzähltradition, vom ehemals weltumspannenden Kolonialreich bis hin zum modernen »Vielvölkerstaat«.